Sascha Rothchild

BLOOD
ブラッドシュガー
SUGAR

サッシャ・ロスチャイルド　久野郁子＝訳

KADOKAWA

ブラッドシュガー

目次

主要登場人物

ルビー・サイモン　臨床心理士
ジェイソン・ホランダー　ルビーの夫
キース・ジャクソン　マイアミビーチ市警察の刑事
エリー　ルビーの姉
ダンカン・リース　いじめっこ
アミーナ　ルビーの大学時代のルームメイト
エリカ　ルビーの遊び仲間
ハンナ　ルビーの遊び仲間
リチャード・ヴェイル　ハンナの父
アリーシャ・ゴールドマン　カウンセラー
ローマン・ミラー　弁護士
ガートルード・ホランダー　ジェイソンの母
ガブリエル・R　ルビーのクライアント
ジェスラ　清掃員
イヴリン・W　ルビーのクライアント
デリック・ロバーツ　ガブリエルのデート相手
マルコ・ハミルトン　獣医師

1
海

波はそれほど高くなかった。だが少年はまだ七歳だったので、小さな三角波でも、びしょ濡《ぬ》れの頭より高かった。「沖に背中を向けちゃいけない」という言いつけを、少年は守ろうとしなかった。岸のほうへ顔を向け、得意げに大きな身ぶりをしてみせる。父親は汗をかいた国産の缶ビールを飲みながら、海岸地区の開発に対する法規制が甘すぎると仲間に愚痴をこぼしていた。母親は、かつて平らでなめらかだった腹部の妊娠線をながめていた。ふたりとも、息子がほんの九メートルほど先の大西洋《たいせいよう》で、自分たちに向かって笑いながら手をふっていることに気がついていなかった。

少年は両親に気づいてもらうのをあきらめ、青い海と青い空が交わる水平線のほうを向こうとした。つぎの瞬間、波頭が砕けて背中を打たれ、少年は前のめりにバランスを崩した。顔が下を向き、生ぬるい海水を思いきり飲んで咳《せ》きこんだ。呼吸が整わないうちに、また波が押し寄せる。つぎつぎとやってくる波にもまれ、少年はだんだんパニックになった。腕をふりまわして脚をばたつかせ、悲鳴をあげる肺で過呼吸と咳《せき》を交互に繰り返す。やがて完全に平静を失った。まるで海が少年の窮地をわかっていて、二十五キロの身体をわざと弄《もてあそ》んでいるようだった。

そこから先はあっという間だった。あっけないくらいに。わたしは波ひとつぶん離れたところから一部始終を見ていた。泡立つ海でもがく少年の姿が見えるよう、頭を水面より高くあげていたせいで、首が少し痛かった。助けなければ、と本能的に思った。わたしは泳ぎがうまい。近づいて少年の体を支え、大声で大人に助けを求めて、岸へ運んでもらえばいい。そのとき、そんなものがあるかどうかは知らないが、第二の本能が目覚めた。静かな決意が胸を満たし、つぎに目がくらむような喜びが爆発して体じゅうを駆けめぐった。わたしは目をあけたまま水中に潜った。海水が目にしみるのもいい気分だった。痛みは生きている実感を与えてくれる。

水が濁って視界は悪かったけれど、暴れてすべる少年の足首の一方に手をかけることができた。手が小さすぎて、しっかりとはつかめなかった。たしかに彼はまだ七歳だったが、わたしはたったの五歳だったのだ。

小さな両手を使ってなんとか水中へひっぱりこんだ。下へ、下へ。冷静な子どもだったら、息を止めて足を蹴《け》り、わたしの手をふりほどいていたかもしれない。酸素はすぐ上にあるのだ。でも少年は冷静じゃなかった。ごくごく水を飲み、やがてそれ以上飲まなくなった。

脚の力が抜けたのを感じてから、念のために十秒待った。逆から十を数える。学校で習ったみたいに。夜、強烈な思念が頭に渦巻き、目が冴《さ》えて眠れないときにするみたいに。一まで数え、足首を放して泳ぎ去った。人魚の尾のように両脚をそろえて動かした。わたしもほかの五歳の女の子とたいして変わらず、人魚が大好きだったのだ。

やがて息が苦しくなり、少年からじゅうぶん離れたところで水面に顔を出した。海の上を捜すと、命の抜けたその体が、海藻といっしょにゆらゆら揺れながら岸へ押し流されるのが見えた。

海は死んだおもちゃで遊ぶのに興味はないらしく、彼を砂浜へ打ちあげた。

わたしが叫ぶよりも先に、少年の母親が叫び声をあげていた。大人たちが取り乱して駆け寄っていく。急いでももう意味がないのに、その事実から目をそらしている。

母が金切り声でわたしを呼びもどした。溺死《できし》に伝染性があるとでも思っているようだ。わたしは水しぶきをあげて岸へ向かった。大人はときどき原始的なふるまいをする。そしてわかりやすい。泳いでいた子どもはみな浜へ引きもどされ、大きなバスタオルでぎゅっと包まれた。かつてあざやかなトロピカル柄だったタオルは、何年も陽射しの下で使われて色あせている。大人も子どももつかのま、あらゆるものに感謝した。ごわごわしたタオルの縁にも、午後の雨の兆しをはらんだ波状雲を横切って滑空するカモメの優雅さにも、白い砂浜沿いにならぶ塗装のはげた淡いピンクや緑の建物の美しさにも。抱きしめ合う肌、しっかり鼓動を打つ心臓を包んで上下する胸は、夏の風よりも温かかった。

わたしは母に抱きしめられながら、罪悪感が湧きあがるのを待った。しかし、いつまで待ってもそれはやってこなかった。

2　写真

二十五年後、わたしはマイアミビーチ市警察ワシントン・アヴェニュー分署の狭い取調室にいた。水のはいったカップがテーブルのこちら側に置かれている。すわるように言われた椅子は、薄っぺらな金属製だ。これなら簡単に持ちあげてふりまわし、だれかに投げつけることもできそうだけど、軽すぎて物にも人にもたいした被害を与えないだろう。テーブルも金属だが、椅子よりも厚くて重く、コンクリートの床にボルトで固定されている。テーブルには何本もひっかき傷がついていた。傷の深さも古さもまちまちだ。とがった持ちものを取りあげられることなく、ここにすわった人たちが、何十年ものあいだに刻みつけてきた意味不明の落書きや傷だ。

わたしは薄い椅子の背にバッグをかけていた。専門職に就く女にふさわしい上質なバッグだが、派手なデザインではない。とがったものもいくつかはいっている。紫色のペン。家の鍵《かぎ》。ピンセット。爪やすり。財布もはいっていて、その中の身分証明書はわたしがルビー・サイモンであることを示している。マイアミビーチ市在住。三十歳。一六五センチ。臓器提供希望。体重は嘘。目は茶色。髪が茶色となっているのは、陸運局が赤褐色の選択肢を用意していなかったから。わたしの髪は深みのあるペカン色に、赤褐色がまだらに交じっている。目も同じだ。栗色の虹彩に赤みを帯びた斑点《はんてん》があり、長い髪の色と完璧《かんぺき》に合っている。これがわたしの外見のいちばん印象的な特徴で、平凡な顔立ちをそれなりに見せている。爪やすりを取りだしてのんびり爪を整え、落ち着きはらっているところを見せようかと考えた。けれど、それも芝居がかっている気がして、武器予備軍はバッグにしまったままにした。

わたしに水を出したのは、キース・ジャクソンという刑事だった。テーブルの向かいの席にどさりと腰をおろし、閉じたファイルフォルダーをテーブルの真ん中に置いた。こちらを緊張させる作戦だ。不安にさせ、中身が気になるように仕掛けている。でもこんな基本的な尋問テクニックに引っかかりはしない。わたしは平静を保ち、じっとすわっていた。そして正面にすわる男を見た。日焼けした端整な顔立ちで、年齢は五十歳ぐらい。頭髪を完全に剃《そ》りあげている。頭蓋骨《ずがいこつ》の形がよく、均整がとれている。首に小さな剃り傷がある。椅子に腰をおろすとき、黒い靴下の上から足首がのぞいた。一八〇センチを優に超えた体には、ズボンが少し短すぎるようだ。

刑事はゆっくりとフォルダーを開いた。四枚の紙片を仰々しく取りだすが、縁を見ればどれも写真だとわかる。わたしから表が見えないようにして一枚ずつながめ、意味ありげにテーブルに伏せて、わたしのまえに整然とならべた。芝居がかった動作だが、それを気にするようすはない。警察の事情聴取というより、クイズ番組のようだ。〝一枚目の写真をめくったら、終身刑と出るか、新品のリビング家具一式と出るか！〟

刑事は一枚目をめくった。写真が表を向く。しわひとつないシャツを着た七歳の少年が、ぎこちなくポーズを作り、笑顔でこちらを見ている。わたしは胸騒ぎを感じた。学校でこの写真が撮られた日のことはよく覚えている。姉のエリーが、写真を撮るのに髪の毛をどうするかで悩んでいたからだ。ほかの三枚の写真の背を見ているうちに、胸騒ぎが確信に変わった。ほかの三枚も一枚目と同じたぐいのものだとしたら、それぞれ別の人物が写っているはずだ。その四人には共通点が二つある。一つ、すでに死んでいること。二つ、わたしのすぐそばで死んだこと。

誤解のないように言っておくが、わたしは社会病質者《ソシオパス》ではない。ちゃんと自分を分析している。他者に共感や同情もするし、友情も恋愛も長つづきするほうだ。笑い上戸でもある。笑いすぎて、ボートを漕《こ》いだときのように腹筋が痛くなることもしょっちゅうだ。失恋や別れ、エアバッグ搭載車のコマーシャルで再現される痛ましい交通事故シーンなど、世間一般の人と同じようなことで涙を流す。ホームレスや飢餓に苦しむ人を見て心を痛め、亡くなった人を悼む気持ちも持ち合わせている。それに、大の動物好きだ。まだ幼かったころでさえ、象を使うサーカス団が毎年ずかずかと街へやってきても、ぜったいに観に行かなかった。ひと言で言うと、わたしは命を尊重している。けれどキース・ジャクソン刑事はそのことを知らない。わたしを最悪の人間だと決めつけ、白状しろと言わんばかりににらみつけている。

ほかの人ならいたたまれなくなるほど長い沈黙のあと、刑事は口を開いた。写真から顔を離して椅子の背にもたれかかり、悠然とした態度を見せつける。「警察にはいって二十年になります。そのまえは軍隊にいました。ですが、これまで目のまえで人が死んだことは一度もありません。ただの一度も。軍人、市民、警官、犯罪者。ひとりもいません。薬物を過剰摂取した麻薬常習者を病院へ連れていったことも、銃で負傷した相手を救急車で搬送させたこともあります。もちろん、殺人事件の捜査で死体のひとつやふたつを見たことも。でもわたしと同じ空間にいる人間が、不慮の事故にあって亡くなったことなど一度もありません。九十歳の祖母でさえ、わたしが家にいないときに、安らかに旅立ちました。

ところが、あなたはどうです。目のまえで四人の人間が亡くなっている。わかっているだけで四人。そしてそのうちひとりは、あなたの夫です」刑事はわたしを動揺させようと、〝夫〟ということばを強調した。たしかに動揺はしたが、わたしはひるまなかった。刑事が身を乗りだすと、がっしりした肩が少し迫ってきた気がした。「いったいどういうことでしょうか、サイモンさん」

妥当な質問だ。なんと答えようか考えているうちに、心は過去にさかのぼり、いまこの瞬間へとわたしを導いた人生のあらゆるできごとがよみがえってきた。まるで『失われた時を求めて』のようだけれど、人生について詩を綴《つづ》りながら飲むのは紅茶ではなく、わたしに与えられたのは水道水だ。令状なしにDNAと指紋を採取するためであることは明らかだ。わたしは返事をするまえに、ゆっくりひと口飲んだ。わたしのDNAも指紋も、事件を解決するうえでなんの役にも立たないとわかっていた。

3　エリー

　わたしが殺した写真の少年は、ダンカン・リースという名前だった。一人っ子の悪ガキで、世界にある幸せの分量はかぎられているという信念を持っていた。ほかの子どもにいいことがあると、そのぶん自分の幸せが削られる。このはた迷惑な信念にしたがい、ダンカンは人の幸せを邪魔してまわった。ジョシュアが新しい自転車を買ってもらうと、ダンカンは野球のバットで叩《たた》き壊した。ヴィッキーが新学期の全校集会でピアノのソロ演奏をすることになれば、ダンカンはその朝、講堂ではしゃぎすぎてしまい、うっかりピアノを壊した。グリフィンが自分の誕生日に、クラスのみんなに配ろうとチョコレートチップのカップケーキを持ってきたとき、同じクラスでなかったダンカンは、自分が食べられないならだれも食べるべきではないと考えた。こんなのは不公平だと言って、さくらんぼ色とオレンジの水玉模様の箱を廊下に放り投げ、なかにはいっていた十二個のカップケーキをぜんぶだめにした。

　わたしはまだ小さすぎてダンカンの目に留まっていなかったし、明るく活発ではあったけれど、喜びをあまり表情に出さなかったため、一度もいじめられたことがなかった。ダンカンのいちばんの標的は姉のエリーだった。エリーも七歳で彼と同学年だった。ふたりは幼稚園にはいるまえからの知り合いで、計画的ないじめは年々ひどくなった。エリーの巻き毛は夕陽のように赤く、大きな目は緑色だった。成長すれば魅力的な特徴でも、子どものころはからかいの対象になる。

そのころのエリーのあだ名の代表格は〝トカゲの目〟や〝ヘビ頭〟だった。それでも学校にはもっとひどいあだ名をつけられた子もいたので、本人はあまり気にしていなかった。だが、ダンカンのいじめはどんどんエスカレートした。教室の出入り口でたびたびエリーの道をふさいだり、階段でつまずかせたりした。捕まえておいた虫を授業中にスカートの上に落とし、驚いたエリーが悲鳴をあげて跳びあがるように仕組んで、みんなのまえで恥をかかせることもあった。体を押さえつけて真っ赤な巻き毛をひと房ずつ切ってやる、といつも脅していた。気が向いたらひきちぎるかもしれない、とも言った。ある日、避難訓練のとき、ダンカンはその脅しを実行に移し、エリーの巻き毛をひと房ひきちぎった。磁器のように白い頭皮の一部がむきだしになり、血で赤く染まった。

ダンカンはわざとやったんじゃないと言い張った。そして、友達、とくに女の子が相手のときはもっとやさしく遊ぶように、と軽く注意されただけですんだ。被害者にも非があるという考えは、幼少期からはじまる。どういうわけか、ひ弱で傷つきやすいエリーも悪いということになっていた。

その事件以降、わたしは心配でたまらなかった。エリーはわたしにとってただの姉ではなく、親友であり、安全地帯であり、アイドルであり、神でもあった。かけがえのない大切な人なのだ。昔もいまも、わたしは世界でいちばん姉が好きだ。わたしはダンカンが、姉を立ち直れないほど深く傷つけることをおそれた。人格を完全に壊してしまうのではないかと不安だった。ダンカンのせいで、エリーは赤毛を恥じるようになり、ほとんど笑わず、わたしとの着せ替え遊びやごっこ遊びもやめた。学校へ行くのをいやがり、常に後ろを気にして、公共のトイレも使わなくなった。それから悪夢にうなされた。ダンカンは夢という、もっともプライベートな時間まで、エリーを苦しめるようになったのだ。眠っている姉の悲鳴が壁越しに聞こえてくることもあった。わたしたちの寝室は共用のバスルームでつながっていて、白と黒のアールデコのタイルに、エリーのあわれな泣き声が響いた。両親の寝室は離れていて、キッチンをはさんだ向こう側にあった。だからエリーのすすり泣きが聞こえるのは、わたしだけだった。

長年のカウンセリングの経験から、わたしは〝べき〟ということばが禁忌であることを知っている。空虚で無意味だからだ。でもそんなの知ったことじゃない。両親はダンカンのいじめに対して行動を起こすべきだったし、教師はエリーを守り、いじめを止めるべきだったし、校長は事態が悪化するまえに、ダンカンを学校から追い出すべきだった。それなのに、わたし以外のだれもちゃんと見ていなかった。海岸にいたダンカンの両親のように、自分たちの人生に夢中で、エリーから自信と輝きが消えていくのに気づいていなかった。エリーはわたしの人生の大部分を占めていたから、彼女が消えてしまいたいと思うほど追いつめられていることが、わたしにははっきりわかっていた。

ダンカンのいじめが激しくなるまえのエリーは、元気で明るく、親切で寛大だった。とはいえ、やたらと愛嬌《あいきょう》をふりまき、だれかれかまわず友達になりたがるタイプではなかった。自分の意見をしっかり持ち、たとえば、詩は韻を踏まなくてはいけないと考えていた。だが、相手の話に喜んで耳を傾け、ボックスボールをするのに人数が足りなかったら、たとえ気分が乗らなくても、自分から進んで参加した。エリーがいるとどんな場所もぱっと花が咲いたように明るくなったが、本人がはめをはずして騒ぐことはなかった。完璧《かんぺき》なバランスのアロマキャンドルみたいなものだ。ダンカンとは対照的に、エリーは喜びに際限はなく、だれかに盗まれるようなものではないと考えていた。ほかの人が喜びを感じれば感じるほど、自分も幸せになる。そこで姉は幸せをまわりに広め、それを大きくふくらませて、世界じゅうに行き渡らせようとした。あまり人から相手にされない老人に微笑みかけ、宗教色を排除したホリデーカードを同じブロックの住民全員に送ったが、その中には角に住む離婚した気難しい婦人も含まれていた。スクールバスの運転手とおしゃべりをしていたのは、後ろの座席にすわる生徒たちの会話に加われない彼が、疎外感を覚えないようにという配慮からだった。

それに、世間の多くの姉とちがい、わたしを自分の部屋で遊ばせてくれた。うちの裏庭にはブランコがあったし、わたし用のおもちゃも、図画工作の道具も、たくさんの色鉛筆や画用紙も持っていたので、遊ぶものには不自由しなかった。けれど、あれこれ持っていても、わたしはエリーが集めている香水の瓶への興味を抑えられなかった。それぞれ魔法にかかったような形と色とにおいをしていた。彫刻を施した小型の瓶はどれも美しく、小さな棚にならんでいた。そして驚いたことに、床に落ちて割れるともっときれいだった。

わざとではなかったが、わたしはいちばん大きな瓶をひっくり返して床に落とし、粉々に割ってしまった。そして割れた着色ガラスからこぼれた香水のしずくの、花やキャンディのような甘いにおいに魅了された。わたしは破壊の美を楽しんだ。夢中になるあまり、エリーが帰ってきて部屋に向かってくる音が聞こえなかった。部屋にはいってきた姉が目にしたのは、芳香のただようガラスの破片で楽しそうに遊ぶわたしの姿だった。わたしは顔をあげ、狼狽《ろうばい》した。エリーは裏切られた悲しみと怒りの表情を浮かべ、わっと泣きだした。「ひどいじゃない！」怒鳴られてわたしも泣きだした。わたしはあやまって瓶を落としたこと、でもそれがあまりにきれいだったので、つい夢中になってしまったことを説明した。

エリーはわたしの手から血が出ていることに気づいた。ピンクの瓶のかけらが左手の付け根に刺さっている。エリーはガラスの小さなかけらを抜き、出血を止めようとタオルで押さえた。姉はガラスの瓶よりもわたしを愛していたから、わたしのしたことを許してくれた。わたしが姉を愛するのと同じくらい、姉もわたしを愛していたのだ。それからふたりで、甘いにおいのする鋭いガラスの破片を注意深く片づけた。

ダンカンとちがって、わたしがエリーの幸せを故意に壊すことはありえない。泣きじゃくるわたしを見て、姉にもそれが伝わった。割れた香水の瓶のことを悲しんではいたけれど、わたしに文句を言うことはなかった。エリーはそういうすごい人だ。怒りを手放し、もし相手にいいところがあれば、それを見ようとする。わたしにもいいところがあった。それもたくさん。

わたしたちの両親も、ダンカン・リースがどうしようもない人間だと知っていた。母は得意げに、エリーが成功したすばらしい人生を送る一方で、ダンカンはゆくゆく、ガソリンスタンドで働くようになると予言した。母にとっては、ガソリンスタンドで働くのが落ちぶれた人生というわけだ。でも母が何を言おうと、その時点でエリーが置かれていた状況が変わるわけではなかった。頭皮の血が止まるわけでも、時計の針が一気に何カ月も進み、むしり取られた髪の毛がほかと同じ長さまで伸びるわけでもない。ダンカンがガソリンスタンドで働くようになるころには、エリーはすっかりたたきのめされて恐怖に支配され、成功したすばらしい人生など望むべくもない。それに母の予言には含まれなかったが、幸福を味わうこともできないのだ。

父と母は結婚生活に満足し、意見が食いちがうこともほとんどなく、子どもは小さくてもひとりの人間であり、自分のことは自分で考えて決められるという信念を持っていた。子どもの頭上をぶんぶん飛びまわる過干渉な母親《ヘリコプターマム》の多い世界にあって、父と母をもっとも的確にあらわすことばは〝潜水艦ペアレンツ〟だろう。巨大で重厚で、いつもそこにいるけれど、見えないことも多く、あまりに深いところに潜っていて近づけない。親というよりも、頼りになる大家という感じだ。ふたりとも支配的で抑圧された家庭環境で育った反動か、いざ自分たちが子どもを育てることになったとき、振り子を逆にふりすぎたように思える。わたしたち子どもに、なんでも自分でやることを求めた。いろんな人とかかわり、社交性や交渉術や巧みな問題解決能力など、さまざまな武器を手に入れることを望んだ。それでもたまには深海から浮上し、助言したり指針を示したりすることはあった。そして文字どおり、見知らぬ人に話しかけるよう勧めた。母は公園で男の人を指さして言ったものだ。

「挨拶《あいさつ》してらっしゃい」

「あのコートを着た男の人に？」

「そうよ。やってみて。話せば気が合うかどうかわかるから」

「でも……どうして？」

「直感を信じる練習よ。気が合わないと思ったら立ち去りなさい。走って逃げてもいい。でもまず話してみないことには、相手を見る目は育たないでしょう」

父と母が親として完璧ではなかったのはたしかだが、自衛のためのその教えは、とても役に立った。わたしは人に対する評価を、素早くくだせるようになった。そのうえでどうするかは、また別の問題だ。

両親はわたしたち姉妹に、困難を克服することを求めてはいなかった。つっかかっても不平をこぼしても口答えをしても、最終的には人生と人生で起きるさまざまな問題や不公平に、自分で対処できるようになってほしいと考えていた。父と母はわたしたちの頭上を飛びまわってはいなかった。深海をひそかに進み、ダンカンのことから距離を置いていた。けれどわたしは黙って見ているられなかった。あんな悪党はいなくなったほうがいいに決まっている。そのチャンスがやってきたから、手を伸ばしてつかんだのだ。海に行ったあの日、殺人はわたしの武器のひとつに加わった。どれほど効果的な武器であるかを目のあたりにし、常に手元に置いておくことにした。

　わたしは生来、精神的に強く、自分より弱いものをほうっておけない性分だった。実際、あの事件のちょうど二週間前、家の外から悲しげな鳴き声が聞こえてきたことがあった。探してみると、ゴレンシの木の後ろの草むらに、翼が片方折れた小鳥がいた。人間と同じように、重力にとらわれて飛べずにいる。わたしはそのウグイスをおそるおそる手のひらにすくいあげ、大あわてで家に駆けこんで叫んだ。「なんとかしなくちゃ！」目が覚めるように美しく、ウェーブした長い赤毛を無造作にリボンで結んだ母は、クロスワードパズルを置いた。そしてこれから真剣に仕事に取りかかろうというように、サマードレスの細いストラップを首の後ろで結びなおした。

「電話帳を持ってきて」わたしは母に言われたとおりにした。母は目当てのページを見つけると、電話を手にとってダイヤルした。最初の呼び出し音のあと、受話器をこちらに渡した。「見つけたのはあなたよ。あなたの患者でしょう。自分で話さなくちゃ」

　呼び出し音がさらに二回鳴って声がした。「こちら野鳥保護施設。わたしはベニータです」

　わたしは緊張しながら言った。「こんにちは、ベニータ。ルビーです。小鳥を見つけたの」

　それから十分もしないうちに、わたしは車に乗ってサウス・マイアミへ急いでいた。母が運転し、わたしは後部座席で震える小さな魂をそっと両手で包んでいた。

　ベニータは四十歳ぐらいで、母と同年代だった。でも母よりも肉づきがよくてふっくらしていた。まるっこくてのんびりしておだやかで、見た目だけで言うならパンダ保護施設のほうが合っている。わたしが傷ついた小鳥を手渡すと、ベニータは言った。「あなたはいい子ね。ありふれた小鳥にだって、幸せに生きるチャンスが与えられるべきだけど、それをわかっているのはやさしい心を持つ人だけよ」わたしはその褒めことばを素直に受け取った。あたりを見まわし、色あざやかで陽気な熱帯の花々に目を留めた。外界に対して無防備だがおそれていない。青々とした木々に鳥たちのエネルギーが充満し、幹ごと空に飛べそうだ。手入れの行き届いたいくつかの大きな鳥かごに目を凝らすと、リハビリ中の羽の生えた生き物が、ぴょんぴょん跳んでいるのが見えた。華奢《きゃしゃ》な体で、まえを向いてがんばっている。ここはいい場所だ。連れてきて正解だった。それなのに、どうして涙があふれるのだろう。

ベニータは、わたしが助けた小鳥に愛着を感じ、別れを惜しんでいることをわかっていた。さっきわたしが小鳥にしたように、わたしの頭をなでて言う。「だいじょうぶよ。いつでも会いに来て」わたしはうなずき、涙がこぼれないように上を向いてきびすを返した。後ろからベニータの声がした。「待って！　この子の名前は？」

当時わたしは一年生の中の最年少で、すでに小学校のギフテッド教育を受けていた。IQテストはおもしろいゲームのようだった。〝この中でかたちがちがうのはどれ？　もようがおかしいのはどれ？〟わたしは好奇心が強く、こっそり聞き耳を立てるのもうまかったので、世界には興味の対象が無限にあるように感じていた。その年齢にしては語彙《ごい》が豊富で（いちばん新しく覚えた単語は〝奨励〟と〝フューシャ〟）、想像力も旺盛《おうせい》だった。人間の子どもは空想の生き物だと信じている、一角獣の王女の物語も作った。

誤解しないでほしい。わたしはソシオパスでも、もはや天才でもなかった。神童ではなかったのだ。バイオリンもチェスもやらず、コンピューター・コードもわからず、日本語の勉強もしていなかった。平均より知能が高かったけれど、それも例外的にというほどじゃない。わたしはただ、とくにことばの面で、同年齢の子どもよりずっと進んでいたというだけだ。ことばにこだわりの強い一家の末っ子で、家族についていこうとしていたからだろう。

それなのに、小鳥に名前をつけるよう言われたとき、わたしは頭が真っ白になった。涙をこらえるのに必死で、早熟で創造性に富んだいつもの自分は驚くべき速さで消えていた。一瞬、無言で頭をフル回転させたが、口から出た答は「ミスター・バード」だった。母は驚いた顔でわたしを見た。期待していた返事とちがったのだろう。ベニータはわたしのギフテッド教育のことを知らず、小さな女の子がつける名前としては上出来だと思ったらしい。「すてきな名前ね。ミスター・バードのお世話はまかせて」

わたしはたびたびミスター・バードを訪ねた。やがて翼が治って自然に帰されたが、ずっとそこへ通ううちに、人間の世話なしでは生きられずに生涯を施設で過ごす鳥たちへの愛着が深まっていった。その野鳥保護施設《バード・サンクチユアリ》は、わたし自身の聖域《サンクチユアリ》だった。鳥の世話を手伝い、息をし、自然を吸いこむ場所だ。暗い秘密のひとつを木々の奥深くに隠した場所でもある。キース・ジャクソン刑事には見つけられない。ぜったいに。あれからもう長い歳月が過ぎたのだから。

わたしは緊張を悟られないよう、顎《あご》の力をゆるめ、あきらめの溜息《ためいき》をついた。ダンカンの写真を手にとって丁寧に持ちあげる。ジャクソン刑事の目をまっすぐ見つめ、不自然にならない程度にまばたきした。「この男の子なら知ってます。お互いまだ小さかったとき、海で溺《おぼ》れました。痛ましい事故だった。悲劇です。学校じゅうが大騒ぎでした」わたしは写真をもとの位置へ正確にもどした。そして聡明《そうめい》なる刑事のつぎのことばを待った。

4　幼少期

　ダンカンが死んでからしばらく、わたしは学校で教師が小声で交わす会話に聞き耳を立てた。〝かわいそうに〟〝これからさびしくなる〟〝たしかに手を焼いたけど、とてもいい子だった〟〝あの子は特別だったから、神様が天国へ召されたのだろう〟

　もし神様なんてものがいたとしても、ダンカン・リースが行くところは地獄だ。天国じゃない。それにダンカンが教室へ猛ダッシュで駆けこんでくるのを見て、うんざりした顔をしていたのは、ほかでもないその教師たちだ。ダンカンが病気で欠席すると、ひそかに安堵《あんど》の息をついていた。どう育てたらあんな子どもになるのかと、ダンカンの両親の噂話をしていたこともあった。そして死んだとたん、ダンカンはあまりに早く天に召された最愛の生徒ということになった。わたしにはわけがわからなかった。

　わたしは母に、人が心にもないことを言う状況をあらわすことばはあるか、と尋ねた。または、言っていることと、やっていることがちがう状況を。母は特大の辞書を開いた。深緑色の革の装丁に、金の象眼で辞書の名前が記されている。重さが十三キロもあり、ダイニングルームに置かれた専用の木彫りの台に堂々と鎮座していた。夕食のとき、いつも家族でことばについて話し合っていたので、ぴったりの置き場所だった。

　母は〝H〟の見出しを開き、ページをぱらぱらめくって〝偽善《hypocrisy》〟という単語を指した。わたしは説明を読んだ。「高潔な心を持っているかのごとく装うこと」むずかしい単語は母に手伝ってもらって発音し、つぎに〝高潔〟と〝装う〟の意味を調べた。調べてみてはっきりした。人は偽善者だ！

全員ではないかもしれない。でも多くがそうだ。自分の行動は棚にあげ、他者にはちがう行動を期待する。ちょこちょこルールを作るくせに、自分は守らない。はじめは大人が子どもに対してすることだと思ったが、その微妙な意味について考えるうちに、大人どうしのあいだでもよくあることだとわかった。偽善は相手の年齢とは無関係だ。

ダンカンの溺死《できし》後、わたしは偽善のひとつを学んだ。だれかが死ぬと、その人は魔法でもかかったかのように、残った者にとって完璧《かんぺき》な人物に変身する。死んだのが子どもでも大人でも同じだ。死者は別人になる。ふつうに見れば汚い公共駐車場に張った油膜にすぎないものが、小さな魔法の虹に変わるのだ。「故人を悪く言ってはいけない」ということばがある。でもどうしてだろう。相手の生死に関係なく、正直であるのはいいことだ。むしろ死んだときこそ、正直であるべきだと思う。

小学校で悲しみについて話す集会が開かれた。葬儀も執り行われた。ビーチに即席の献花台が設けられ、おもちゃや花が供えられた。ダンカンがいなくなり、わたしの精神状態はよくなった。もう憎しみを抱きつづける必要はない。彼がやった数々の悪事を思い返しもしなかった。わたしの血に流れ、わたしを毒していた激しい怒りという負の感情は去り、ダンカンのあえぎとともに塩辛い海の泡に消えていった。

ダンカンが死んでからもうひとつ気づいたのは、わたしの家族をのぞいて、だれも〝死んだ〟ということばを使わなかったことだ。みんなもっとやわらかい表現を使った。たとえば〝亡くなった〟〝この世を去った〟〝わたしたちのもとを去った〟〝天に召された〟〝主のもとへ行った〟〝よりよい場所にいる〟〝他界した〟〝永眠した〟〝安らかに眠っている〟〝旅立った〟〝故郷へ帰った〟などだ。もう少し直截《ちょくさい》に〝死亡した〟と言う人もいたけれど、まだオブラートに包んだ表現だ。わたしはこれについても母に疑問をぶつけた。「ダンカンは死んだ。死んじゃったのよ。でもうち以外、だれも〝死んだ〟とは言わない。どうして？」

母は分厚くて重い辞書の〝E〟の見出しを開き、〝婉曲《euphemism》〟の定義をわたしに示した。それからヴォルテールの名言を引用した。「ことばは心を隠すためによく使われる」母によると、人々は死をおそれているから、そのことばを避けることで自分を守っているという。ばかみたいだと思った。幼稚すぎる。ことばが死をもたらすわけではない。死をもたらすのは、癌《がん》や薬物の過剰摂取や航空機事故、それからわたしのような人間だ。

つぎにふたりで〝否定〟を調べた。辞書を引き終えたとき、人生はコントロールも予測もできないものではなく、自分の手のうちにあるという感覚を覚えた。心が落ち着いた。〝ヴードゥー〟ということばは辞書にない。あるのは行動と反応だ。そしてわたしは行動を起こす側になる。自分のしたことから目を背けず生きていこうと、わたしは心に誓った。人に嘘をつくことはあっても、自分にはぜったいに嘘をつかない。

ジャクソン刑事に言ったことは半分真実だった。学校じゅうが大騒ぎになったが、それもいっときのことだった。数週間後にはみな日常にもどった。子どもたちはまた海で泳ぎはじめ、教師は別の噂話に夢中になった。ビーチの献花台も撤去された。エリーは明るさと活発さを取りもどし、悪夢を見なくなった。こんどはわたしが悪夢を見て、自分のしたことにうなされる番だと覚悟した。ところがわたしはぐっすり眠り、空高く舞いあがって、冷たい空気を吸いながら雲の上を飛ぶ夢を見た。身も心も羽のように軽かった。罪悪感は食中毒に似ている。二十四時間以内に吐き気がして胃に酸っぱいものがあふれなければ、安心していい。生焼けの鶏肉であれ人に言えない行為であれ、体が消化に成功したということだ。

ダンカンが死んで数カ月が経つころには、せいせいした顔をしているのはわたしだけではなくなった。学校全体の雰囲気がまえより明るくなった。災いは去った。ダンカンほどではないにせよ、ほかにも意地悪な子どもはいたが、だれも彼のあとを継いでトップ・サディストの座にすわろうとはしなかった。世界の見えない法則を理解したかのように、むしろ以前よりやさしくなった。ダンカンが死んだのはカルマのせいだと思いこみ、同じ目に遭ってはたまらないと考えたのだろう。

そしてわたしは大きくなった。はちゃめちゃな一九九〇年代、マイアミのようにカオスな街で、情緒の安定した大家みたいな両親に育てられたにしては、まともに成長した。わたしは過去に一度、ひとりの少年を殺した。だからといって、常軌を逸した殺人鬼などではない。

5　コカイン

わたしは十五歳になった。歯列矯正器がはずれて胸はCカップで成長が止まり、十代前半の不安定な時期が終わった。たいていの人から見て〝イケてる〟部類にはいっていたと思う。きれいでスタイルがよく、肌もなめらかだったけど、モデルやハリウッドスターになれるほどではなかった。

　エリーはその年、ニューヨークの大学へ進学するために家を出た。わたしの喪失感はとてつもなく大きかった。二、三日おきに電話やメールで連絡をとっていたものの、気持ちはずっと沈んでいた。いつものようにオーシャン・ドライブでローラーブレードをしても、カップの上と下に同じ分量の粒チョコがはいったフローズンヨーグルトを食べても、サウス・ビーチのゲイクラブでテクノに合わせて踊り明かしても、胸に空いた穴はふさがらなかった。そこでわたしは、現実逃避できることを探しはじめた。わたしが住んでいたのは、荒れ果てた古い家屋と麻薬密売所の街から、アールデコ調に改装されたデザイナーズホテルや、赤いベルベットのロープで囲われたバーの街へと変身したマイアミだ。だからどんな場所でも自由に出入りすることができた。用心棒からボーイ、バーテンダー、クラブプロモーターまで、みんなが顔見知りだったので、年齢を訊《き》かれることはなかった。無法都市マイアミでは、身分証明書の確認も、未成年の飲酒や薬物摂取の取り締まりもおこなわれていなかった。当時の警察は、観光客が通りの真ん中で射殺されるぐらいの凶悪犯罪にしか興味がなかったのだ。

　そういうわけで、わたしは夜中の三時に外をうろついていた。スクリュードライバーでほろ酔いし、友達と何時間も踊ってお腹を空かせ、〈デニーズ〉のオニオンリングとコーヒーを楽しみにしていた。他愛のない、かわいい夜遊びだった。でもやがて、人生を狂わせるかもしれない真の危険が忍び寄ってきた。

　ある夜、友達の兄とその仲間が〈デニーズ〉の外にたむろしていた。みな刑務所から釈放されたばかりのワルっぽいセクシーさをただよわせている。首にタトゥーを入れて口元から金色の歯をのぞかせ、〝ちょっかいを出したら地獄を見るぞ〟と言わんばかりだ。そのうちのひとりが、わたしに声をかけてきた。とても野太い声で、駐車場に聞こえるほかの音がかき消された。

「なあ《オイエ》、お人形《ムニュカ》さん。こっちに来いよ」

　男はあきらかにグループの最年長だった。わたしの立った位置からは、黒い無精ひげと、きらきらした鎖についた十字架のチャームが、濃く黒い胸毛に埋もれているのが見えた。筋肉質のたくましい腕は、高級ジムではなく、刑務所の休憩時間の運動で鍛えられたようだ。この人はティーンエイジャーではない。空虚だった心が、久しぶりに少しときめいた。

　わたしは野太い声のほうへゆっくり歩きだした。力強くセクシーな足取りを意識し、余裕のある大人の女を気取った。

「一服やらないか」

　男は白い粉の詰まった小さなガラス瓶を見せた。そして小さな金のスプーンを差しだした。わたしはためらった。

「心配するなって。上物だから」

　男は毒ではないことを証明するかのように、粉を吸ってみせた。鼻腔《びくう》から喉《のど》へ苦い粉が落ちた瞬間、男の黒い目がぱっと輝いた。まあいいか、とわたしは思った。吟味されざる生に生きる価値はない、とソクラテスも言っている。スプーンを受け取って白い粉をすくい、それを右の鼻孔まで持っていった。そっと吸ってみる。強く吸わなかったので、コカインの小さな塊が途中でつかえた。男は笑い声をあげた。それからがっしりした両手で、やさしく、でも迷いなくわたしの頬を包み、顔を近づけてきた。キスするつもりだろうか。それならそれで抵抗する気はない。ところが男はわたしの唇を素通りし、右の鼻孔を唇で包んだ。キスなら何度もしているけど、それよりずっとなまめかしくてどきどきする。

押しあてられた唇と、雄々しいひげの感触にうっとりする間もなく、男は鼻に息を吹きこんだ。広大な海で自在に船をあやつるポセイドンのように、わたしの鼻孔にある湿った粉を奥へと吹きあげた。

男は上体を起こした。わたしはもう一度息を吸った。粉が鼻腔を通りすぎ、体じゅうに力がみなぎるのを感じた。わたしは無敵だ。オニオンリングもコーヒーもいらない。だれも何もいらない。コカインさえあれば。

「筋《ライン》で吸うやつもできる？」わたしは訊いた。

男はわたしを見つめ、訳知り顔で――ドラッグをやるのは売春婦だ――にやりとすると、その場を歩き去った。怒らせてしまっただろうか。ずうずうしいと思われたかもしれない。すると男は、数台先の車の横で立ちどまった。紺のインフィニティだ。

「きみの車？」

わたしは首を横にふり、ちがうと伝えた。男は静かにあたりを見まわしてから、慣れたようすで手のひらでたたき、インフィニティのサイドミラーをひとつはずした。さっきまでいっしょに寄りかかっていたダッジステルスまでもどってきて、わたしのために助手席のドアをあける。わたしはきゅんとした。紳士的な人！　車に乗りこんで座席にすわったけれど、実は心臓がどきどきして、どこまでも走っていきたい気分だった。緊張のせいじゃない。生の喜びとエネルギーが全身に満ちあふれ、低くて硬いバケットシートにじっとすわっているより、動きたくてたまらなかったのだ。

何度も吸ったはずの彼より、一度吸っただけのわたしのほうがハイになっている気がした。男が経験豊富なのはまちがいなく、がっしりした体は、わたしより三十五キロぐらい重そうだ。わたしは精いっぱいクールなふりをしていたが、ほんとうはうずうずしていた。脚が小刻みに震えている。わたしが見ている横で、男は盗んだばかりのサイドミラーに粉を落とした。財布を取りだし、運転免許証を使って、白い粉で二本の太い筋を作った。免許証の名前はカルロス・エンリケ・トルヒーリョ。一年以上前に有効期限が切れている。カルロスは財布にはいった百ドル札の分厚い束から一枚を抜き取り、それを筒状にまるめた。ばくばくしていた心臓の鼓動が、期待でさらに速まった。

カルロスはわたしに〝ストロー〟を手渡し、先に吸うよう勧めた。やっぱり紳士的だ。わたしは上体をかがめ、白い筋の一本を一気に吸った。それから反射的にバックミラーをのぞいて、鼻に粉がついていないことをたしかめた。瞳孔《どうこう》が開き、赤褐色の斑点《はんてん》が混じった目がほとんど黒一色になっている。カルロスも吸引し、車のエンジンをかけた。カーステレオから重低音のきいた爆音の音楽が流れてきた。ビートのきいたサウンドを聴いているうちに、魔法のドラッグのそばにいるよりも、体を動かしたい衝動が強くなった。

わたしはカルロスのほうを向いて言った。「ありがとう」そして急いで車をおりようとした。カルロスが大きな手を伸ばして腕をつかみ、わたしを止めた。やばい、どうしよう。この人はセクシーで軽薄でいかがわしい不良で、ティーンエイジャーの少女に喜んでドラッグを差しだすけれど、根っからの悪人ではない気がしていた。わたしに何かを無理強いする人ではないと感じた。わたしの読みははずれたのだろうか。

カルロスは言った。「名前は?」

わたしは偽名を言おうかと思った。でもこの期におよんで嘘をついても意味がない。「ルビー」

カルロスは何もする気がないらしく、あっさり腕を放した。

「クールな名前だ。またな、ルビー」

わたしの直感は正しかった。カルロスはいい不良なのだ。わたしは走った。舗道の上をすべるように進み、やがて砂浜に着いた。ヒールのせいで思ったほどスピードが出ない。心臓の鼓動に合わせて走りたいのに。わたしは靴を蹴《け》って脱ぎ、ボールを抱えたフットボール選手のように、脇にはさんで持った。とりとめのないことが頭を駆けめぐると同時に、思考は鋭く研ぎ澄まされていた。かすかに生臭い海のにおいがする。打ち寄せる波に反射して輝く月の光が見える。マッカーサー・コーズウェイのほうから、銃声を追うサイレンの音が聞こえてくる。わたしはこの広い世界で、だれよりもすてきで、だれよりも美しく、だれよりも才能に恵まれている。〝イケてる〟どころじゃない。いまのわたしは最高だ。ずっとこのままでいたい。

こうしてどこかで見たような、教訓に満ちた物語がはじまった。ティーンエイジャーが放課後にドラッグにはまる、よくある話だ。けれど物語の終わり、わたしが足を洗うくだりは、よくある話から大きくかけ離れていた。もしだれかに、なぜ、どうやってドラッグをやめたかと訊かれても、真実を話す気はまったくない。それを打ち明けることは、口にできないもうひとつの真実を認めることになるからだ。

〈デニーズ〉での夜の数週間後、わたしはカルロス相手に処女を失った。そしてその数週間後、彼への関心を失った。野卑な魅力がすっかり色あせて見えた。あの夜サイドミラーを盗んだことも、いまや男っぽいとは感じられず、ただの粗暴な行為に思えてきた。カルロスは新しいことばを覚えることに興味がなかった。わたしといっしょにダイニングルームで特大の革装の辞書を引くことにも、週末に野鳥保護施設でボランティアをすることにも。興味があるのは、わたしにあの粉を吸わせて、とめた車の中でセックスをすることだけだ。たとえわたしの部屋が使えたとしても、彼はわたし以上にわたしが未成年であることをよくわかっていて、うちに近づこうとしなかった。

　たしかに最初にコカインをくれたのはカルロスだけど、彼からしか手に入れられないわけじゃない。わたしにはベビーシッターのアルバイトで貯めたお金やお小遣い、大叔母《おば》が亡くなったときにもらったささやかな現金があった。ほかにも売ってくれる人はいる。そこである午後、カルロスが食料品店からランチャブルを万引きし、小さなプロセスチーズの塊を勧めてきたあと、別れを切りだした。どのみち、毎回コンドームをつけろとうるさく言わないガールフレンドが、ほかに何人もいることは知っていた。そういうわけで、カルロスはあっさり別れを受け入れた。

　新しい売人は、高校の警備員のミス・デュヴェだった。噂によると、昼休みに校門のポールのそばで取引をしているという。そして噂の大半がそうであるように、それは事実だった。はじめて一グラム買ったとき、彼女は老朽化して色あせた校舎の翼棟の端までわたしを追いかけてきた。やられた、とわたしは思った。すべて仕組まれていたのだろう。おとり捜査だったにちがいない。これでもうイエール大学には行けない。ところがミス・デュヴェが追いかけてきたのは、十ドル札を返すためだった。わたしが代金を払いすぎていたからだ。勤務時間中は生徒の安全を守りながら、一方でその生徒たちにコカインを売っていたかもしれないが、彼女は仕事にまじめで誠実だった。

　コカインをはじめて半年が過ぎたころ、わたしはふたたび〈デニーズ〉の駐車場へ行った。友達と待ち合わせして夜遊びの計画を立てるのに、ちょうどいい場所だ。わたしは〈クレムリン〉に行きたかった。小さなゲイクラブで、最先端のテクノが流れ、かっこいい男のゴーゴーダンサーがそろっている。バーカウンターもダンスフロアもひとつしかなくて、こぢんまりして居心地がよく、くつろげる店だ。だれもが同じフロアで同じ音楽に合わせて踊り、思いどおりにいかない世界を思いどおりにしようとしている。それにだれもわたしに声をかけて誘ったり、色目で見たりしない。客のほとんどがゲイの男性だ。たまにレズビアンもいるけれど、わたしがそもそもここへ来ていい年齢でさえないとわかっているので、近づいてはこない。せいぜい人懐こいドラアグクイーンが、わたしの豊かな赤褐色の髪と、同じ色の瞳《ひとみ》を褒めそやすぐらいだ。

〈クレムリン〉に入り浸っているうちに、そこの男女共用トイレで夜通し働いている女の人と親しくなった。ガムやミント、飴《あめ》や棒付きキャンディやコンドームを売ったり、コロンをふりかけて料金をもらったりして稼いでいる。彼女はわたしがあまりに若すぎることを心配していた。彼女の微笑みは、自分がこの世界でひとりぼっちではないと感じさせてくれた。個室が空くのを待つあいだ、わたしは彼女に話しかけた。今日はどんな一日だった？　今週はどんな一週間だった？　これまでどんな人生を送ってきたの？　テクノは好き？　バーテンダーはただでお酒をくれる？　客のほとんどがただトイレにやってきては出ていくだけで、彼女には目もくれなかったので、わたしの質問に喜んで答えてくれた。テクノはとくに好きな音楽じゃないけど、嫌いでもないよ。毎晩八時間もゲロのにおいを嗅《か》いでるうちに、大好きだったお酒を体が受けつけなくなったから、シフト後にふるまわれる一杯も飲まないの。彼女の髪はいつもおだんごにまとめられ、美しく繊細な顔立ちがよく見えた。出身はハイチで名前はジェスラ、マイアミへやってきてまだ一年だという。小柄でほっそりした体形で、頬骨が高く、親しみやすい茶色のくぼんだ目は、三十歳という年齢より世慣れて見える。長く力強い指で、だれかが使用するたびに洗面台を拭き、手を洗い終えた客にペーパータオルを差しだし、その場所をきれいに保っていた。トイレは常に掃除が行き届き、床にコカインの筋をじかに引いて吸えそうだった。

ところがその夜、友達のエイミー、エリカ、ハンナ、シャロンの四人は、〈クレムリン〉に飽きたと言った。ココナッツ・グローブに新しくできた超大型クラブ〈ロックス〉に行きたいそうだ。そこにはフロアが五つあり、それぞれちがうタイプの音楽を流している。四人はヒップホップからレゲエやエモまでいろんな音楽で踊りまくり、にやけたストレートの男に、ぼったくり価格の濁ったモヒートを奢《おご》らせるつもりらしい。

ひとりで〈クレムリン〉に行ってもよかったが、なぜかその夜は気持ちが揺らいだ。もしかすると、自分でも気づかないうちに防衛本能みたいなものが働いて、友達といっしょにいる気にさせたのかもしれない。わたしに言わせれば、わたしたちはハンナの父親のマツダに乗りこみ、幹線道路を越えてマイアミへ向かった。わたしに言わせれば、サウス・ビーチを離れてココナッツ・グローブのクラブへ行くのは、ローマを離れてクリーヴランドへパスタを食べに行くようなものだ。

「あんたってスカしてるよね」シャロンがわたしに言った。

「ルビーはスカしてなんかないよ。付き合ってきた男を見ればわかるじゃない」褒めてるのかけなしてるのかわからないひと言を言わせて、ハンナにかなう者はない。相手を持ちあげると同時におとすのだ。「ルビー、きょうの編みこみヘア、よく似合ってる！」わたしは思わず笑った。ハンナはまちがってない。後部座席でコカインを吸いながら、わたしは自分の男の趣味について考えた。たしかに変わった相手が多いし、タイプもばらばらだ。〈ロックス〉に着くと、今夜は十八歳以上の日だった。最悪だ。ほかにも十五歳の子がうじゃうじゃいて、特別感も何もあったものじゃない。エイミーとエリカはどちらもブロンドの一人っ子で、幼稚園時代から、ほんとうの姉妹に生まれたかったというほど仲が良く、外では姉妹のふりをしている。ふたりはまっすぐ三階に向かった。ソフト・セルの『汚れなき愛』が大音量で流れているのが聞こえる。ひょろ長くて色白のハンナは、黒く染めた髪を高い位置でポニーテールにし、刈りあげた頭の下側をあらわにしている。五階へ行きたいのは、ゴシックロックがテーマのそのフロアにSM部屋があるという噂が、ほんとうかどうかをたしかめたいからだそうだ。シャロンは作りものじゃない大きな胸を新しいプッシュアップブラでめいっぱい寄せて引きあげ、迷わず一階のバーカウンターへ向かった。目下の目的は、男をひっかけて一杯奢らせることだった。

わたしは友達と過ごしたくてこのぞっとする場所にしぶしぶ来たので、だれかひとりとは行動をともにするつもりだった。そこでシャロンといっしょにバーカウンターへ行き、マイアミ大学の男子学生二人と何杯か飲んだ。わたしはふたりがつけているプカシェル・ネックレス（穴のあいた小さな貝をつなげたネックレス）を見てげんなりし、首に彫られたクモの巣のタトゥーはセクシーだと感じるのに、どうしてこのどんくさい男たちのネックレスには吐き気がするのかと考えた。勝手に品定めなんかして、自分は何様のつもりだろう。わたしはまたコカインを指に載せて吸った。

シャロンとわたしはハンナを捜しに五階へ向かった。そして三人で、ものすごい美女が安っぽいフェイクレザーのパンツを穿《は》いた男に、平手と鞭《むち》で打たれるところをながめた。わたしはまたコカインを吸った。

みんなで八〇年代の音楽のフロアへ行くと、エイミーとエリカが踊っていた。わたしは平凡に見られたくないというこだわりを捨ててふたりに加わった。踊りつづけるうちに、体を動かすのは心臓にいいように感じられた。リズムに遅れないように踊っているから、心臓の鼓動も速いのだ。とても楽しかった。四人の親友といっしょに、笑って跳んでふざけた。ほんとうは好きなくせに、嫌いなふりをしている音楽に合わせて踊った。ふつうのティーンエイジャーの少女っぽいことをするのは、ものすごく久しぶりだった。だからまたコカインを吸った。

今夜最初に吸ったのは、一グラムと少しだった。あとどれくらい残っているだろう。『ロード・オブ・ザ・リング』のフロドのポケットにはいった指輪のように、残りのコカインがわたしを呼び、楽しみの邪魔をする。いっそぜんぶ吸ってしまおうか。そうすればもうコカインのことを考えなくてすむ。鼻から吸引し、友達と激しく踊り、お酒を一気飲みしてから、家に帰ったっていい。そうだ、そうしよう。

〈ロックス〉にはクールな男女共用トイレすらなかった。三階の女子トイレのまえには長い行列ができていた。そこでわたしは階段を一度に二段ずつのぼり、四階へ行った。クラシック・ロックがかかっている。ドアーズだ。どうして知っているかというと、エリーは自分がいいと思う音楽を、わたしに熱心に教えこんだからだ。よくわたしに曲を聴かせてはクイズを出した。「これは……だれ《フー》？」ある箇所でことばを切るのは、ヒントだとわかっていた。答は〝ザ・フー〟だ。

四階の女子トイレは空いていて、先客はひとりだけだった。ずいぶん年上だ。たぶん四十五歳ぐらい。でもそれよりずっと老けて見える。やつれている。長年無防備に日焼けしてきた結果が、がさがさしたしみだらけの肌にあらわれている。口のまわりに刻まれたしわは、チェーンスモーカーのあかしだろう。痩《や》せこけた顔は、かつてふっくらしていた時期もあったのかもしれないが、いまはうつろで生気がない。か細い脚に血管が浮き出て、茶褐色の斑点が散らばっている。品のないあざやかなピンクの長いつけ爪をしているが、それよりもぼってりした指に目が行ってしまう。骨と皮でありながら、全身がむくんでいるのだ。

女は洗面台に覆いかぶさるように立ち、何かに憑《つ》かれたみたいにガラス瓶をカウンターへ打ちつけていた。小さな白い粉の塊がふたつみっつ出てきた。鼻から吸引するには足りない量だ。女はガラス瓶の縁と粉を落としたカウンターを指でこすると、それをニコチンで黄ばんだ歯の上の歯肉になすりつけ、わずかに残った魔法の粉を必死で体に取り入れようとした。

あれがコカインをやりすぎた人間の末路なのか？ ポスターに書かれているように、楽しいのはいっときだけなのだろうか。つづけるのにお金がかかりすぎて、ついにはわずかな量を憑かれたようになめることになる？ 外見も精神も将来も崩壊してしまう？ はじめは猛スピードの乗り物みたいに楽しくても、ゆっくりと死に向かうというのはほんとうだろうか。女がわたしの視線に気づいて顔をあげた。目が真っ赤に充血し、恥じるような表情が浮かんでいる。

女は言った。「ルビー？」

しばらく時間がかかった。でもやがてわかった。女はダンカン・リースの母親だった。

6 天使

ビーチに到着した医師が死亡を確認してからわずか数秒後、ダンカンの母親が父親を大声で責めはじめた。「なんであの子を見てなかったの！ どうして目を離したのよ！」父親も母親を責めた。「それはこっちのせりふだ！ そもそも、肌を焼きたいから海に行こうなどと言いだしたのはきみだぞ！ きみの責任だ！」

だれもわたしを責めなかった。

あの日以来、ダンカンの母親を見たのは二、三回だけだった。最後に見かけたのは数年前、四十一番ストリートの銀行でのことだ。わたしが両親と窓口の列にならんでいると、酔っぱらった彼女がよろけながらはいってきた。人々がささやくなか、ＡＴＭへ向かい、ぎこちない手つきで現金をおろした。それからよろよろした足取りで車へもどって走り去った。だれかが警察に電話をかけ、飲酒運転の通報をしたかどうかはわからない。たぶんだれもしなかったと思う。何しろずっとまえに海で息子を亡くした、かわいそうな女性なのだ。噂によると、ダンカンが死んでから二年後に離婚したらしい。元夫は経営していたシガーショップを売却してタンパに引っ越した。そして再婚して新しい妻とのあいだに男の子をもうけ、デーヴィッドと名づけたという。

ダンカンの母親は再婚せず、新しい子どもも作らず、引っ越しもしなかった。なぜマイアミビーチを離れなかったのか、わたしにはわからない。過去に取りつかれたまま生きていきたかったのか。あるいは、大西洋のあの場所を見ると気分がよかったのかもしれない。傷を強く押すと、なぜか快感を覚えるのと同じように。

わたしは彼女を憎みたかった。ダンカンのようなモンスターを産み育てた、おそろしい女なのだ。そのモンスターを、わたしが殺さなければならなかった。だがトイレで彼女を見ているうちに、心の中で嫌悪と同情が入り混じり、ひとつの汚い色に溶け合った。憎しみは感じなかった。これほど落ちぶれた人間を憎んでもしかたがない。

「こんにちは、リースさん」わたしは言った。ほかにどう呼べばいいかわからなかった。

その瞬間、わたしははっとした。こんなふうになりたくない。ぜったいに。クラシック・ロックのフロアのトイレでいまにも倒れそうな姿をさらし、悲しみから逃れたくてもがいている、あわれで孤独な女との共通点なんかいっさい持ちたくない。わたしはコカインの瓶を躊躇《ちゅうちょ》なく差しだした。中身は四分の一近く残っていた。ダンカンの母親は瓶を見てためらった。交換条件があるのではないか、これを受け取ったら、いま以上に抜き差しならない状況に陥るのではないかと考えているのだろう。

わたしは言った。「どうぞ。差しあげます。遠慮しないで」

疲れはてた顔に涙が流れた。「ありがとう、ルビー。あなたは天使ね」

わたしは後ろを振り返らずにトイレを出た。ほかの階の列にならぶつもりだった。トイレのスイングドアがまだ閉まらないうちに、鼻を鳴らす大きな音が聞こえた。もう二度とコカインには手を出さない。

このままつづけていたら、三年に進級するころには立派な中毒者になっていたかもしれない。もしかすると、取引でトラブって殺されていた可能性もある。逃亡してホームレスになっていたこともありえる。わたしがダンカンを殺し、その母親が道を踏みはずし、十年後に彼女とトイレで再会して、わたしは一生ドラッグの奴隷にならずにすんだ。これはある種の宇宙のはからいだろうか。たぶんちがう。時系列で起きたできごとをわたしが勝手につなぎ合わせ、それに意味を与えているだけだ。それでも当時、人生に生じた原因と結果に心を乱されずにいるのはむずかしかった。

7　フラミンゴ

わたしのカップがほとんど空であるのに気づき、ジャクソン刑事が水のお代わりか、コーヒーはどうかと言った。わたしは丁重にことわった。「いいえ、結構です」刑事がわたしをもうしばらくここにとどめておこうとしているのはわかっていた。とはいえ、わたしは逮捕されたわけではない。いまはまだ。帰ろうと思えばいつでも帰れる。でも彼がわたしから引きだそうとしている以上の情報を、わたしは彼から引きだすつもりだった。だから帰らなかった。このままクイズ番組の出場者の役をつづけてみようと思った。

　ジャクソン刑事が二枚目の写真をめくった。それなりの時間ここで向き合っているので、わたしは彼が爪をきれいに整えて磨いていることに気づいていた。ズボンの丈が短いことはともかくとして、身なりを大切にしているのだろう。刑事は太い人差し指を写真の中央に置いた。中年男性の顔写真を拡大したものだ。鼻が折れて左に曲がったままに見える。黒っぽくて長いまつ毛は、明るい茶色の目をかつて引き立てていたかもしれないが、肝心のその目は充血して腫《は》れあがって不気味だ。だれであるかすぐにわかった。醜くふくれた顔を見ていると吐き気がし、高校時代の記憶がよみがえってきた。

　リース夫人にトイレで出くわしてから、わたしはきっぱりコカインをやめた。どんな種類であれ、ドラッグやアルコールと名のつくものとは完全に縁を切った。常にしらふだったから、十六歳になって運転免許をとると、完璧《かんぺき》なハンドルキーパー（何人かで店で飲酒する際にあらかじめ決めておく帰宅時の運転役のこと）になった。いつもみんなを安全に家まで送り届けるので、友達とその両親にますます好かれた。数年のあいだ、わたしはティーンエイジャーのサッカーマムみたいに、友達をここからそこへ、パーティからパーティへと送り迎えしていた。そのことが、わたしをふたたび予測できない宿命の夜へと導いた。

　ハロウィンの季節が近づき、わたしはいつもの仲間を車に乗せて、スターアイランドで開かれる友人の有名なパーティへ連れていくことになっていた。シルヴァの父親はブラジル出身の著名なカー・レーサーで、パーティのテーマは毎年〝カーニバル〟と決まっていた。ダンサーを雇い、氷の彫刻を飾り、ヨーロッパからDJを呼び、それぞれタイプの異なる五つのバー・スタンドとキャンディ・スタンドを設置した。

　十月初旬、シャロン、ハンナ、エリカ、エイミーとわたしの五人は、そろいの衣装の製作に取りかかるため、リンカーン・ロードにある手芸用品店に押しかけた。今年はフラミンゴに仮装することに決めていた。ハンナはゴスロックふうのフラミンゴで、ピンクの羽に黒い羽を織り交ぜている。シャロンはあばずれのフラミンゴに扮《ふん》した。エリカとエイミーは愛らしいフラミンゴに変身した。わたしはとことんリアリティにこだわり、ピンクのレオタードを着て、巨大な針金の翼にピンクの羽をくくりつけ、人前ではできるだけ片脚で立っていた。

　わたしがクランベリージュースを飲んで片脚でバランスをとっているそばで、ハンナとエリカはジェロ・ショット（インスタントのゼリーミックスにウォッカと水を入れて作ったアルコール度の高いゼリー）とイエガーボムで酔いつぶれている。あとで嘔吐《おうと》するのは目に見えている。自分の父親ではなく、ハンナの父親の車に乗ってきてよかった、と思った。自分の家の車の後部座席に吐瀉物《としゃぶつ》のにおいがしみつき、二度ととれないなんてありえない。それにハンナの両親は大酒飲みだから、たぶんにおいに気づきもしないだろう。

　ハロウィンの日にマツダを借りる許しをちゃんと得ていたわけではないけれど、ハンナは「まあいいじゃん」みたいなことを言い、キッチンの棚の小さなフックから、大きすぎる砂の城のチャームがついた金属のキーホルダーをつかみとった。

　シャロンとその新しいボーイフレンドが、興奮したようすでわたしを呼んでいる。ハロウィンのお菓子の金脈を見つけたのだ。わたしたちはもう〝トリック・オア・トリート〟をする年齢ではなかったが、いろんな種類のお菓子が詰まったバスケットにはまだまだ目がなかった。わたしはまずピーナッツのM&M'Sの小袋を破ってあけた。大好物なのだ。つぎにスニッカーズミニに手を伸ばした。そのつぎはトッツィロール。それからスキットルズ。最後にピーナッツのM&M'Sの小袋をひとつ、翼に合わせて作った小さなピンクのサテンのハンドバッグにほうりこんだ。

真夜中になったとき、シャロンとボーイフレンドはセックスをしにどこかへ消えていた。エイミーはシルヴァと踊っていて、まだ帰る気配はない。ハンナとエリカはプールハウスの裏で交互に吐いている。わたしもお菓子の食べすぎで胸がむかむかし、そろそろ引きあげたいと思った。ハンナとエリカもそうしようと言った。

ふたりを連れて車にたどり着いたころには、どちらも胃の中が空っぽになるまで吐き、ほとんど意識を失っていた。わたしはふたりをまとめて後部座席に押しこんだ。翼や羽をつけたハイな酔っぱらいを車に乗せるには、こうするのが手っ取り早い。マッカーサー・コーズウェイをハンナの家に向けて走っていると、点滅する青と赤の光が後方に見えてきた。わたしはしらふだし、運転免許証も有効だし、制限速度も守っているし、何も悪いことはしていない。それでも、心臓が口から飛びだしそうだった。両手に汗がにじんだ。自分が少年を殺したことを、心の奥底ではっきり意識しているせいだ。罪悪感はなくても、法的には犯罪なのだから。しかも時効がない。それに警官は、違法行為や、凶悪犯罪の犯人を嗅《か》ぎつける訓練を受けている。そうに決まっている。こちらの目をのぞきこんだ瞬間に、秘密に気づいてしまうかもしれない。

わたしは路肩に車をとめた。エンジンを切り、ラジオの音量をさげて窓をあけた。翼を十時と二時の向きにしてハンドルの上に載せ、なんとか呼吸を整えようとした。吸って、吐いて。心の中で未知の存在に懇願した。〝お願いします、わたしを刑務所に入れないで。わたしは善良な人間です〟

ハンナとエリカはお酒のせいでげらげら笑っている。同時に緊張してもいた。未成年なのに泥酔している自分たちのほうへ、警官が足早に歩いてくるのだ。ふたりが笑いをこらえようとすればするほど、かえって止まらなくなった。警官がやってきて懐中電灯を向け、車内の状況を確認した。明かりがわたしの顔にあたっていて、向こうの顔が見えなかった。

「免許証と車検証を」警官は淡々と言った。

わたしは小さなピンクのハンドバッグから免許証をつかみだし、グローブボックスをあけてハンナの父親の車検証を探した。

「わたしの車じゃありません。彼女のお父さんの車です」わたしは言い、後部座席を手で示した。警官がふたりを見たので、「ゴスロックのフラミンゴのほう」と言い、ハンナのことだと教えた。車検証が見つかり、免許証といっしょに差しだした。警官はそれをちらりと見て、自分の車へもどった。わたしの頭の中をさまざまなシナリオが駆けめぐった。エリカがげっぷをし、つられてハンナがおえっという声を出す。わたしたちは待った。

警官がもどってきた。時間は二分ぐらいだったが、わたしには二十分にも感じられた。警官が言う。「ナンバープレートを調べていてね。それで停車してもらった。この車の名義人はリチャード・ヴェイルになっている」わたしはうなずいた。ハンナの父親だ。警官はつづけた。「飲酒運転で裁判所への出頭命令が出ているんだが」ハンナはそれほど驚いていないようで、ぼそりとつぶやいた。「くそおやじ」それから警官を見あげて言った。「おまわりさんのことじゃないよ。うちの父のこと」警官は納得した。

わたしに免許証を返して言う。「きみは無事故、無違反だね、ルビー・サイモン。まったくのしらふで、酔った友達を乗せてドライブしているところかな」それを聞いてハンナとエリカが彼に手をふり、また笑いだした。警官が何か言うたび、わたしは心臓が激しく打つのを感じた。いつ悪いニュースを告げられるか、気が気ではなかった。「きみはまじめな市民で、とても頼りになるティーンエイジャーだ。それだけで褒美に値する。だから今夜は車の押収を見送ろう。みんな無事に家へ帰りなさい。でもこれを友達のお父さんに渡すように。出頭命令が出ていることを伝えてほしい。重要なことだ」警官はわたしにリチャード・ヴェイルに宛てた裁判所からの召喚状を手渡した。懐中電灯の明かりはもうわたしの顔にあたっていなかったので、相手の目が見えた。警官はわたしの目を見て言った。「きみは本物の天使だね。ずっとそのままでいてくれ」それから歩きだし、明るい光が点滅する自分の車へもどっていった。

わたしは安堵《あんど》の息をついた。あの警官は、わたしの頭に穴をあけて真実を見つける特殊な技術を持っていなかった。なんの罪もないどころか、天使だって！

でもどこかのコンピューター・システムで、マイアミ・デイド郡警察のデータベースの奥深くに、わたしの名前は十月三十一日夜のリチャード・ヴェイルと関連づけられて、永遠に記録されるのだ。わたしは幹線道路の本線にもどり、ラジオの音量をあげた。今夜のことがやがて大きな問題に発展するなど、このときは思ってもいなかった。

もちろん、薄っぺらですわり心地の悪い椅子に腰かけているいま、ジャクソン刑事がわたしのハロウィンの記憶を読みとることができるなどとは思っていない。あの夜、交通警官がわたしの過去が映った水晶玉をのぞけなかったように。刑事はこちらを揺さぶろうとして、じっと顔を見ているだけだ。ふたりの死者の写真を見せ、わたしに何かを告白させようとしている。刑事がわたしからほんとうに引きだしたいのは、夫を殺したという告白なのだ。ほかの三人はおまけにすぎない。だがわたしは無言のままますわっていた。

8 授業計画表

予想以上の結果を出した経験や困難を克服した経験は、大学入試の小論文のテーマとして使い古されているけれど、自分が殺人を犯したこと、それにまったく罪悪感を覚えないことについて書くのは得策ではないと思い、わたしはドラッグの体験をテーマに小論文を書いた。身体的依存と精神的依存のちがいを指摘し、薬物依存症の回復に向けた十二ステップ・プログラムの格言〝一度中毒になるとずっと中毒のままである〟や〝一度手を出すと何度でも出したくなる〟の是非を掘りさげた。そして自分がコカインを使用したのは、姉がいなくなってできた心の穴を埋めるためだったと結論づけた。また、コカインを断ち切れたのは、身体的依存がなかったためであるとも書いた。現実逃避の手段として薬物を利用したのだ、と。

これについてもわたしは幸運だった。身体的依存がいつ形成されていてもおかしくなかったのだから。粗悪品にあたってしまい、心臓発作を起こしていたかもしれない。反対に高品質すぎるものにあたっても、心臓発作を起こす可能性があった。あるいは鼻がだめになり、とうとうクラック・コカインまで使うようになっていたことも考えられる。歯が抜け、コンドームの使用にこだわらなくなり、エイズにかかり、二十歳になるまえに排水路で死んでいたかもしれない。だが、そのどれも起きなかった。自分が殺した少年の母親がトイレでラリっている姿を目撃し、それがコカインをやめる根本的な動機だったことは省いて、持って生まれた防衛本能について書いた。

論文（題名は『マイアミの悪習：コカインを吸うティーンエイジャー』）の提出に加え、成績は申しぶんなく、野鳥保護施設で長年ボランティアをつづけるなど課外活動にも積極的で、大学進学適性試験《SAT》の言語科目で満点をとったこともあり、わたしはイェール大学に合格した。

　一年生のときはオールドキャンパスに住んでいた。ルームメイトのアミーナはやさしく内気な性格で、シカゴ郊外から来ていたが、もともとインドの出身だった。長い黒髪をいつも三つ編みにして、頭の高い位置で結っている。毎晩、枕をふたつ使い、ひとつを頭の下に、もうひとつを顔の上に置いていた。まだ子どもだったころ、同じ寝室だった幼い双子の弟たちがよく甲高い声で騒いでいたため、この習慣が身についたという。わたしと同じくきれい好きで、毎朝ベッドメイクを欠かさず、脱いだ服はすぐハンガーにかけ、小さな机もいつもきれいに片づけていた。その点でわたしたちはとても気が合ったが、それぞれちがう癖やこだわりがあって、いっしょに生活していて退屈しなかった。わたしはパイロット・プレサイスV5の紫のインクのボールペン一本を、なくなるまで使いつづけた。インクがなくなると同じペンを新調した。アミーナはそれを尊重し、けっしてわたしからペンを借りようとしなかった。そんなことをされたら、わたしの秩序は壊れていただろう。アミーナは色も種類もばらばらなペンを小さなプラスチックケースに入れ、一度に何本か使っていた。インクの色にもペン先の太さにもこだわりがなかった。アミーナがこだわっていたのは、対称性と偶数だった。セックスのとき、オーガズムを得る回数は、ゼロか二回じゃないとだめなのだと言った。一回だと不安になるという。ボーイフレンドが面倒くさがったり酔っていたりで協力してくれないときは、自分で二回目を得るそうだ。

　わたしは専攻を心理学に決めた。人の話に聞き耳を立てるのが好きだし、人間の行動に興味があるので、カウンセラーを目指すのは自然ななりゆきだった。それに心理学を勉強すれば、自分の過去を解明する手がかりになると考えた。精神科医や臨床心理士はみな〝傷ついた治療者〟で、自身がとてつもなく深い心の傷を負っていると聞いたことがある。自分が傷ついているのかどうかはよくわからないけど、心のどこかに重荷を抱えているのはたしかだった。他者を癒やすという概念も気に入った。

大学という場所はわたしに合っていた。その仕組みも、求められる結果が明確に決まっている点も。各講座で毎学期、授業計画表が与えられた。講義の時間割、読むべき本、書くべき論文、合格するべき試験が、それぞれ期日付きでリストにまとめられている。わたしは気がかりなことをそのままにしておくのが大嫌いだった。やるべきことが頭の片隅にあるより、実際にやるほうがずっといい。ぐずぐず先延ばしにする人とは正反対で、すぐに取りかかるタイプだった。おかげで論文の提出期限であれ期末試験であれ、だいたい一カ月前にはやるべきことを終えていた。そして教授たちに、論文を期限前に提出すること、最後の講義が終わりしだい期末試験を受けることを認めてほしいと頼んだ。ほとんどの教授は二つ返事で了承し、いつも学生から嘆願される期限の延長ではなく、短縮の申し出を喜んだ。

こうしてわたしは、つぎの学期がはじまるまで、ふつうより数週間長い休みを手に入れた。マイアミビーチへ帰り、海でばか騒ぎするのが楽しみでならなかった。はじめのころアミーナは、わたしが必死になって授業計画表の期限を前倒ししていると思ったらしいが、すぐにわたしのやりかたを取り入れた。わたしたちは相性が抜群で、卒業するまでずっとルームメイトだった。

一年の冬休みがはじまるまえ、アミーナは黒人の男性と付き合っていることを両親に知られた。両親にとっては、娘のボーイフレンドが親切でおもしろくて頭が切れ、イェール大学に通う医者志望の学生で、成功が約束されていることなど、どうでもよかった。アミーナの両親が気にしていたのはただひとつ、彼の肌の色がアミーナよりも濃く、自分たちの孫が〝煤《すす》にまみれたように見える〟かもしれないことだった。アミーナが寮の廊下を行ったり来たりしながら、電話の向こうの親に怒鳴っているのが聞こえた。「心配しないでよ、子どもを作る気なんてさらさらないから！　そんなに青白い肌の孫が欲しいなら、双子を色白の女の人と結婚させることにエネルギーを使ったらいいでしょ！」

　アミーナは電話をほうり投げた。両親をよけいに刺激することはわかっていたが、それでもかまわなかった。ほとほとうんざりして、冬休みにシカゴへ帰るのをやめた。そこで自分に鞭《むち》を打ってがんばり、正式な学期末の三週間もまえに論文の提出と試験を終えた。わたしの帰省に同行してマイアミへ行き、来る日も来る日も帽子をかぶらず南国の太陽を浴びつづけた。両親へのあてこすりで、インド生まれの美しい肌をさらに濃く焼いた。

　ずっといっしょにいようと誓った高校時代の友人たちも、当然ながらこのころには別々の道へ進んでいた。時間と距離と関心は、子ども時代の絆《きずな》から人を少しずつ遠ざける。でもハンナは地元に残っていた。ずっとマイアミで暮らし、マイアミ大学に進学した。いまも実家から大学へ通い、専攻をころころ変えている。時間割や授業計画表はハンナにとって意味がなかった。成功への欲がないのだ。

　マイアミビーチでの一日目、アミーナとわたしは、オーシャン・ドライブでハンナと昼から飲み、互いの近況を報告した。わたしはお酒ではなくアイスコーヒーを飲んだ。アミーナとハンナが話しているのを見るのは不思議な気分だった。わたしの人生において、それぞれちがう時代、ちがう場所で出会った友達なのだ。時間と空間が融合したみたいでうれしかった。ハンナのゴス・スタイルは以前より少しおとなしく、上品になっていた。いまはゴスシック・スタイルで、本人のことばを借りれば、〝世界滅亡後のエレガント・スタイル〟だ。ハンナは日光に過敏な人用の服を作ることに情熱を注いでいて、その試作品は実際にかっこよかった。フードや特殊な耳当てがついた、よくあるダサいサーモンピンクのウィンドブレーカーとは大違いだった。

ハンナとわたしは、若かったころの話をアミーナに聞かせた。付き合った男の子たちのこと。忍びこんでいたクラブのこと。自分たちがまだ若いことに、まったく思いがいたらなかった。ほんの十八歳で、この時点ですらクラブに出入りするのは違法だったのに。三人でおしゃべりしているととても楽しく、今週中にまた会おうということになった。アミーナがハンナに、あしたは何をしているのと訊《き》いた。そのとき場の空気が一変した。ハンナは、あしたは父親の誕生日だから墓参りに行く予定だ、と言った。わたしが墓参りのことを当然知っているというような口ぶりだった。

だがハンナのことばは、わたしにとって衝撃だった。わたし自身、いろんな締め切りや期日を守り、人生の計画表にしたがって生きているのに、リチャード・ヴェイルにもまだ誕生日があって、それを大切に思う人がいるという考えが、一度も頭をよぎったことがなかったからだ。でもハンナが大切に思うのは当たり前だ。わたしの頭の中ではリチャード・ヴェイルはとっくに死んでいて、事実そうなのだけれど、だからといって実の娘のハンナが父親のことを思い出さないはずがない。たぶん毎日思い出している。ほかにも折に触れて思い出している人がいるだろう。たとえば本人の両親——まだ生きていればの話だけど。兄弟姉妹や親戚《しんせき》。残された妻。ヴェイルが高校時代に所属していたバスケットボール・チームのユニフォームをまだ持っている最初のガールフレンド。芝刈り機を借りたことのある隣人。そのことに考えがおよび、より大きく詳細な全体像が浮かびあがった。ひとりの人間の生と死は、ほかの人の心にじわりと浸透する。数百人ではないにしても、数十人が影響を受ける。それは少しずつ浸透しつづけ、けっして止まることがない。

　ハンナはアミーナに忌まわしいハロウィンの話をした。みんなでフラミンゴに扮《ふん》してはじまった楽しい夜が、悲鳴で起こされて終わったこと。母親が早朝、父親の死体を発見したこと。キッチンに倒れていた父親のふくれあがった顔には死斑《しはん》が浮き、額に深い傷があり、床が血まみれだったこと。アミーナは心から同情していたが、ハンナのまえでは気を遣っていっさい質問を口にしなかった。だがハグをして別れたとたん、動揺をあらわにしてわたしに向きなおった。

「ハンナのお父さんが亡くなった夜、あなたもその場にいたってほんとう？」

「うん」

「怖すぎる！　あなたも死体を見たの？」

「うん」

「うそでしょ。だいじょうぶ？」

「まあね。二年もまえのことだし」

「そうかもしれないけど。でも一生心につきまといそうなことよ。その、わたしは死体を見たことなんてないから。しかも知ってる人だなんて」

　わたしは自分が冷静すぎることに気づいた。あまりに淡々としている。そこで口調をやわらげて言った。「そうね。たしかにひどい経験だった。ほんとうに怖かったよ。だからどこかであのときの記憶を遮断していたのかもしれない」

　わたしの返事にアミーナはほっとしたようだった。それでもまだ言いたいことは尽きなかった。

「わたしに何も話してくれなかったなんて信じられない。だって、あなたのことはなんでも知ってるつもりだったのよ。あなたはわたしのことをなんでも知っているのにね。トラウマになるようなできごとはぜんぶ話したじゃない。死んだリスがガレージにいた、あのまぬけな事件のことまで」

わたしはうなずき、アミーナの不満を受けとめた。アミーナはことばを継いだ。「あしたはハンナといっしょにお墓参りに行ったほうがいいんじゃない？　わたしは待ってるから。ビーチで涼しい風にでもあたってるね。もし行きたいんなら、わたしのことはぜんぜん気にしないで。それとも、わたしもいっしょに行ったほうが心強い？　あなたはハンナの支えにならなきゃいけないし」

アミーナは話しつづけた。父親が死んだあとに迎える父親の誕生日なんて、悲しすぎるよね。わたしも父と母に電話して、もっとちゃんと話し合い、いままでのことを水に流して仲直りの努力をしたほうがいいかな。いまならまだ間に合うし。でも、あの人たちはほんとうに何もわかってないから、やっぱりちょっと迷うのよね。アミーナの言っていることは理解できたが、わたし自身はリチャード・ヴェイルとその誕生日とやらに、まったく何も感じなかった。おそらく世界じゅうでただひとり、わたしだけがあの夜起きたことのすべてを知っているからだろう。

9　被害者

取調室が蒸し暑くなってきた。だが、わたしはフロリダで生まれ育った。暑い気候が大好きだ。

それもアリゾナみたいにからっとした暑さじゃなくて、湿気を含み、ねっとりとからみつく暑さがいい。ジャクソン刑事はきっとシカゴかどこかの出身なのだろう。とはいえわたしが聞くかぎり、ことばに訛《なま》りはない。剃《そ》りあげた頭に玉の汗が浮かびはじめている。刑事がポケットからリネンのハンカチを取りだして頭を拭《ふ》いた。隅に小さな黄色い蝶の刺繡《ししゅう》が見える。だれか女性にもらったにちがいない。ジャクソン刑事のような人が自分で買うとは思えない。

「すてき」

「はい？」

「ハンカチのことです。おしゃれでレトロな感じ」

刑事は小さくうなった。「妹がかぎ針編みをするもので」

「妹さんは刺繡をなさるんですね」

それまでのすました顔が不機嫌な表情に変わった。まちがいを指摘されるのが嫌いなタイプらしい。相手が殺人事件の容疑者であればなおさらだ。わたしは一瞬、しくじったと思った。でも、この人にはどうせ嫌われている。いまさら機嫌を損ねたところで、わたしの心証はこれ以上悪くなりようがない。

ジャクソン刑事はハンカチをポケットにもどし、顔写真をわたしのほうへ押しやった。わたしはもう一度見るふりをしたけれど、視線は写真の隅にすえていた。ひとつの隅から、べつの隅へ。四角形の時計のように、右まわりに視線を動かした。あまり長く見ていたら、くさったにおいを思い出して、吐き気をもよおすのがわかっていた。刑事が言った。「この人の車を運転中に、警官に停車を命じられていますね。覚えているでしょう。そして驚いたことに、それから六時間のうちにこの人は亡くなりました」

わたしは写真の四隅から目を離し、汗ばんだ刑事を見た。リチャード・ヴェイルは、あれから一時間のうちに死んだ。でもこんどは、まちがいを正すつもりはない。

ハンナの家に着いたのは真夜中過ぎで、その日はみんなで泊まることになっていた。わたしは酔ったハンナとエリカをできるだけ静かに車からおろそうと、自分が先におりて後部座席のドアをあけた。そのとき、ピーナッツのM&M'Sの小袋が床に落ちているのに気づいた。警官に見せるため、ピンクのハンドバッグから免許証を取り出したときに落としたにちがいない。これはたいへんな事態だ。ハンナは重度のピーナッツアレルギーなのだ。たとえ袋が未開封でも、ピーナッツがすぐそばにある状況はまずい。前回、ピーナッツに接触したとき、ハンナは喉《のど》が腫《は》れて呼吸困難に陥り、ぎりぎりのところで救急外来へ搬送された。エピペン（アナフィラキシーショックなどの発作時に使用するペン型の救急皮下注射器）を常に携帯しているとはいえ、やはり心配だ。危険を完全に取りのぞかなければ。

わたしは音を立てない努力を放棄し、ハンナを急いで車から引きずりおろしてM&M'Sの袋から遠ざけた。そしてその体を支えて家にはいり、二階の寝室へ連れていった。ベッドにどさりと転がすと、ハンナはまたげらげら笑いだした。わたしは車へもどろうと階段をおりたが、エリカはなんとか自力で家へはいってきていた。エリカを押しあげるようにして階段をのぼらせ、ハンナのベッドに寝かせた。それからふたりのフラミンゴの衣装を脱がせた。ハンナとエリカは体を重ねるようにして、幸せそうに横たわっている。ふたりの下にあるベッドカバーの明るい黄色のスマイリーフェイス柄が、ことさら皮肉っぽく見える。酔いつぶれたふたりはあすの朝、飲みすぎたことを心から後悔するだろう。汗と嘔吐《おうと》で崩れたハンナのアイメイクが、とてもきれいだった。このくすんだ色合いは、狙って出せるものじゃない。

わたしは車へ引き返して危険なM&M'Sの袋を回収した。暗い家の中へ足を踏み入れたところで、肉の壁にぶつかった。顔をあげると、ハンナの父親がわたしの目のまえに立っていた。スエットパンツだけを身に着け、全身の毛穴からウイスキーのにおいをただよわせている。

わたしは自分が何か悪いことをしたような気がして、とっさに言った。「ごめんなさい」騒々しくてごめんなさい。起こしてしまってごめんなさい。勝手に車を使ってごめんなさい。ごめんなさい、ごめんなさい、ごめんなさい。リチャードは、あやまることなど何もないと言った。ホットな若い女の子に起こされるのは大歓迎だ、と。〝戦うか逃げるか〟反応で、アドレナリンが放出された。でもこれは過剰反応だろうか。ティーンエイジャーの少女にはよくあることだ。

わたしは横を通りすぎて安全なハンナの部屋へ急ごうとした。そのときリチャードがわたしの腕をつかんで言った。「もう少しここにいたらいいじゃないか。きみとぼくのふたりきりで」

「悪いけど遠慮しとく」

玄関の暗闇の中でも、酔ったその目が怒りでぎらつくのが見えた。わたしに腹を立てている。叫ぼうと思ったけど、声が出るまえに、体を引き寄せられてキスされた。生温かい湿った唇が、わたしの唇に押しあてられている。全身に虫唾《むしず》が走り、硬直して動けない。体をまさぐられながら、さまざまな考えが頭をよぎった。わたしは性被害を受けている。被害者としてどの道を選ぶ？　ヘビに巻きつかれたネズミみたいに観念する？　自分の内側へ逃げこんで耳をふさぎ、死んだふりをしてやりすごす？　それとも、死にものぐるいで戦う？　歯と爪と力と声と怒りを総動員して抵抗する？　わたしは怒りを選んだ。

車の鍵《かぎ》はまだわたしの手の中にあったので、リチャードの顔に向けて腕を大きくふりあげた。キーホルダーについた砂の城の小塔が眉《まゆ》にあたり、ざっくり切れた。顔に血がしたたった。リチャードが濡《ぬ》れた犬みたいに頭をふると、壁や床に血しぶきが飛んだ。それなのに、彼はさらに唇を押しつけてきた。暴れるわたしの両手を難なくつかんで後ろにまわす。力と怒りを頼りに戦うのは無理だとわかった。この男はわたしより大きくて力も強い。弱点をつくしかない。敵より賢くならなければいけない。巧妙な計算が必要だ。

ピンクのレオタードに大きな体を押しつけられながら、わたしはM&M'Sのことを思い出した。ハンナは以前、父親も重度のピーナッツアレルギーで、ピーナッツを徹底的に排除した家庭環境で育ったのも、自分がアレルギーを発症した一因かもしれないと言っていた。わたしは背中にまわされた手にまだ袋を握りしめていた。荒れた海の中で息を止めていたときと同じように自分を落ち着かせ、体の力を抜いた。少しだけ相手に体重を預けた。リチャードはわたしの変化を感じとって気をよくした。わたしはおずおずとささやいた。まだヴァージンなの。あなたがはじめての男性になるなら、せめてきれいな息でいたい。ミントをなめさせてもらえる？　リチャードがにやりと笑うと、ねばねばして濡れた歯が光るのが見えた。「ヴァージンだって？」彼にとっては思ってもみないお宝の獲物だった。この男は、娘の友達はみんな娘と同じようにふしだらだと思っていたのだ。

リチャードがわたしの腕を放した。わたしはショッキングピンクのマニキュアを塗った爪で、小袋を破った。顔を少しそむけ、原色のM&M'Sをいくつか口にほうりこんだ。急いで嚙《か》み、甘いコーティングをばらばらに砕いて、できるだけたくさんのピーナッツを硬い殻の牢獄《ろうごく》から解放した。それからリチャード・ヴェイルに顔を近づけ、こんどは自分から唇を重ねた。けがらわしい舌をからませてきたので、わたしは咀嚼《そしゃく》した毒を相手の口の奥へと押しこんだ。

味蕾《みらい》がチョコレートっぽい味を感じていることを本人が認識するまで、少し時間がかかった。わたしの乳房や太ももや引き締まった腰をなでることに未練はあるようだが、いまやぜいぜいとあえいでいる。わたしから離れ、よろよろと後ろへさがった。喉の粘膜が腫れ、顔面浮腫《ふしゅ》が出はじめた。リチャードは事態を理解した。崩れ落ちて膝《ひざ》をつき、キッチンへと這《は》っていくが、床からでは戸棚に手が届かない。欲しいものはわかっている。エピペンと抗ヒスタミン薬だ。一秒、二秒と過ぎるうちに、戸棚がますます遠くなる。リチャードは懇願するような目でわたしを見た。わたしはその顔を見おろし、心の中で静かに十を逆から数えた。海でしたときと同じように。

レイピストを助ける必要はない。娘をあばずれ呼ばわりしていたこの男を。もしここで助けたら、この男は機会をうかがってまたティーンエイジャーの少女を襲うだろう。このまま死なせたら、いままでこいつから被害を受けたであろう少女たちの無念を、わたしが晴らしてやれる。リチャードがわたしを見た。命がいまにも尽きようとするなか、最後の息をふりしぼってふたつの単語を発した。「この、くそ女」それで終わりだった。わたしは自分の決断に満足していた。こいつは大人になったダンカン・リースそのものだ。

残ったM&M'Sを平らげ、空になった袋をハンドバッグに入れた。キーホルダーについた砂の城のチャームから血がしたたり落ちているのに気づき、チャームをはずしてハンドバッグにしまった。夜が明けたらヴェイル家は大騒ぎになり、キーホルダーのチャームがなくなっていることなど、だれも気がつかないだろう。わたしはリチャード・ヴェイルの死体をまたぎ、車のスペアキーをフックにかけた。

あたりを見まわし、証拠が残っていないか確認すると、玄関のあたりに明るいピンクのフラミンゴの羽根が五本落ちていた。もみあったときに落ちたようで、どれもリチャードの血痕《けっこん》がついている。わたしは五本の羽根をすべて拾いあげ、足音を忍ばせて階段へ向かった。主寝室のまえを通りすぎるとき、酔ったハンナの母親が低く不規則ないびきをかいているのが聞こえた。ハンナの部屋にそっとはいり、友達ふたりのあいだに体をねじこんだ。ふたりとも、わたしが部屋を出たときとまったく同じ、酔いつぶれた姿勢のままだ。これでわたしは二人の人間を殺したことになる。一度目から二度目までは十一年あいている。つまり、これは習慣でも行動パターンでもない。二度とも正当な理由があって、たまたまわたしがやることになっただけだ。わたしは目を閉じて寝ようとした。やがて眠りに落ちた。

ジャクソン刑事の磨きこまれた爪が、リチャード・ヴェイルの顔写真をとんとんたたいている。わたしは知っていることを話した。翌朝やってきた警察は、すぐに仮説を組み立てた。いわく、前日の夜、ハロウィンのおやつをねだる子どもたちが押しかけてきて、その騒動の中でピーナッツ入りのお菓子が家にまぎれこんだ。夜中に小腹が空いたリチャードが、ふらふらしながら階段をおり、暗いキッチンで死をもたらしかねない食べ物を運悪く口にしてしまった。当然ながら、現場にいた警官は、リチャードの額に切り傷らしきものがあることに気づいた。後日提出された毒物検査報告書によると、リチャードの血中アルコール濃度は著しく高かった。そこで警察は、リチャード・ヴェイルは泥酔状態で転倒して頭を打った可能性が高いと結論づけた。転倒したのはエピペンを探していたときかもしれないし、そのまえかもしれない。いずれにせよ、薬が間に合わずに、彼はアナフィラキシーショックで死亡した。

ジャクソン刑事はこうした情報をすでに知っているはずなので、警察の古い捜査記録にあることをわたしが繰り返しても害はなかった。そしてわたしは、クイズ番組のつぎの質問を待つのではなく、自分から刑事に質問することにした。二枚目の写真に視線を落とす。「この顔写真は、ヴェイルさんが飲酒運転で逮捕されたときに撮られたものですか。あの夜、わたしが停車を命じられたのは、ヴェイルさんの車を運転していたからなので。裁判所の出頭命令に応じていなかったそうです」

　ジャクソン刑事はさっきわたしにまちがいを指摘されたことを、まだ少し根に持っているらしく、肩をすくめて言った。「それが何か関係でも？」

　別に関係などなかった。わたしも肩をすくめ、さらっと嘘をついた。「ただの雑談です」わたしは法律にも法執行機関のことにもくわしくなかったけれど、多少の知識はあった。大学時代の親友のひとりが、法律の道へ進んでいた。並外れて意欲的で、なるべくして一流の弁護士になった。親友はわたしに、司法の場に雑談というものは存在しないと教えてくれた。すべてのことばが重要なのだ。

10 ローマン

　ローマン・ミラーはイェール大学上演の『真夏の夜の夢』で、ただひとりの一年生の出演者だった。演じたのは道化者のニック・ボトムだ。体の使いかたがとてもうまく、滑稽《こっけい》な動作にも優雅さが感じられた。太い声は自信に満ち、間の取りかたが絶妙で、笑顔も晴れやかだった。古めかしいタイツとパンタロンの衣装の下に、演劇オタクらしからぬ、陸上競技のスター選手のような筋肉質の太ももが隠れているのが見て取れた。どんな人物なのか、興味をそそられた。

　わたしは別にローマンと寝たいわけでも、付き合いたいわけでもなかった。でも彼のことをどうしても知りたいと思った。子どものころ、母に言われて知らない人に話しかけた経験は、だれもがみな自分の人生を生きているただの人間であり、どんなにすごそうに見える相手でも、こちらから近づくのに怖《お》じ気づいたり遠慮したりする必要がないことをわたしに教えてくれた。そこでわたしは行動を開始した。

劇場のプログラムに載っていたスケジュールによると、『真夏の夜の夢』はあと幾晩か上演されることになっていた。わたしはどう近づくのがいちばん効果的か、じっくり考えた。追っかけのファンみたいに、楽屋の出入り口で待ち伏せするのはやめよう。勝手に理想の人だと思いこみ、ひとりで盛りあがっているように見える。キャンパスでこっそりあとをつけて偶然出会うのも、臆病者のすることとみたいで気が進まない。

考えたすえ、唯一持っている紫のペンを使い、ラベンダー色のシンプルで上質なカードにメッセージを書いた。〝ファンです。近いうちにコーヒーでもいかがですか。連絡を待っています。ルビー・サイモンより〟公演の最終日、第五幕の上演中、わたしはこっそり劇場内の通路を進み、ローマンの楽屋のロッカーにカードをすべりこませた。そして何かが起こる予感に胸を躍らせながら寮へもどった。

ローマンは学生名簿でわたしのメールアドレスを調べて、三日後に返事をよこし、わたしたちは会う約束をした。わたしは約束の時間に、キャンパスの近くにあるコーヒーショップへ行った。こぢんまりした店で、シナモンシュガー・クッキーのようなにおいがする。ローマンは先に来ていた。時間どおりに、窓際の小さなテーブル席にいる。近くで見ると、びっくりするほど男性的で、少しだけ受け口だ。ふつうの男性よりもテストステロンが多いのかもしれない。たとえるなら、最高にかっこいいブルドッグだ。たくましいのは脚だけでなく、一九〇センチ近い長軀《ちょうく》が均等に筋肉で覆われている。

ローマンがパーカーを頭から脱ごうとして、下に着ている薄手の白いTシャツをうっかりいっしょに脱ぎかけた。見事な腹斜筋がわたしの目に飛びこんできた。上腕二頭筋は隆起し、三頭筋の形もくっきり浮かびあがっている。肩や背中も広くて筋骨たくましく、スーパーマンのコスチュームのように腹筋が割れている。でもいちばん目を引くのは腹斜筋だった。太いロープが腰を這《は》っているみたいだ。ゆるやかにウェーブした茶褐色の髪、群青色の瞳《ひとみ》。ローマンはとてもわかりやすいイケメンだった。高校時代の友人たちが飛びつきそうなタイプだ。わたしも男性の好みに関してはスカしてない。

わたしたちはコーヒーを頼み、ローマンは自分が支払うと言い張った。わたしのメッセージに興味をひかれたそうだ。わたしには度胸がある。そのことははっきりしている。けれどもうひとつ、会った瞬間にはっきりしたことがある。わたしたちが友達以上の関係に発展することはないということだ。ローマンの描く絵は、わたしにはわかりやすすぎた。内面にくすぶる苦悩も感じられないし、カリスマ的な人柄と整った顔立ちと完璧《かんぺき》な肉体というあざやかな色の下に、思いもよらない色が塗り重ねられているわけでも、ほかの色が隠れているわけでもない。同様に、ローマンにとってわたしは隙がなさすぎた。彼のまえではにかんだり、誘うようなそぶりをいっさい見せなかったからだ。わたしは〝イケてる〟部類ではあったけれど、一〇点満点中七点レベルで、ローマンがいつも付き合っている九・五点じゃなかった。わたしたちは釣り合いがとれていて、完璧にお似合いだったけれど、そのためにかえって火遊びや駆け引きをする性的な要素がはいりこむ隙間がなかった。性的緊張はまったくなかったが、この日からお互いになくてはならない存在になるのはまちがいなかった。

わたしは芝居のうまさから、ローマンは演劇学専攻だと思っていた。イェールには州屈指の演劇学部がある。だが本人は、芝居はただの趣味だと言った。わたしは感銘を受けた。ずば抜けた才能を発揮する分野があるのに、それをただの趣味と言いきれるのは、特別な人だけだ。ローマンはロースクール、それもイェール・ロースクールを目指していて、いまは社会科学と歴史学の二科目を専攻し、法律の授業も受けているという。ふつうの若者がロックスターやクォーターバックのことを話すみたいに、〝著名な〟弁護士のことを話した。ローマンは訴訟に強い弁護士を崇拝していて、裁判の行方を追い、罪状や被害者や被告人ではなく、弁護人がだれであるかで判決を予想した。

ローマンは四人兄弟の長子に生まれ、母親の旧姓を名乗っていた。母親は二十世紀初頭に繊維工業で財を成した裕福な家庭の出身だった。父親はクリーヴランド出身でイェール大学を卒業後、自力で出世の階段をのぼり、いまは民間の大手不動産会社のCEOの座に就いている。ふたりはニューヘイヴンの高級ホテルの外で、タクシーの列にならんでいるときに出会ったそうだ。当時、父親はイェールの学部生で、よくそのホテルのしゃれたロビーにすわり、いつか金持ちになって宿泊する日を夢見ていた。母親はアンドーヴァーの全寮制学校の十二年生になったばかりで、女友達とハイティーを楽しんだところだった。彼女が手袋を落とした。彼がそれを拾いあげた。五年後、ローマン・ラムジー・ミラーが誕生した。そしてコネティカット州ニューカナンの大邸宅で育った。

ローマンとその家族の話を聞いているうちに、わたしは母が言っていたことを思い出した。上流階級の人はお金があるからなんでもできるし、労働者階級の人は他人の目が気にならないからなんでもできる。社会規範にしたがうことを求められるのは、中流階級の人だけで、わたしはまちがいなく中流階級に属していた。これまで会った多くの人が母の持論の正しさを証明していたが、ローマンもそのひとりだった。ローマンは規範を重んじない。それには法律の解釈も含まれていた。彼にとって、有罪か無罪かはたいしたことではなかった。つまるところ、それは弁護士しだいなのだ。裁判はゲームであり、事実を巧妙にあやつれる弁護士が勝つし、また、勝つべきだと言った。そして本人がなりたがっているのはそういう弁護士だった。シェイクスピアの劇を舞台で演じている姿をちらりと見ただけで、わたしはローマンが目標を達成するのを確信した。法廷をすっかり魅了して陪審員や判事を味方につけ、いいか悪いかはともかく、勝利をもぎとる姿が目に浮かぶようだ。そして〝真実〟がどうであれ、夜もぐっすり眠れるにちがいない。

　アミーナに加えて、ローマンはわたしのいちばん親しい友達になった。わたしたちは親友どうしだった。どちらも同じくらい一本気で外向性が高く、張り合ったり足を引っぱったりするのではなく、お互いを補完しあう関係だった。いっしょにキャンパスのジムへ行き、わたしはステアマスター（階段状の有酸素運動用フィットネスマシン）でゆっくり階段を昇降し、ローマンは肉体美をさらに磨いた。わたしは彼の負けず嫌いな性格がわかっていたので、よく声をかけて無茶ぶりをしたものだ。「懸垂を二十回やって！」「スクワットラックの重りを九十ポンド追加して！」「一マイルを四分三十秒で走って！」高校時代に陸上競技をやっていた（タイツを穿《は》いた脚をはじめて見たときにぴんときた）ローマンにとって、わたしのリクエストはまったくの論外ではなく、四分四十五秒というすばらしいタイムで走りきった。でも本人は十五秒オーバーしたことを悔しがった。

　体を動かしていないときは、トリビアル・パスート（雑学の知識を試す質問に答えながら勝敗を競うボードゲーム）の質問と答を暗記したり、スクラブル（ボードにアルファベットの駒をならべ、単語を作って得点を競うゲーム）で得点の高い単語のリストを作ったりしていた。ローマンは人生を思いどおりにできると信じていた。わたしの母が、わたしならエイズにかからないと信じていたように。それは自分でコントロールできることだ。万一に備えてちゃんと策を講じれば、どうしようもない場合をのぞいて、エイズは避けられる。どんなときも、かならずコンドームを使うこと。わたしが自分を守ってくれる薄いラテックスに全幅の信頼を置いていたように、ローマンも生きるうえで独自の盾を持っていた。どこかに情報が存在するのなら、それを入手すればいいという信念だ。目のまえに正解があるならそれを覚えて、質問に答えればいい。人生をなりゆきにまかせる必要はない。ローマンは学ぶことに貪欲《どんよく》だった。知識は力であると信じていたからだ。そして力とは、コントロールを手に入れることだった。だからローマンは、どんなこともうやむやにしておくのを嫌った。でもわたしは、自分がすべてを知っているわけではないことを理解したうえで、それにとらわれないことが、より強い力であると考えていた。ある意味で、それは解放だ。この考えかたの相違をめぐって、わたしたちは延々と議論を闘わせた。

もうひとつ、ローマンはだれとでも知り合いになりたがった。わたしは相手に顔や名前を覚えられることはうれしかったけど、こちらから覚えたいとは思わなかった。ことこの話題にかぎっては、議論が口論に発展したものだ。キャンパスを歩いていると、たくさんの人が声をかけてきた。「あら、ローマン。どうも、ルビー」ローマンはこんな調子で返事をした。「やあ、ジェニファー」「おう、ティム」「元気かい、デイヴ」「そのタイツいいね、アリソン」わたしはこの中のだれの名前も覚えておらず、興味もなかった。自分の友達ではないのだから。ローマンはわたしのそんなところが高慢で嫌いだった。わたしはローマンの嘘くさいところが鼻についた。たいして関心もない相手なのに、なぜ親しげにふるまうのだろうか。ローマンはたとえうわべだけであっても、人とつながることに安心感を覚えていた。人から好かれたり、感じがいいと言われたりすると、格別な気分になるそうだ。わたしは全員から好かれる必要を感じなかったし、ごくかぎられた人たちから深く愛されればそれで満足だった。

ある日、ローマンはいつものように、教科書が詰まったわたしの大きなバッグを持ってキャンパスを歩いていた。腕のトレーニングになるからと言って、よく代わりに持ってくれていた。わたしが、本人が通りかかるまで〝ヘンリー〟の名前を知らなかったこと、別に覚える気もなかったことを打ち明けると、ローマンは生えそろいはじめた春の芝生にわたしのバッグを置いて怒鳴った。「なんだよ、スカしやがって！」

わたしも怒鳴り返した。「何よ、かまってちゃんのくせに！」

わたしたちはそれから三日間、口をきかなかった。時間が過ぎるのが遅く感じられた。まるで濃い霧に覆われているようだった。わたしはローマンに会いたくてたまらず、自分の生きかたを見つめなおそうとした。もしかすると彼の言うとおりかもしれない。わたしはきっと高慢なのだ。ヘンリーの名前はもう忘れないけれど、ヘンリーのルームメイトの名前も聞けばよかったかもしれない。ヘンリーのガールフレンドの名前も。ガールフレンドの親友の名前も。そうやってずっと広がっていく。ひとりの生が人の心に永遠に浸透をつづけるように。名前の連鎖はどこで止まるのだろう。霧がさらに深くなり、わたしはどうしてもその向こう側を見たくなった。ローマンにあやまってけんかを終わらせようか。あしたあやまろう。

その日、異常心理学の授業のとき、わたしはとりわけ分厚い教科書をつかんだ。教科書が鈍い音を立て、あるページで開いた。メモがはさまっている。〝ファンです。近いうちにコーヒーでもいかがですか。連絡を待っています。ローマン・ミラーより〟開いたところはナルシシズムについて書かれたページだった。気がきいている。それにしても、いつのまにメモをはさんだのだろう。わたしに気づかれず、どうやって教科書をバッグから取り出したのだろうか。ローマンの要領のよさは、ときどき空恐ろしいほどだ。わたしの大きな笑みを見た教授に、何かいいことがあったのかと訊《き》かれたので言った。「たったいま、親友と仲直りしました」

ローマンは中庭で女子学生のグループに囲まれていた。

「あなたの言うとおりよ。わたしはスカしてるよね。ごめん」

「いや、きみが正しい。ぼくはたしかにかまってちゃんだ」

わたしたちはハグをし、二度とけんかしなかった。

わたしは講義や本や授業計画表に没頭していたけれど、サウス・ビーチでのクラブ通いの日々がときどき無性に恋しくなることがあった。夜のニューヘイヴンへ出かけて、いい店を探したものだが、そんなときもローマンはよく付き合ってくれた。わたしがニューヘイヴンに見切りをつけると、いっしょに列車に飛び乗ってニューヨークまで繰り出した。ローマンはわたしの本物の身分証明書と偽物の身分証明書、現金と寮の鍵《かぎ》を自分のポケットに入れてくれた。わたしは手ぶらで、夜遊び用のスキニーパンツのラインも崩れずにすんだ。ふたりでダンスクラブへ行き、お互いの当て馬役をつとめた。ローマンは狙った女の子のほとんどを落とした。そしてわたしがだれかに目をつけると、わたしをことさら持ちあげて、相手の注目を惹《ひ》くように仕向けた。どんな店へ行ってもいちばん華やかで目立つ男性はローマンだったので、そのローマンが注目するのなら、ほかの男性もわたしに興味を示すというわけだ。このシステムはとてもうまくいった。

自由時間のある夜はふたりでダンスクラブへ、自由時間のある昼間は法廷へ行った。ローマンは州裁判所であれ連邦裁判所であれ、公判を傍聴するのが大好きだった。まるで芝居の昼公演《マチネ》を観に行くみたいだった。裁判所へ着くと、〝出演者〟を確認し、後方列の席に静かにすわって見学した。重要な証言のときは、花嫁がヴァージンロードを歩きだしたときの花婿の顔をながめるロマンティストのように、陪審員の顔をじっと見ていた。陪審員が証言の信頼性について判断をくだした瞬間を、その表情から読み取ろうとした。事実の如何《いかん》にかかわらず、陪審員が被告人の有罪・無罪を決定した瞬間を。

　楽しいダンスクラブを探し求めるのと同じように、ニューヘイヴンの事件がつまらないときは、ボストンやニューヨークやプロビデンスまで出向くこともあった。アメリカの北東部は、刺激的な裁判や地元の著名な弁護士に事欠かない。まえに一度、法廷へポップコーンを持ちこみたいかとローマンに訊いたことがある。ローマンはぽかんとした目でわたしを見た。「そんなわけないだろう。食べ物を嚙《か》んでいたら、重要なことを聞きのがすかもしれない。それに、カロリーが高いだけの炭水化物をぼくが食べるとでも？」

　わたしが公判の傍聴に付き合っていたのは、被告人や告訴人、判事や陪審員になるという人間の経験を間近で見るのは、心理学的な側面から興味深くてためになるからだった。罪悪感を示すそぶりにとくに興味があり、良心の呵責《かしやく》を感じていると、なぜ刑が軽くなるのか不思議だった。犯罪は犯罪なのに、事件を起こしたあとの犯罪者の心が、なぜ判決に影響を与えるのかわからなかった。おそらく判事は、罪の意識というものを、犯罪者が二度と違法行為をおこなわないあかしと受け取るのだろう。でも多くの統計データが、罪悪感の有無と再犯率に相関関係がないことを示している。単純なことだ。わたしがクッキーを一枚食べ、ダイエットの誓いを破ったことに後ろめたさを感じたとする。するともうどうでもよくなって、一パック平らげてしまう。こうしたことはだれでも経験している。罪悪感という感情はもともと、その後の意思決定の助けにならない。そして罪悪感と恥の意識のスパイラルに陥った犯罪者が、ふたたび犯罪に手を染めることはめずらしくない。

　わたしは個人的な理由から、この考察に強い関心を持ち、のちに学部の卒業論文のテーマに取りあげた。締め切りの六週間前に提出し、A判定を受けたその論文の題名は『悔恨と赦免：うりふたつの相棒か、雑居房の危険な同室者か？』だった。

　北東部へ足を延ばすうちに、ローマンの家族とも知り合いになった。週末にニューカナンの実家をいっしょに訪ねることもあった。住み込みのメイドがわたしたちの服を洗い、山羊のチーズとドライトマトと焼いた赤ピーマン入りの、絶品のサンドイッチを作ってくれた。ローマンの父親はマイアミ時代のぶっ飛んだ話をおもしろがり、わたしの職業倫理を評価してくれた。わたしが訪ねると喜んでくれたのは、息子によい影響を与える存在だと思っていたからだ。とはいえ、法律の世界での成功に向かって邁進《まいしん》するローマンが、だれかの助けを必要としていたわけではない。

　はじめてミラー家をおとずれたとき、家族はローマンとわたしがただの友達とは信じられないようだった。二番目の弟はわたしを見るなり、〝やるじゃん〟というようにローマンの腕を強くはたいた。いちばん下の弟はわたしを横目でちらちら見て、〝兄貴とやってるの？　うへえ！〟みたいな顔をした。一回目のときは、わたしはたくさんあるゲストルームの一室を使い、ローマンは子どものころの寝室を使った。でもつぎに行ったとき、ローマンの家族は、わたしたちが固い友情で結ばれた完全にプラトニックな関係だと理解した。それ以来、両親はわたしたちに同じ寝室を使わせてくれるようになった。茶と緑の格子柄の羽毛布団がかかったクイーンベッドにならんで横たわり、わたしはトリビアル・パスートの質問とロースクール進学適性試験《LSAT》の問題を混ぜ合わせたクイズを、ローマンは神経解剖学の問題とコカイン使用時に関する質問を混ぜ合わせたクイズを出した。

　ある意味で、わたしはローマンの家族の一員になった。そして特典を与えられた。ミラー夫妻はわたしの両親とはちがい、子どもに対しても自分たちの思いをそのまま口にした。でもそのために子どもたちは、両親の期待に応《こた》えなければというプレッシャーを大なり小なり感じていた。ローマンはそのプレッシャーを重い鎧《よろい》のようにまとい、たまに押しつぶされそうになっていたけれど、わたしはヘリコプターペアレントに十八年間頭上を飛びまわられた経験がないので、親のような人たちから褒められると素直にうれしかったし、重圧も何も感じなかった。ミラー夫妻はわたしの成績平均値《GPA》が常に四・〇であることを誇りに思い、成績表を冷蔵庫に貼っていたほどだ。タークス・カイコス諸島の土産物のマグネットや、末っ子の古いスケッチといっしょにわたしの成績表が貼られているのを見たときは、思わず涙が出た。わたしは思いもよらないところで、実の両親がしてくれなかったことをしてくれる、代理父母を見つけたのだ。あふれる喜びと、小さな悲しみを感じた。新しいものを手に入れると、自分はいままでそれを持っていなかったのだとわかり、痛みを感じることがある。

　ローマンといると気持ちがとても楽だった。アミーナや、もしかするとエリーといるよりも楽だったかもしれない。あまりに楽なので、ダンカン・リースのことをうっかり口にしそうになったことが何度かあった。そうそう、昔あの悪ガキを海で溺れさせてやったのよ。リチャード・ヴエイルの眉《まゆ》のあたりを切りつけたことを、ぽろりと言いそうになったこともある。ねえ、頭って、傷が浅くてもびっくりするほど出血するのよ。過去の記憶や思いが口から飛びだしそうになるたび、わたしはぜったいに言ってはいけないと胸に言い聞かせた。これらは永遠に守らなければならない秘密なのだ。親友にも、親しい家族にも知られてはならない。過去の秘密のせいで、自分がもっとも愛し、もっとも信頼している人たちとわたしのあいだには、常に薄い壁が存在していた。もうひとつのラテックスの薄層だ。そんなの悲しくて耐えられないと言う人もいるかもしれないけど、コンドームなしでセックスしたことが一度もなければ、コンドームありのセックスもとても気持ちがいいものだ。

それでも、もし、いつかだれかに打ち明けることがあるとしたら……その相手はローマンだろう。

11　裏切り

ローマンは自分の美しい肉体を世の中に公開しないのは罪だと感じたらしく、イェール大学のいくつかの美術教室でヌードモデルをつとめることにした。大学で二科目を専攻し、ＬＳＡＴの勉強にも打ちこみ、一日に二回ジムへ行きながら、人のために全裸で立つ時間をどうやってひねり出すのか、わたしには想像もつかなかった。

でも本人が心配しているのは、全裸で美術学生のまえに立っているとき、きれいな女の子と目が合うことだった。エロい考えが頭をよぎるかもしれないし、とりとめもない空想が妄想に発展するかもしれない。そんなことが起きたら、股間《こかん》が硬くなってしまう。ローマンはその事態を避けたかった。神話の神になりたがっていた。彫像のように注目されてあがめられ、おだやかでクールで冷静でありたかった。股間が硬くなったら、自然の身体機能を超越した存在ではいられなくなってしまう。そこで彼はある実験を思いついた。

わたしはラップトップと教科書の詰まったバッグ、特大サイズのコーヒーをふたつ持って、ローマンのワンルームのアパートメント――このころには寮を出ていた――へ行った。ローマンのコーヒーにはクリームがきっちり一個半、わたしのコーヒーにはクリーム二個とローシュガー二袋がはいっている。わたしはコーヒーを渡し、すわり心地のいい椅子に勢いよく腰をおろした。ローマンがまずズボンを、つぎにボクサーブリーフを脱いだ。Ｔシャツと靴下を着けたままの姿は滑稽《こっけい》だった。ローマンはそれに気づき、あわててＴシャツを脱いだ。そして腰を曲げて靴下も脱いだ。いまや一糸まとわぬ姿でわたしのまえに立っている。とても美しい肉体だ。

ローマンの裸を見るのはこれがはじめてだった。わたしはしげしげとながめた。それが実験の一部だったから。あらゆる角度から、徹底的に見なければならない。その間ローマンはじっと動かず、全裸で女性のまえに立ったら股間が硬くなるかどうかをたしかめるのだ。

「どう？」ローマンが訊《き》いた。

「どうって？　あなたのペニスを批評するために来たんじゃないんだけど」

「わかってるさ。でもやっぱり気になるじゃないか」

「ショックを受けるかもしれないけど、わたしを含めて、ほとんどの女はペニスなんて気にしてないの。へんてこな見た目だし、ふつうの人間のサイズ内であれば、どうだっていいと思ってる」

「ちょっと待ってくれ。みんながへんてこな見た目をしている？　それともぼくだけが？」

「あきれた。みんなへんてこに決まってるじゃない！　セックスシンボルの男性はなんでいつもタキシードを着ていると思う？　男はできるだけ体を隠したほうが魅力的だからよ」

そのことばにローマンは打ちのめされたようだった。すっかりしょげた顔で、ソファにどさりと腰をおろした。わたしは気がとがめ、その隣にすわった。腕に手をかけると、筋肉が緊張するのが伝わってきた。それから彼の肩に頭をもたせかけ、その体を抱き寄せた。左の腹斜筋に手があたっている。全身がぞくりとし、下腹部がうずいた。

「ねえ聞いて、あなたは信じられないほどすばらしい体をしている。自分でもわかってるはず。きょうの目的は議論じゃないでしょ。股間が硬くなるかどうかを確認するためだったよね」ローマンがしおれたペニスを見おろした。それからわたしの顔を見て、コーヒーをひと口飲んだ。ふたりでしばらく待った。

ローマンの股間は硬くならなかった。わたしのまえでも、美術学生のまえでも。何をやってもうまい彼だが、ヌードモデルも完璧《かんぺき》にこなした。そしてわたしたちの固い友情は四年生のはじめまでつづいた。わたしがジェイクに会ったのはそのころだ。

その日はわたしの二十一歳の誕生日で、ニューヘイヴンでいちばんクールなバーで友人たちとお祝いをしていた。マイアミで行ったことのある店とは大違いで、そのバーは身分証明書の確認が厳格だったため、偽物は通用しなかった。だからほんとうの誕生日の夜まで待って、ようやくはいることができた。〈クラブ・ロックス〉でダンカンの母親と会ったとき以来、お酒は一滴も口にしていなかった。あのやつれはてたあわれな姿と、〝ゲートウェイ・ドラッグ〟（より強い薬物への入口となる薬物を指し、たばこや酒も含まれる）ということばが、わたしを五年間、アルコールから遠ざけていた。わたしはライム入りのソーダ水を飲んだ。

アミーナの新しいボーイフレンドはキュートなインド人で、アミーナの両親にとっては残念なことに、無神論者だった。その彼が親友のジェイクを連れてきた。ジェイクは、勝手に押しかけてきた自分を快く受け入れてくれたお礼に、一杯奢《おご》らせてほしいと言った。わたしは盗んだサイドミラーで常習的にコカインを吸引し、自分が殺害した少年の薬物常習者の母親に出くわしたことをきっかけに精神状態に作用する物質と手を切った女なのだ。でもそのとき口から出たことばは「ええ。グラスのシャンパンを」だった。

ジェイクは女をめろめろにするタイプと言ってよく、顔は完全に左右対称で、目に茶目っ気があった。そしてグラスではなくボトルのシャンパンを注文した。

わたしはもう二十一歳の大人で、分別もあり、心から幸せを感じている。前頭葉もすっかり成熟した。正しい判断がくだせるし、エリーが大学へ進学して家を出たときに感じたような孤独をまぎらせるために、薬物の助けを必要としてもいない。それに〝一度手を出すと何度でも出したくなる〟という格言が本当に正しいのかどうか、見てやろうじゃないかという気持ちもある。あらゆることを考えあわせたすえ、わたしは堂々とシャンパンを口にした。

なんておいしいんだろう。辛口で、泡が舌の上ではじけている。アルコールが血流に乗って全身にまわっても、ドラッグを渇望する狂おしさのようなものは感じなかった。もっと飲みたいとすら思わなかった。高いシャンパンを二杯だけ飲み、それでじゅうぶん満足した。いい気分だったけど、酔っぱらってはいなかった。ジェイクが顔を寄せて首筋にキスをしてきて、わたしは驚いた。

「ガールフレンドはどこにいるの？」わたしはジェイクがクラスでいちばんきれいな女の子と付き合っているのを知っていた。メロディという名前で、だれが見ても十点満点だ。つまり、どれほどの美女であっても、男は寝るのに飽きるということだ。

ジェイクによると、メロディは翌日の試験に備えて一夜漬けをしているという。わたしは思わず口もとをゆるめたが、それは〝一夜漬け〟という概念がぴんと来ず、自分にはなじみのないものだからというのが大きかった。わたしは一夜漬けの必要に迫られたことなど一度もない。ジェイクが訊いた。「いつもいっしょにいる彼はどこに？」

「ローマンのこと？　どこかそのへんにいると思うけど」

「きみのボーイフレンド？」

「ううん」

ジェイクはおずおずとわたしの脚をなであげた。わたしは止めなかった。ジェイクの手の動きからためらいが消え、わたしの太ももを強くさすりはじめた。

「もし彼と付き合ってたら、きみはぼくを止めてた？」

「ええ。でもそうじゃないから」

ジェイクは言った。「きみはぼくより善人だ」

〝そうよ、わたしは天使だもの〟わたしは心の中で苦笑した。そして気がついたら、そういうことになっていた。殺人の場合、計画性の有無は罪の重さを左右する。恋人がいるセクシーな男とベッドをともにすることにも、それが適用されていい。こうして後日スキャンダルとなる関係がはじまった。

ジェイクと寝たことを打ち明けると、ローマンは文字どおりわたしにハイタッチをした。すごいじゃないか、相手はあのジェイクだぞ。大学の代表選手で、学内で一番人気の即興劇団にも属している。目の覚めるような美女を射止めただけあって、ルックスも完璧だ。ふたりはとても目立つカップルだった。メロディの瞳《ひとみ》は濃紺で、髪は金色だった。ジェイクの瞳も濃紺で、髪は黒かった。ふたりは一年生のときからずっと付き合っていた。

わたしはほかのことで罪の意識を感じないなら、恋人のいる相手と寝たところで、胸が痛むはずはないと思っていた。わたしはメロディと何も約束をしていない。約束を破ったのはジェイクであって、わたしじゃない。わたしが気にする必要はない。メロディとは友達ですらないのだから。なんとなく存在を知っていただけだ。それにふたりは、結婚はおろか、婚約さえしていない。わたしたちは大学生でまだ若く、大人になった気でいるだけだ。ジェイクに服を脱がされているわたしが、彼とメロディの関係をそこまで深刻に考えなくてもいいだろう。これは純粋な快楽だ。ふたりの仲を裂こうとか、だれかを傷つけようなんて思っていない。

振り返ってみれば、わたしの情事を知ったとき、ローマンがあれほど興奮していたのは、ジェイクとメロディが別れることを期待したからだろう。そうなれば彼にもようやくチャンスがめぐってくる。ローマンはメロディを狙っていた。大学の人気者だったローマンは、たくさんの人に囲まれていたけれど、その中に彼女ははいっていなかった。メロディはずっとジェイク一筋だったから、ローマンは片想いで終わるはずだった。それなのに、ジェイクはわたしとベッドをともにして、メロディを欺いた。ローマンはメロディと同じ講義を受けていたので、近づいて目を覚まさせようとした。ジェイクに浮気の噂があることを教えて、メロディに褒めことばを浴びせた。きみみたいないい人が、こんなひどい仕打ちを受けるのはまちがっている。これほど美しい人をほうってなんかおけないよ。きみは賢すぎるから、かえって自分の背後で起きていることに気がつかないんだ。メロディはローマンを信じなかった。ローマンがジェイクのことを悪く言うのは、自分を振り向かせたいからだと見抜いていた。メロディは、ジェイクが浮気なんかするわけがないし、これから先もしないと信じていた。だからローマンの説得も、ささやかれる噂も完全に無視した。

ローマンにわたしを裏切るつもりはなかった。わたしを売ることなど頭をよぎりもしなかった。気がついたらそうなっていた、と本人は言った。計画していたわけではなかったのだと。プラトンの洞窟《どうくつ》の影（われわれがふだん現実として見ているものの多くは影にすぎないと唱える、プラトンによる寓話）からメロディを救いだし、浮気者というジェイクの真実の姿に光をあてて彼女に見せたい一心だった。説得も五回目になったとき、メロディは相手の名前を教えてと迫った。

「そこまで確信があるなら、相手がだれなのか言ってみて。証拠があるんでしょう。ジェイクが付き合っているという相手はだれ？」

　ついに待ちわびた瞬間が訪れた。答なら知っている。はやる気持ちがまさり、ローマンはつい口を開いた。「ルビーだ。相手はルビーだよ」

　あとから聞いたところによると、それを耳にしたメロディの美しい顔は苦悩にゆがんだという。濃紺の瞳が涙でいっぱいになった。メロディはローマンがわたしの親友だと知っていた。そのローマンが言うのなら、真実にちがいないと考えた。噂が広がり、わたしは人の恋人を盗む泥棒猫のレッテルを貼られた。メロディはジェイクを憎む以上にわたしを憎んだ。心を傷つけた張本人はジェイクなのに。でもお門違いの怒りというのはそういうものだ。

　ローマンにとって想定外だったのは、自分もまた後ろ指をさされたことだった。たったひと言で、恋愛関係と友情のふたつを一度に壊したのだ。それは言ってはいけないひと言だった。周囲はひそひそ話した。〝どうしたら親友をあんなふうに売れるんだろうね〟〝くそ野郎だな〟〝友情のかけらも感じない〟〝ダサいやつだ〟ローマンが好感を持たれたいと願い、名前を覚えたすべての人たちが、いまや彼を毛嫌いしている。その人たちはプラトンの洞窟から抜けだして光を目にした。無慈悲に照りつける太陽の下で、ローマンは大きいだけの鼻持ちならない男に見えた。

　ジェイクとその友達はローマンを殴ってやりたいと思った。メロディはローマンを軽蔑《けいべつ》した。ジェイクとは別れたものの、彼女は親友を裏切るローマンの本性を知って、けっして相手にしなかった。自分を裏切ったジェイクとたいして変わらないと考えた。両親までもがローマンに激怒した。手に入れられるかどうかもわからない女の子のために、いちばん仲のいい友達を捨てたのだ。多くの人が、ジェイクよりローマンのしたことをより悪質だと見なした。

アミーナはわたしが打ちひしがれているのを見て、当然ながらローマンに激しい怒りを覚えた。

「あなたをこんな目にあわせるなんて、あいつを殺してやりたい！」

それは不思議なことばだった。殺してやりたい……。実際に人を殺してから、わたしは一度も使ったことがない。殺人者のわたしにとって、もはや誇張の意味を持たないことばだ。でもたとえば車を買ったあと、あちこちで同じ車が目につくようになるのと同じで、だれもが何気なく殺すということばを口にすることに、わたしは気づいた。それもしょっちゅうだ。わたしにとってはそれが平凡で退屈な話しことばの中で、ネオンサインのように光って感じられた。人々はいつも「いますぐ殺してやる！」とか「あの女をぶっ殺してやりたい！」とか叫んでいる。あるいは古典的なジョークとして、「これを話したら、きみを生かしておくわけにはいかない」というのもある。挙げればきりがない。そうしたことばを最低でも週に一回は聞くし、聞いても笑みを浮かべながらうなずいて理解を示す。人を殺したことなどない、安定した人間のように。

ローマンは自分があやまちを犯したとわかっていた。何度も何度もわたしにあやまってきた。けれどわたしは深く傷つき、許す気になれなかった。どんな償いも、裏切られた悲しみを消し去ることはできない。彼をもう一度信じるなど、どうすればできるだろう。信じることができないなら、友達にはもどれない。ローマンがメロディを手に入れるためにわたしを利用したことは、エリーが大学進学で家を出たことに次ぐ大きな悲しみだった。世界に対する認識が混乱した。不確定要素だらけの世界にあって、ローマンはわたしにとって常に揺らがない存在だった。その彼が不確定要素になったのだから、受けた衝撃は大きかった。わたしは幻肢痛を覚えながら、足を引きずるようにしてキャンパスを歩いた。食欲を感じず、食事を受けつけなくなった。シャワーを浴びながら声をあげて泣くこともあった。いままで感じたことのない何かが心の中に芽生えた。恥の感覚だ。恋人のいる男と寝たことを恥じ、親友に裏切られたことに恥辱を感じた。

皮肉なことに、ジェイクとの時間が楽しかったのは、恋愛感情がなかったからだ。ジェイクとの関係で自分が傷つくことはないとわかっていた。でも彼と付き合ったことで、愛する男性から傷つけられた。友情であれ、恋愛であれ、家族愛であれ、愛は愛だ。愛しているかいないかのどちらかで、その深さは関係ない。そしてわたしの心は引き裂かれた。

スキャンダル発覚の三週間後、ジェイクはプロポーズをしてメロディを取りもどした。婚約指輪は、エメラルドカットのカナリア・ダイヤモンドをパヴェダイヤモンドで囲んだデザインだった。翌年、ふたりはロードアイランド州ニューポートの豪邸で結婚式を挙げた。飲み放題のシャンパンは高価なもので、バニラ味のケーキは絶品だったそうだ。

ローマンがわたしにしたことは、死に値するだろうか。いや、それはない。夜眠れずにわたしが考えることは、スーパーヒーローみたいな体格のローマンを絞殺する方法ではなかった。わたしは死んだ友情を悼んでいた。悪夢を見るようになったのはそのころだった。

12　塩

悪夢の内容はいつも同じだった。顔のない人物がわたしを押さえつけ、手のひらいっぱいの塩を口に押しこむ。もがいて悲鳴をあげ、つばを吐きながら目を覚ますと、ベッドが唾液《だえき》で濡《ぬ》れている。わたしの泣き声があまりに大きいので、枕を顔に載せたアミーナにも聞こえていた。四年生になるころにはほとんどの学生がキャンパスから引っ越していたけれど、アミーナとわたしは寮生活の気楽さや仕組みが気に入っていた。そこで下級生に交じり、寮でルームメイトをつづけていた。

でも毎晩見つづける悪夢のせいで、アミーナは夜中に起こされ、わたしは塩恐怖症を発症した。フライドポテトやポテトチップスを口にすると吐きそうになった。カフェテリアでだれかが料理にテーブルソルトをかけているのを見ると、パニックを起こした。そのうち、テーブルソルトを自分のまわりからどかしはじめた。だが生まれたばかりの娘を呪いから守るため、国じゅうの糸車を処分しようとした『眠れる森の美女』の王のように、わたしの試みもうまくいかなかった。塩のきいた料理やテーブルソルトを視界に入れるまいとどんなにがんばっても、隣のテーブルのさらに向こうにはかならず載っている。グラスのふちに塩をつけたマルガリータを思い浮かべると具合が悪くなるので、メキシコ料理の店には行けなくなった。海の味の魚介類を口に入れると考えるだけで耐えられず、日本料理も受けつけなくなった。あれほど好きだった人魚ですら、嫌いになりかけた。

でも当然ながら、心理学の必修科目の単位はすべて取得していたので、わたしは卒業論文の執筆を進める一方で、脳をより深く知るために神経科学を学んでいた。高分子構造学の教授助手はマックスという名前で、長身で痩《や》せていた。目は黒っぽく、顔に薄茶色のふきでものができている。カシミアのVネックのセーターと肘《ひじ》当て付きのツイードのジャケットを着て、色あせたブルージーンズを穿《は》いていた。専門家らしく見せるためのマニュアルを読んではみたものの、その半分しか実行できてないみたいな感じだった。たまに講義のときにおだやかな低い声で話すこともあったけれど、たいていの場合、自分よりずっと年上の教授が、まとめたレポートを持って立ち去ったあとも教室に居残っていた。悪夢がはじまってから数週間経ったころ、マックスはわたしの無意識に侵入してきた。夢の中でわたしたちは、小学校の教室の机の上で抱き合っている。マックスが濃厚なキスをしてくる。つぎの瞬間、その舌が溶けて塩になり、わたしの喉《のど》に流れこんできた。わたしははっと目を覚まし、つばを吐きながら絶叫した。アミーナが暗闇の中でこちらを見ている気配がする。

「このことをカウンセリングで相談してる？」

「うん」わたしは嘘をついた。カウンセリングでは話していない。問題は、この悪夢の正体にわたしはすでに見当がついているのに、だれにも言えないことだった。塩への嫌悪はおそらく海に関係している。海はわたしがダンカンを殺した場所だ。そして口に押しこまれる塩は、ダンカンが海水を飲んで死んだことの象徴なのだろう。あるいは、リチャードの喉にわたしがピーナッツを押しこんだこととの象徴かもしれない。どちらにしても、ぜったいに人に言えない。

わたしはこの悪夢が、罪悪感を抱かない時間の終わりを告げ、エドガー・アラン・ポーの忌まわしい『告げ口心臓』や、ドストエフスキーの『罪と罰』のような結末が待っているという警告ではないかと不安だった。わたしの無意識が苦しんでいて、過去にしたことを後悔し、罪を告白したくてたまらず、顕在意識がそれを認識するまでわたしを眠らせないつもりではないだろうか。でもわたしの顕在意識はそのことを認めず、起きているあいだは罪悪感のかけらも覚えなかった。何に対しても。

心理学部の教授の多くが、心理学専攻の学生にカウンセリングを受けることを勧めていた。理由は二つある。まず、患者の立場で経験しないと、優秀なカウンセラーになれないこと。つぎに、カウンセリングを受けることで、自分が心理学のどの分野にいちばん興味があるかを知るヒントになること。わたしは自分のカウンセラーに、博士号を取得して間もないアリーシャ・ゴールドマン博士を選んだ。それなりの人生経験がある年齢だが、わたしのこれまでの人生を読み解くにはまだ若い。二年生のときから、月に一度、博士のカウンセリングを受けてきた。紺のコーデュロイ張りのソファにすわり、いろいろなことを話した。アリーシャはきれいで聡明《そうめい》で親切だった。わたしは彼女のメソッドを観察しながら、思念や概念や感情について考察した。それなりに心を開いてはいたけれど、泣いたり感情的になったりしたことは一度もなかった。殺人の告白は、医療者が患者に関する守秘義務を放棄しうる数少ない例外のひとつなので、塩恐怖症を打ち明けることはできない。すべてを自分ひとりで抱えなければならず、わたしの悪夢はつづいた。いまや夢の主演は、マックスとその舌だ。

ある午後、前夜もほとんど眠れず、疲れはてた体を引きずって寮の部屋へもどった。わたしは自分の目を疑った。エリーがわたしのベッドに腰かけている。わたしの顔をひと目見るなり、心配そうな顔で立ちあがった。

「ああ、ルビー。何があったの?」

わたしはアミーナのほうを見た。バッグをつかみ、わたしたち姉妹をふたりきりにしようと、出口へ向かっている。悪びれない口調で言う。「わたしが電話したの」それから部屋を出ていった。

エリーは真剣なまなざしでわたしの両肩に手をかけた。「話して。食べられないの、それとも過食してしまうの？　またドラッグをはじめたとか？」

「まさか！」

「カルトにはまった？」

「何を言ってるの？」

「よくあることよ。あなたもそうなの？」

「そんなわけない。エリー、わたしはだいじょうぶよ」

「だいじょうぶなわけがないでしょう。ここに来るまで、せいぜい髪を洗ってなくてべたついてるとか、寒さで肌が粉をふいてるぐらいだと思ってた。でもいまのあなたはまるで死人よ。目の下は隈《くま》で黒ずんでるし、何よりその姿勢を見て。背中がすっかりまるまっているじゃないの。すべてをあきらめた人みたいに見える。あなたらしくない」

わたしは背筋を伸ばそうとしたが、疲労が重い毛布のようにのしかかってできなかった。エリーはわたしの目をのぞきこみ、真実を打ち明けるのを待っている。姉がここへ来ているなど思いもしなかったので、何を言えばいいかわからなかった。

わたしはつい口を開いた。「ずっと眠れないの。ひどい悪夢を見るから。わかる？　毎晩、毎晩よ。塩の夢を見るの！　塩を口に押しこまれる夢。何度も何度も。どうしても止まらない」

エリーは同情と理解を示す表情でわたしを見て、肩に置いた手をおろした。

「ナメクジね」

「え？　なんの話？　ナメクジがどうしたの」

「覚えてないのね」

覚えていなかった。エリーは言った。「あなたがまだ四歳ぐらいですごく小さかったとき、ママが庭で大量のナメクジに塩をかけたことがあったの。それを見たあなたは完全にパニックに陥って、大声で泣き叫んだ。あんなに取り乱したあなたを見たのははじめてで、何をしても言ってもだめだった。あなたはナメクジが溶けて消えるのを、恐怖に凍りついた顔で見ていたのよ」エリーの語る衝撃的なできごとを聞いているうちに、少しずつ記憶がよみがえってきた。

「そうだった。溶けていくナメクジの声にならない悲鳴が、わたしにはたしかに聞こえてた」

エリーはわたしの欠けていた記憶を補った。「あなたはやめてと泣いて頼んだけど、ママはやめなかった。どうしてナメクジを殺すのとあなたが訊《き》いたら、植物を枯らすからとママは答えたの。するとあなたは、なぜナメクジより植物を選ぶのと訊いた。植物のほうが大切なのはどうして、植物のほうがかわいいのはどうして、と」

その場面が脳裏によみがえった。そのころのわたしはまだうまくことばで言いあらわせなかったけれど、自分の母親がなぜそれほど非情な決定をくだし、ある生命体より別の生命体を優先するのかが理解できなかったのだ。わたしはいろいろ思い出し、エリーは話しつづけた。

「で、ママはあなたには刺激が強すぎたとわかって、その日以来、あなたが家にいないときを見はからってナメクジを処分していた。でもあなたは気づいていたのよね。ときどき、テラスにねばねばした細い筋がつき、どこへともなく消えているのを見て、とても悲しそうな顔をしていたから」

わたしは悪夢の原因、それもおおっぴらに話せる原因が見つかったことに安堵《あんど》し、エリーを力強く抱きしめてくるくるまわりながら、声を弾ませた。「そうだったのね！　ナメクジだったなんて！　ありがとう！」エリーの体を放して床におろすとき、わたしはふと気づいた。母親がナメクジより植物を選んだことに心をかき乱されたわずか一年後、わたしはダンカンよりエリーを選んだ。そして何かを愛していれば、迷いなど生じないことを知った。人は年齢を重ねるにつれ、選択しなければならない場面があることを知る。非情なのではない。ただ、それが人生なのだ。わたしは、いまごろになって悪夢を見るようになったのはどうしてだろうと言った。エリーによると、理由は明白だそうだ。

「自分が見捨てられたと感じたとき、元気ではいられないでしょう。自分で思う以上に、ローマンのことが堪《こた》えていたんじゃないかな」

エリーがニューヨーク行きの電車に飛び乗ってから、わたしはアリーシャに電話をかけて急患予約を入れた。アリーシャはすでにローマンとのことを知っていた。でも繰り返す悪夢と母親とナメクジのことを話すのは、これがはじめてだった。いろんなことを訊かれたが、結局のところそれは「それであなたはどう感じた？」という質問に集約され、わたしは恐怖を感じたと打ち明けた。自分は植物ではなくナメクジではないかという恐怖。いつか母がわたしよりほかの生命体を選ぶかもしれないという恐怖。自分も簡単に処分される無力な存在で、塩みたいにありふれたなんでもないもので、地上から消されてしまうのではないかという恐怖。

カウンセリングが終わるころ、わたしは泣きじゃくっていた。サイドテーブルに置かれた木のボックスからティッシュをとり、洟《はな》をかんで涙をふこうとしたが、何滴かがそのまま流れて口にはいってしまった。忌まわしい塩の味がし、わたしはさらに激しく泣いた。声がかすれて震え、濡れたティッシュが塊になっている。わたしは人前で号泣したことにとまどった。何しろ自分は心理学専攻で、ここへ来たのは感情を爆発させるためではなく、勉強が目的なのだから、もっと冷静に対処できたはずだ。だがアリーシャ・ゴールドマン博士は、泣くのはいいことだと言った。必要なことだし、精神の浄化作用があるからと。そしていまわたしが経験していることは

“突破口《ブレークスルー》”と呼ばれるものだとも言った。

アリーシャは正しかった。その夜、わたしは泣きはらした目でぐっすり眠った。翌朝起きたとき、夢を見た記憶はまったくなかった。

十二月の寒い朝だった。雪は降っていなかったが、霜がアーチ道や裸の木の枝を覆っていた。わたしはお気に入りのタイトジーンズを穿き、赤みを帯びた目と髪をポップに見せてくれる明るい黄緑色の薄手のセーターを着た。首にグレーのウールのロングマフラーを巻き、グレーのショートブーツを履いた。キャンパスを十分以上歩くと体が冷えきるのはわかっていたけれど、寒さがかえって決意を固めてくれると思った。イマージョンカウンセリング（不安障害やパニック障害患者を対象に、恐怖を克服するために用いられる心理療法）で、最後に残った恐怖に打ち勝つのだ。

だれかがクリスマス用のろうそくを灯《とも》したらしく、心理学部の学舎の廊下は松の木のにおいがした。わたしはかすかに震えていたが、事務室のある三階まで階段をのぼるうちに、すぐに体が温まってきた。教授助手のマックスはひとりきりだった。プリンターのそばの机に腰かけ、何かを楽しそうに読んでいる。マックスは顔をあげた。「どうも。たしかルビーだったよね。ちゃんと話をしたことはなかったと思うけど。ぼくはマックスだ」握手をしようと手を伸ばす。親指と人差し指のあいだの筋肉が少し盛りあがっている。ドラムをやっているのかもしれない。この手を使ってフロイトを読んでいるようにはとても思えない。

わたしは何も言わなかった。三歩進み、マックスの胸に顔をうずめる寸前まで近づいた。ノーブランドの石鹸《せっけん》のにおいがする。マックスは伸ばした腕を脇におろした。わたしはその体にもたれかかり、唇と唇を近づけようとした。マックスはどうしていいかわからず、そのまま動かなかった。わたしはマフラーをはずして彼の首にかけ、顔をこちらへ引き寄せた。唇を開いてキスをする。すぐに相手が舌をからめてくるのを感じた。人間の皮膚以外の何ものでもない。

そのことがあってから、わたしは塩恐怖症の経験に感謝するようになった。それはわたしに、合理的であることもないことも、なんでも克服できると教えてくれたからだ。アリーシャとのブレークスルーで、カウンセラーになる決心も固まった。人々の暗い秘密や妄念や強迫観念に耳を傾け、〝それであなたはどう感じた？〟と尋ねて相手を助けるのだ。カウンセラーの道へ進み、紺のソファにすわる側ではなく、ソファの向かいにすわる側になるのが楽しみだった。

13　アリバイ

塩恐怖症は二度ともどってこなかった。そしてローマンがいない生活にも少し慣れてきたころ、いつもと同じ平穏な水曜日の朝八時、一本の電話がかかってきた。呼び出し音が鳴っているあいだじゅう、アミーナは相変わらず枕を顔に載せて眠っていた。わたしはふらつきながら電話をとった。学生部長室からだった。わたしにただちに来るように言っている。電話の向こうの年配の女性は、十時からの講義にわたしが出席できないことを臨床神経科学の教授に伝え、許可を得ておくと言った。

いったい何ごとだろうか。

二十分後、わたしは学生部長室で、学生部長、歴史学科長、「ユーラシアの交流」の講座を受け持つバーンズ教授の三人をまえにすわっていた。学生部長がわたしに、イェールはいかなるカンニングも不正も許さない方針だと言った。わたしは何を言われているのか、さっぱりわからなかった。学生部長はつづけた。「カンニングを手助けする学生も同様で、ただちに退学処分にする」わたしはまだ事態が呑《の》みこめなかった。

学生部長はふいに口調をやわらげ、わたしがすばらしい成績をおさめていること、担当教授やほかの教職員からの評判が高いことに触れた。わたしの成績簿らしきものに目をとおしながら、きみの学部生としての業績を誇りに思う、悔恨と赦免をテーマにした卒業論文を読むのを個人的に楽しみにしている、と言った。

「ありがとうございます」わたしは落ち着かない気分で言った。

歴史学科長が話を引き継いだ。

「きのうの夜、バーンズ教授の教授室に学生が侵入して書類をあさり、もうすぐはじまる卒業試験の問題を読んでから、だれもさわっていないように見せかけるため、すべてをもとの場所にもどした。聡明《そうめい》な教授をカンニングでだますには、とてもうまいやりかただったかもしれない。ただその学生は、教授室に隠しカメラがあることを知らなかった」

わたしは考えるより先に言った。「ほんとうですか。なぜそんなものを？」

バーンズ教授は見るからにいらだち、髪も少し乱れていた。身構えたようすで、すぐに話しはじめた。「いいかしら、わたしは自由主義論者よ。ビッグ・ブラザー（ジョージ・オーウェルの『一九八四年』に登場する支配者）を憎んでる。でもどうやら用務員のだれかが――」

学生部長が割ってはいった。「シェリル、一から十まで説明する必要はない。この学生には」

そしてわたしに写真を手渡した。シェリル・バーンズの教授室の隠しカメラの映像から、静止画像を切り取って印刷したものにちがいない。粗い画質だ。写真の中の男は黒いスエットの上下を着て、黒いスキーマスクをかぶっている。それでも筋肉の構成、がっしりした肩、身長や体つきは見て取れる。それがだれかは一目瞭然《りょうぜん》だ。いままで会ったこともない学生部長と歴史学の教授ふたりに、こうして呼びだされた理由がわかった。

わたしは写真に目を落とし、顔や体から力を抜こうとした。何をどこまで話すかを自分で決めるまで、相手になんのヒントも与えたくない。学生部長がことの重大さについて語っている。これはカンニングにとどまらず、不法侵入事件でもあるのだと言っている。

わたしは言った。「そうですか。でもどうしてわたしが呼ばれたのでしょう」

学生部長は椅子にもたれかかった。バーンズ教授が身を乗りだし、甲高い声で言った。「ここに写った男の身長と体形に合致し、ユーラシアの交流の卒業試験問題を事前に見ることで利益を得る学生といったら、ローマン・ミラーしかいないからよ」

なるほど、とわたしは思った。この人たちはそこまで鈍くない。なんといってもイェール大学の教授陣だ。ビデオの男の正体もつかんでいる。それにしても、なぜわたしを呼んだのだろうか。

ローマンとはもう何カ月も口をきいていない。風の噂によると、LSATで一八〇点満点中一七五点をとったそうだ。当然ながらイェール・ロースクールから入学許可がおり、ずっと目指していた目標に向かって着々と突き進んでいる。

わたしはどこに視線を向ければいいかわからず、じっと写真をながめていた。ローマンの将来はどちらに転ぶかわからない状態にある。そこに情報があるなら手に入れるべきだという本人の信念が、今回は裏目に出てしまった。公正に試験を受けても高い点数をとれたはずだが、わたしはローマンという人を知っている。無意味なことや不確かなことに時間をとられるのを嫌い、成功を確実につかみたい気持ちが強いため、分別よりも机の引き出しにある正解を選んだのだろう。

そしていま、規則を破ったことのつけがまわってきた。大学を退学処分になったら、学位を取得できず、ロースクールの入学許可も取り消され、経歴に大きな傷がつき、何者にもなれないだろう。

　わたしはいくつもの心理学の講座で、沈黙はしばしば人を落ち着かなくさせることを学んでいた。たいていの人間は、黙殺されるよりも怒鳴られるほうをましに感じる。そこでわたしは沈黙しつづけ、ここにいる三人の大人のうちだれかひとりが、先に口を開いてくわしい話をするのを待った。

　気まずい空気のなかで数分が過ぎ、バーンズ教授が口火を切った。ローマンはすでにけさ早くここへ呼びだされて詰問されていた。そしてビデオに映った男が自分にそっくりなのは認めるが、自分ではないと言い張った。卒業試験を受ける予定の別の学生が、イェールの学生ではない人物を雇って忍びこませたのではないか？　その人物がたまたま自分と同じ背格好だったのかもしれない。あるいは歴史学科以外の学生が、悪ふざけをしたことも考えられないか。もしかすると、ここに隠しカメラがあるのを知っていた学生が、大学内のプライバシーの問題を提起しようと思ってやった可能性もある。ローマンはつぎからつぎへと仮説をならべた。それに教授たちの手元にあるのは状況証拠でしかないのだ。でもわたしにはわかっていた。そんなはったりを言いながらも、ローマンは内心で、カメラの映像が証拠となり、ずっと追い求めてきた将来の夢が打ち砕かれるのではないかとはらはらしていたはずだ。そこで彼は最後の賭《か》けに出ることにした。これに勝てば、卑劣な犯罪に関して身の潔白を証明できる。ローマンは、自分にはアリバイがあると言った。

　そこまで話が進んだとき、学生部長がふたたび口を開いた。わたしの目をまっすぐ見る。まったく視線をそらさない。三十年あまり、学生と学生がつく嘘に対処してきた経験を総動員し、真実を見極めようとしている。「ローマン・ミラーは昨夜、きみといっしょだったと言った。美術の実験か何かで。だからビデオに映っているのは自分ではありえないと主張した。ミズ・サイモン、それでこうしてきみに足労願ったわけだが、ミラーの言ったことは事実だろうか」

そういうことだったのか。ローマンはわたしをアリバイに使ったのだ。たぶんどこかの部屋に隔離されていて、絶体絶命のピンチでわたしにすべてをゆだねることにしたと、事前にわたしに伝えるチャンスがなかったのだろう。ジェイクとのことをメロディにばらしてわたしの信頼を裏切ったにもかかわらず、自分たちは強い絆《きずな》で結ばれているから、わたしが自分の将来のために嘘をついてくれると信じている。ローマンはほかの友達ではなく、わたしを選んだ。なぜならローマンのために嘘をつくことは、自分の将来を危険にさらすことを意味するからだ。わたし以外のだれが、そんなことをしようと考えるだろう。そこまで彼を愛している人が、ほかにいるだろうか。

ローマンは図太すぎる。はじめて会ったとき、ローマンはわたしに度胸があると言ったけれど、そのことばをそっくりそのまま返したい。よくもわたしをこんな状況に追いこめたものだ。こんなかたちでわたしを利用するなんてありえない。あんなふうにわたしの友情を踏みにじっておきながら。

学生部長が言った。「それで？　昨夜はローマンといっしょだった？」

美術の実験ということばが意味するところはひとつだ。学生部長は詳細を巧みに避けているけれど、ローマンがわたしに証言させたいのは、ヌードモデルになるにあたって、わたしがローマンの部屋へ行き、裸で女性の視線を浴びても股間《こかん》が硬くならないかをたしかめたときのことにちがいない。具体的であまりに突拍子もない話なので、かえって嘘には聞こえないだろう。わたしは二年前ではなく昨夜のこととして、そのときの話をすればいいだけだ。わたしの非の打ちどころのない成績と、この常識の斜め上をいく話で、ローマンは解放される。学生部長と歴史学科長とバーンズ教授の視線を受けながら、わたしはふたつの選択肢について考えた。ローマンを破滅させるか、それとも助けるか。

14
猫

短く太いノックの音が取調室のドアに響いた。わたしは思わずびくりとし、薄い金属の椅子をきしませた。それを見てジャクソン刑事は満足そうだった。「どうぞ」閉まったままのドアに向かって言う。腕を三角巾《きん》で吊《つ》った二十代の体格のいい若者が、ドアから顔をのぞかせた。わたしには目もくれず、刑事に向かって言った。「お電話です。大切な用件だそうで」おそらくけがのせいで内勤にまわされたのだろう。体格と日焼けの線から察するに、負傷したのは勤務中ではなく、ウェイクボードでもしているときだったにちがいない。でもわたしは質問できる立場にない。ジャクソン刑事は、話を中断されていらだっているようだ。

「だれからだ」

「ハミルトン博士とかいう人です。あなたから電話があったと言ってます」

その名前を聞いたとき、中断されたのは偶然ではないとわかった。わたしを動揺させるためのつまらない細工だ。だが細工はうまくいった。どうして刑事がうちの獣医師の名前を知っているのだろう。なぜ彼と話を？　この刑事はわたしの生活について、何をどこまで知っているのか。

ジャクソン刑事は三角巾の若者に軽く手をふり、下がるよう命じた。「あとでかけなおす」若者がドアを閉めようとしたそのとき、刑事はとつぜん立ちあがった。今回、わたしはびくりとしなかった。刑事はわずか四分の一歩でテーブルからドアへ近づいた。若い警官に何か耳打ちする。わたしは何を言ったのかが気になり、ことばがこちらに流れてくるのを願ったが、聞き取ることはできなかった。刑事は椅子に腰をおろし、何ごともなかったような顔で、テーブル越しにわたしを見ている。ハミルトン博士の名前など、まったく聞かなかったかのように。わたしは必死で記憶の断片をつなぎ合わせようとした。そうすれば刑事のつぎの手が読めるかもしれない。

イエール大学を卒業後、わたしは愛するマイアミビーチへ帰って、マイアミ大学で博士号を取得し、芯《しん》まで冷えた体を温めることにした。ある異常に暑い日、指導教官のドン博士と共用しているオフィスを出て、自分の車へ向かった。博士はのんびりしているけど皮肉屋の六十代の男性だった。わたしたちが働いているのは五十一番ストリートに新しくできた立派なメディカル・センターで、大西洋から五ブロックしか離れていなかった。いつもは建物の裏の職員専用駐車場にとめているのだが、その日は持ちにくいランプをオフィスに運びこむため、建物の正面にあるパーキングメーターを利用していた。車に乗ろうとしたとき、くぐもった悲しげな鳴き声が聞こえた。あたりを見まわしたところ、すぐそばのバス停にごみ箱があった。近づくにつれ、鳴き声が大きくなる。ごみ箱をのぞくと、いままで生きてきた中でいちばん悲しい光景が目にはいった。子猫がごみの上に捨てられ、全身を粘着テープでぐるぐる巻きにされている。わたしは子猫をそっとすくいあげ、ほかにも動物が捨てられていないことを確認してから、最寄りの動物病院へ急いだ。人間の邪悪さについて考えていると、酸っぱい胆汁が喉《のど》にこみあげてきたので、わたしはこんな仕打ちをしたモンスターのことではなく、この子を助けることに集中するのだと自分に言い聞かせた。

状況を把握した獣医師のハミルトン博士は、子猫を落ち着かせてから毛をぜんぶ刈りとり、皮膚への負担を最小限に抑えて粘着テープを取りのぞくのが最善の方法だと言った。一時間後、子猫を緊縛の拷問から解放すると、長身で浅黒い肌のハンサムな獣医師は、生後二カ月ばかりの白黒柄の子猫の健康状態をくまなく調べ、必要な注射をすべて打ってから、去勢手術の予約をとった。待合室で待っているあいだ、受付係がわたしの情報をコンピューターに打ちこんで言った。「猫ちゃんの名前はどうしますか」考えるまでもない。答はもちろん〝ミスター・キャット〟だ。受付係はわたしの顔を見て言った。「あらまあ。そのものずばりね」

その夜、わたしははじめてのペットを連れて帰宅した。当時住んでいたのは、サウス・ビーチのエスパニョーラ・ウェイから数ブロック離れた、すてきなアパートメントの三階のワンベッドルームの部屋だった。いまも両親が住んでいる実家から一・五キロあまり離れていて、講義を受けるマイアミ大学まで車で四十五分の距離だ。建物はクラシックなアールデコ様式で、レトロな魅力をそのまま残して改装し、設備を最新のものに交換してある。明るくて清潔で、見ているだけで楽しくなるようなラベンダーが壁に描かれていた。

すぐにミスター・キャットとわたしの一日のルーティンができあがった。朝、わたしはキッチンの外の小さなバルコニーで、コーヒーを二杯飲む。ミスター・キャットはそこでぴょんぴょん跳ねまわり、見ることはできるけど捕まえられない鳥をじっとながめる。それからわたしは大学の講義かドン博士の実習に出かけ、ミスター・キャットはわたしがいなくなった部屋で、リビングの窓際に置かれたソファで昼寝をする。肘《ひじ》掛けで仰向けになり、窓の外を見ながら、淡い色のリネンのカーテンの隙間から射しこむ日光を浴びるのがお気に入りだ。

夜、わたしがベッドにはいるころ、ミスター・キャットは一日でいちばん活動的になる。昼間はずっとソファで寝ているし、そもそも猫は夜行性の動物なので、夜はエネルギーであふれている。ひと晩じゅう部屋の中を全速力で駆けまわり、外を見張って、小さな肉球を差しこめる棚をすべてあけ、テーブルや棚に飛び乗るときに白黒柄のふわふわの尻尾《しっぽ》でそこにあるものを倒した。夜中の三時にバスルームの洗面台へ飛び乗り、蛇口をあけてと鳴いて要求した。わたしはそのとおりにしてやった。あの子は流水が好きなのだ。ざらざらしたピンクの舌で流れる水をすくって飲む姿は、とても愛らしかった。

寝ているわたしの頭に飛び乗り、髪に体をすりつけてくることもあった。前足でリズミカルにわたしの胸を押す。これは〝おっぱいを作っている〟のだ。ハミルトン博士から、子猫はみなおっぱいを飲むときに母猫の乳房をもみ、母乳の出をうながすのだと聞いた。あまりに早く母猫から引き離された子猫の場合、一生この動作をつづけるという。生まれながらに具《そな》わった、生き残るためのメカニズムだ。

わたしはミスター・キャットが胸を押すのをながめながら、人間の複雑さについて考え、喪失への対応が人によって大きく異なることに思いをめぐらせた。ダンカンの父親は人生を立て直した。母親は人生をあきらめた。ハンナは父親がいなくなってからのほうが自由に人生を謳歌《おうか》しているにもかかわらず、その命日を大切にしていた。人間は猫とは異なり、それぞれ生き残りかたがちがうのだ。

わたしはジャクソン刑事を見ながら、この部屋へ来てはじめて、緊張と焦りを覚えた。こめかみがうずき、手のひらに爪を食いこませた。クイズ番組がお化け屋敷に変わりつつある。ゆがんで見える凹凸鏡は好きじゃない。四枚の写真に何が写っているかを当てる問題は簡単だ。わたしは四人の死者を知っているのだから。でもわたしを揺さぶるため、生きた人間の名前を出されるのはまた別だ。

もしも幸せなルーティンを繰り返していた八年前、ハミルトン博士というハンサムな獣医師と愛猫のミスター・キャットを、のちにこの刑事が四件の殺人事件のうち一件に、それも世間にもっとも広く知れわたり、わたしの人生をずたずたにした事件に、わたしを結びつけるために利用するとわかっていたら、あのときごみ箱からテープでぐるぐる巻きにされた子猫を助けだしていただろうか。もちろん助けていた。それが正しいことだからだ。わたしはジャクソン刑事にそれを言おうとした。善悪について教えてやろうと思った。わたしは多すぎるぐらいのカードを見せてから、すぐに裏返すつもりだった。口を開きかけたとき、エアコンが作動する音がした。

その瞬間、内勤の若者に刑事が何をささやいたか、はっきりわかった。わたしに関する情報や、わたしが殺人犯である証拠ではなく、部屋が暑すぎると言ったのだ。そしてエアコンをがんがんにきかせて、このくそ暑い部屋を冷やしてくれと頼んだにちがいない。この男は敏腕刑事などではない。勤務時間をなんとか乗り切ろうとしている、ただの汗っかきの男だ。わたしは握りしめたこぶしを開いた。落ち着きを取りもどし、この男をかならず打ち負かしてやると心に決めた。

15　マイアミ

がたがたという音とともに冷風が部屋に流れはじめると、ジャクソン刑事は調べなければならないことがたくさんあるというように、ふたたび写真に集中した。「何を話していましたっけ。そうそう、リチャード・ヴェイルでした」顔をあげ、わたしがまだちゃんと話を聞いているかをたしかめる。「あなたはさっき、これが飲酒運転で逮捕されたときの写真かと訊《き》きましたね。ちがいます。サーフサイドのバーで、性的暴行で逮捕されたときのものです。被害者は結局、告訴を取りさげましたが」

わたしは黙って待った。

「ヴェイル氏が人格者だったと言うつもりはありません。記録を見ればわかります。あの夜、ヴェイル氏があなたを襲ったと仮定します。脅されて体をさわられたとしたら、抵抗するのは当然です。あなたは未成年でまだ子どもでした。もし被害を受けたのなら、その後、何があったとしてもあなたのせいではない。わたしはただ、真実を聞きたいだけです」

これが策略であることはわかっている。虫唾《むしず》が走った。ここにもまた、自分のシナリオどおりにものごとを進めるために、被害者としてのわたしを利用したがる人間がいる。ヴェイルはわたしをレイプしようとした。わたしはたしかに被害者だった。そして相手を着実に死に追いやる冷静な被害者になることを選んだ。それを刑事に話しても、正当防衛とは認められないだろう。わたしは助けを呼ばなかった。リチャードがもはやわたしを襲えない状態になっても、命を救おうとしなかった。あれは殺人だ。

大学院にはいったとき、認定試験の受験資格を得るのに必要な三千時間の実習に、自分自身がカウンセリングを受けた時間も含められると知った。そこでときどきカウンセリングを受けていたのだが、そのときのカウンセラーもまたやたらとわたしを被害者にしたがった。ノース・ベイ・ロードのマックマンション（品質よりも広さと豪華さを重視して量産された大型分譲住宅）の自宅の裏にあるゲストハウスが彼女の仕事場だった。高級スポーツカーがならんだ新しいはりぼての私道の横を通ると、その奥にあるカウンセリング用のバンガローが、専門家の職場ではなくて間の抜けたスクラップ作業場か何かに見えた。

でも問題は品のない環境ではなかった。問題は、どういうわけかいつも処女性の問題に行き着き、カウンセラーのグロリアが、わたしがカルロスにレイプを繰り返されたと主張することにあった。グロリアは甲高い声で言った。「レイプ被害者であることを自覚するまで、心の平安は得られないと思う」その場を飛びだすことも考えたけど、わたしはすでにここへ来ていて、すわり心地のよくない白いソファに腰かけている。それに、悪いカウンセラーにならないことを学ぶのは、よいカウンセラーになることを学ぶのと同様に大切だ。だからわたしは出ていかなかった。

「最初にはっきりさせておきたいのは、あれはレイプじゃなかったのよ、グロリア。その場にいたわたしが言ってるの。わたしはセックスがしたかった。そして楽しんだの」

「なるほど。でも法定強制性交よ。あなたが何を言ってもそれは変わらない。法律で定められているから」

「でも法律は常に議論されているでしょう。法律家と呼ばれる何千もの人たちによって」

「彼はあなたに触れてはいけなかった。あなたはまだ子どもだったの。そうしたことを自分で決定する能力はなかったのよ。とくに大人の男性に圧力をかけられた状況では」

「圧力なんかかけられてなかった」

「被害者であることを恥じる必要はないのよ」

「わかってる。でもあのときのわたしは被害者じゃないし、恥じてもいない。これも言っておいたほうがいいと思うから言うけど、わたしはカルロスよりずっと頭がよかった。ＩＱも上だったし、教育水準も高かった。社会的な立場が強かったのよ。関係を主導していたのはこのわたしなの。ということは、わたしが彼をレイプしていたのかも。何度も繰り返し。たぶん向こうが被害者ね」

グロリアは気分を害して何も言わなかった。そのときわたしは、最初のカウンセラーがニューヘイヴンのアリーシャ・ゴールドマン博士だったことは、はじめてのラスベガスでギャンブルに勝ったのと同じことだったとわかった。〝見て、すごい！〟〝こんなことがあるなんて！〟〝すわり心地のいい紺のコーデュロイのソファに、ものごとの核心をすぐにつかむ洞察力のある頭脳明《めい》晰《せき》なカウンセラーが大当たり！〟そして同じように勝ちつづけようと、別のスロットマシンやルーレット台を試しても、何度も負けてグロリアのようなカウンセラーにあたってしまう。ビギナーズラックは一回目しか起こらない。

わたしはアリーシャが懐かしかったが、同じくらい優秀なカウンセラーを見つけるのはほぼ不可能だった。そこでわたしはアリーシャに電話をすることにした。電話でのカウンセリングは理想的ではないものの、それでも実習時間に含めることができた。わたしたちは口に出さなくてもお互いの気持ちがわかったので、時間が経っていても、すぐに昔にもどれるだろうと思った。でも二年の時間はたしかに経っていた。オフィスに電話をかけると、自動音声がこの回線は使われていないと告げた。わたしはアリーシャと同じ翼棟にいるほかのカウンセラーの名前を覚えていた。わたしがロビーで待っていることをアリーシャに知らせるため、小さな電気のスイッチを押すとき、カウンセラーの名前がならんでいるのがいつも見えたからだ。その中のひとりをつかまえ、アリーシャの新しい電話番号を教えてもらった。彼が番号を言い、わたしは胃がぎゅっとした。三〇五の市外局番からはじまっている。マイアミの番号だ。

「それであなたはどう感じた？」アリーシャは尋ねた。

わたしは青みがかった緑の新しいソファにすわっていた。クッションはやわらかいけど、背中をしっかり支えてくれる。「傷ついた」

「そうよね。そのことについて話しましょう」

「マイアミにいることをどうして教えてくれなかったの」

アリーシャは慎重に答えた。「あなたは卒業してから、わたしのカウンセリングを受けなくなった。ここへ引っ越すことに決めたからといって、あなたを捜して連絡するのは職業倫理に反する気がしたの。あなたがいまもカウンセリングを受けたがっている、もしくは受ける必要があると、わたしが勝手に決めるわけにはいかないし。わたしの引っ越しが、あなたの意思決定を左右したり、あなたがわたしのカウンセリングを受けなくっちゃとプレッシャーを感じたりするのは、望ましくないと思ったのよ」

ふうん、とわたしは思った。

「それで、どうしてマイアミに？」

この質問をアリーシャはおそれていたようだった。

「正直に言うね、ルビー。これを聞いても変に深読みしないでほしいの。わたしは変化を受け入れる準備ができたから引っ越した。あなたとカウンセリングで話していると、マイアミが魔法の街に思えたのよ」

わたしは満面の笑みを浮かべた。深読みなどしない。アリーシャがひそかにわたしに恋していたとか、わたしの虜だったとか、わたしをずっとつけまわしていたとか。真実はこういうことだ。わたしはこの女性に多大な影響を与え、彼女はわたしの故郷へ引っ越してきた。傷ついた気持ちが消え、誇らしさが湧きあがってきた。

わたしは興奮した口調で訊いた。「それで？　気に入った？」

こんどはアリーシャが満面の笑みを浮かべる番だった。「とっても。心から気に入った！　いろんな人がいるし、活気があるし、暖かいし」

「そう、この暖かさに慣れたら、二度と北東部の冬を経験したくなくなると思う。ここでは二十度以下はコートを着る気温なの。それに、南国の果物を冷蔵庫に入れないほうがいい理由もわかるはず。わたしはこんなふうに考えるのが好き。バナナにとって低すぎる気温は、わたしにも低すぎるって」

刻々と時間が過ぎ、取調室はバナナには低すぎる温度になった。エアコンをフル稼働しているせいで、室温がどんどんさがっていく。これでは元気なマンゴーも寒さでしなびそうだ。わたしは両腕で震える肩を抱き、少しでも体温をのがすまいとした。「ヴェイルさんが死んだとき、わたしは二階で友達といっしょに寝ていました。それ以上のことはわかりません」ジャクソン刑事はここでこの勝負を終わらせることにし、つぎの勝負へ移った。ならべられた写真の三枚目に手を伸ばした。

16
魔女

　ドン博士のところで実習をはじめたとき、オフィスの照明が中央ではなく端のほうにあったせいで、部屋全体が薄暗く感じられることに気づいた。対称性へのこだわりがアミーナから伝染したのか、わたしは大きなランプをひとつずつ、ソファの両脇に置くべきだと感じた。博士がどちらでもいいと言うので、わたしは子どものころから持っていた、一九七〇年代風の大きなセラミックの金色のテーブルランプを運びこんだ。小さいころから見慣れていたため、それが奇怪な形をしていることに気づきもしなかった。母はわたしの部屋にあるものをだれかがもらってくれるのを喜んでいた。もう使わないし、趣味にも合わないからだ。そこでわたしはランプをドン博士のオフィスへ持っていった。そのために裏の駐車場ではなく、正面のパーキングメーターのところに車をとめたので、ごみ箱に捨てられたミスター・キャットを見つけることができた。そのランプはわたしにとって、とても大切なものになった。運命のしるしなのだ。

　充実した実習がはじまって数年が過ぎたころ、ドン博士のところに、イヴリン・Wという新しいクライアントもしくは患者（臨床心理士によって好みの呼びかたがちがう）がやってきた。わたしはカウンセリングで会う相手を、クライアントと呼ぶか患者と呼ぶか、まだ決めかねていた。〝クライアント〟だと相手に、〝患者〟だとこちらに主導権があるように感じられる。わたしは個々のケースによって、呼びかたを使いわけた。イヴリン・Wの場合、救いようのないひどい人間だったので、クライアントでも患者でもなく、〝魔女〟と呼んだ。

　魔女は裁判所命令でカウンセリングを受けていた。自分を省みたり、よりよい人間になろうと進んで努力するなど、ぜったいにありえない女だった。魔女は食料品店で泣いている子どもをひっぱたき、〝くそガキを黙らせよう〟としたのだ。子どもの母親が告発したものの、魔女には子どもがいなかったので、虐待の心配がなく隔離の必要がないこと、また前科もないことから、判事は罰金を支払い、専門家の助けを借りてアンガーマネジメントに取り組むよう命じた。服役は免れた。こうしてイヴリン・Wは、裁判所が決定した二十時間のカウンセリングを受けることになった。

　魔女は三十代半ばで、長身でがりがりに痩《や》せていた。骨張った肘《ひじ》と膝《ひざ》は武器になりそうだった。長い鼻はとがってひどく醜く、あんなにうぬぼれが強いのに、どうして直そうとしないのか不思議だった。ぱさぱさした茶色の薄い髪を長い顔の横に垂らしている。あきれるほど底意地が悪い。スマホを肌身離さず持ち歩き、いつも従業員を叱りつけている。ばかだの怠け者だのとわめきちらし、目のまえにいない相手に激怒している。ドン博士と向かい合っても心はここにあらずの状態で、カウンセリングが怒りの問題の解決に役立っているとはとても思えなかった。ただ椅子にすわり、スマホの画面を見つめてメールをスクロールし、文字を打ったりクリックしたりスワイプしたりボタンを押したりしていた。とにかくここへ来て五十分間すわっていれば、自分の言動や感情を掘りさげたり、自分のことを深く探って、なぜこんな問題のある人間になったのかと考えたりしなくても、カウンセリングを受けたと認定されるのだ。

　魔女には改善の見込みがなく、ドン博士との信頼関係もまったくなかったので、わたしが残り七回のカウンセリングを受け持つはめになった。魔女は毎回、スマホを凝視しながら、部屋の中を行ったり来たりした。口を開いたかと思えば、ひとり言をつぶやいただけだったり、〝無能な従業員〟や〝ドアの鍵《かぎ》を内側から閉め忘れた役立たずのメイド〟や〝レチノールの処方箋《しよほうせん》を書かなかった自称リベラルのまぬけな医者〟に対する不満を、わたしにぶちまけたりするだけだった。ある日、わたしが魔女の中にも残っているはずのわずかな善を懸命に引きだそうとしていたとき、スマホにメールが届いた。魔女はいきなり逆上した。元夫からのメールだったらしい。この女と結婚しようと思った男がいるということが、わたしには謎だった。

「このくそったれの大ばか野郎！」魔女はソファのそばのサイドテーブルを蹴《け》りはじめた。

「イヴリン、深呼吸をして」

「わたしに指示するんじゃないわよ、くそ女！」

くそ女？　わたしはこれまで魔女によくしてきたつもりだ。魔女がまたサイドテーブルを蹴ると、こんどは強い衝撃が加わったらしく、重くて大きな金色のランプがひっくり返って床に落ちた。シェードにしわが寄り、電球が粉々に割れ、金属のネックが曲がり、さらに最悪なことに、セラミックの土台にひびがはいった。

ランプが壊れる音で、魔女ははっとわれに返った。わたしのほうを向き、どう出るかようすをうかがっている。わたしは魔女の顔を見つめながら、憎しみが湧きあがるのを感じた。木の小枝を折るように痩せこけた腕を折り、それを無理やり喉《のど》に押しこんで、この悪意しかない人間を黙らせてやりたい。これほどおそろしい考えが頭に浮かんだのははじめてだったが、魔女が苦しむイメージが脳裏から離れなかった。その場面を想像すると、一瞬気持ちがすっとした。

「出ていって」わたしは冷たく言った。

「望むところよ。そもそもキモいランプだったしね」

大切にしていたランプのかけらを拾い集めるまえに、わたしは怒りに震えながら窓の外をのぞき、魔女が歩き去るのをながめた。いつものようにスマホに視線を落としたまま、交差点まで歩いて、信号が変わるのを待っている。

四十一番ストリートは、途中からマイアミビーチとマイアミをつなぐ三大幹線道路のひとつである州間高速道路一九五号線になるため、とても交通量が多かった。エイミー、エリカ、シャロン、ハンナとわたしの五人が、ココナッツ・グローブの〈クラブ・ロックス〉へ行くのに使っていた道路でもある。マイアミと海岸をつないでいるので、大型トラックやトレーラー、スクールバス、配送車などがひっきりなしに通っている。

おおぜいの人が魔女といっしょに信号が変わるのを待っていた。じっとできない小さな男の子の手を握る若い母親、スケートボードに乗ったふたりのティーンエイジャー、スーツを着てめかしこんでいるけれど暑そうなビジネスマン、ビキニ姿でビーチへ向かう二人組。信号が変わって乗用車やトラックが音を立ててとまり、雑多な人々が道路を渡る。魔女も歩きだしたが、スマホの画面から一度も目を離すことなく、周囲の動きに合わせて歩いている。これでよくトラックに轢《ひ》かれないものだ。

わたしは後日、腕を折る空想についてアリーシャに話した。自分がそれほど残忍な場面を思い浮かべたのがショックで、だれかに洗いざらい打ち明けて心の重荷をおろしたかった。「わたしはモンスター？」わたしは訊《き》いた。アリーシャは小さなメモ帳をおろしてわたしを見た。「ルビー、あなたはモンスターなんかじゃない。そうじゃないかと不安になること自体、あなたがモンスターではなく、これから先もモンスターにならないことのあかしなの。あなたは善良な人間よ」このことばを聞き、昔ダンカンの母親と人懐っこい警官から言われた同様のことばが頭の中で静かにこだました。〝あなたは天使ね〟〝きみは本物の天使だね〟

　アリーシャは愛情あふれる新米の母親が、わが子に暴力をふるったり、壁に強くぶつけたり、細い首を折ったりするところを想像するのはめずらしいことではないと言った。人々が高所に恐怖を抱くのは、落ちるかもしれないからではなく、飛び降りたい衝動に駆られるのをおそれるからなのだ。実際に自殺願望があるのではなく、空想を抑えられないだけだ。それと衝動を抑えられないことは、まったくちがう。空想に害はない。どんなにおそろしい空想も、よくあることだ。心は思考や感覚や感情を、かならずしもそのまま処理するわけではない。論理的に処理するわけでも、本人が満足できるかたちで処理するわけでもない。だが、それが頭を一瞬よぎるだけの考えで、すぐに別の感情に切り替わるかぎり、何も問題はない。

　アリーシャは真顔で訊いた。「自分がその人の腕をもぎとって喉に押しこむかもしれないと、本気で心配してる？」

「ううん、まさか！　……そもそも、そんなこと物理的に無理だし」

「そのとおり。あなたの嫌悪が劇画風に表現されたにすぎないのよ。その件について話をしましょう。どうしてその女性がそれほど憎いの？」

「わたしのランプを壊したから」

「ええ。とても気の毒だったわね。でもランプ事件のまえから、あなたはその人のことが嫌いだったように思えるんだけど。彼女のどんなところが、あなたの憎悪の引き金を引いたのかしら」

「あの人は下品で陰険で怒りに満ちあふれた偏屈者で、この地球上に存在する価値もない女よ。世の中にはもっとたくさん、心からカウンセリングを必要としている善良でまともな人たちがいるのに。みんな真剣に助けを求めてる。魔女はカウンセリングを受けたいなんてさらさら思っててないのよ」

引き金はそれだった。不愉快きわまる女であるのは別として、魔女はわたしに無力感を覚えさせるのだ。わたしは無力感を何よりもおそれていた。魔女のまえではわたしは透明人間で、大切な仕事ができない無価値な存在だった。塩をかければ溶けて消えてしまう、無用なナメクジだ。

アリーシャとのカウンセリングが終わるころ、わたしはふたつのことを決意した。ひとつは、魔女への怒りを別のことへ向け、精神保健に関する非営利団体でボランティアをして、より多くの時間を費やして人を助けること。もうひとつは、ランプを修理すること。

17　ランプ

わたしは壊れたランプをバルハーバーのランプ修理店へ持っていった。一九五〇年代の営業開始以来、時間が止まっているかのような店だ。ずっとまえに死んで忘れ去られた映画スターの顔写真が一方の壁を飾り、別の壁には最近のマイアミのモデルが笑みを浮かべた写真がならんでいる。裾にレースのフリルがついた花柄の色あせたカーテンが、レールに吊《つ》るされている。埃《ほこり》までも年代物だ。この時代にまだ存在しているのが信じられないような店だが、みんなランプを持っているし、ときどき壊れることがあるので、ランプの修理店があるのは理にかなっていた。

カウンターの向こうの老人がこぶだらけの手でわたしのランプを調べ、強いロシア語訛《なま》りの英語で、修理は可能で料金は三十ドル、でも完全に元どおりにはならないだろうと言った。わたしはそれでかまわないと答えた。

　ドアのチャイムが鳴り、わたしはとっさに入口を振り返った。二十代後半ぐらいの男性が立っている。カーゴショーツを穿《は》いてヴァンズのスニーカーを履き、目の色を引き立てる青いTシャツを着ている。カエルの形の小さな緑色のランプを持ち、恥ずかしそうにはいってきた。わたしに微笑みかける。完璧《かんぺき》な白い歯がのぞく。わたしは微笑み返した。

「すてきなカエルね」

「ありがとう。ぼくのじゃないけど」

「みんなそう言うのよね」

　男性は笑った。おだやかで屈託のない笑い声だった。母音を少し伸ばす南部独特の魅力的な話しかたで、ガレージセールでこれを見つけ、カエルのグッズを集めている母親の母の日のプレゼントにしようと思ったのだと言った。母の日はまだ何カ月も先であることをわたしは指摘した。でも彼は、まえもってあれこれ計画するのが好きなのだそうだ。母親を大切にして、何カ月もまえからプレゼントを用意する人――身長は一八〇センチありそうだし、結婚指輪もしていない。

　ロシア人の老人が言った。「カエルは配線の交換が必要だね。十ドルだ。三日かかる」わたしは自分のランプの修理期間を尋ねた。「長くかかるよ。三週間かな」

　カエルの男性とわたしはランプを店に預け、同時に店を出た。なんとなく別れがたくて、店の外で足を止めた。

「ジェイソンだ」

「ルビーよ」

　ロシア人のランプ修理人が古いカメラを手に、あわてて出てきた。写真が好きで、古い写真を店内に貼っているのだという。でも新しい写真も好きだから、お客さんを撮らせてもらっていると言った。お似合いのふたりだから、あなたたちのことも撮っていいかな?

ジェイソンもわたしも異論はなかった。一枚の写真にふたりでおさまっても問題がないということは、幸先がいいとしか思えなかった。わたしたちは修理店の看板の下にならんで立った。まだ他人どうしだけど、お互いのことをもっと知りたいと思っている男女みたいに。ジェイソンが微笑み、太陽を見てかすかに目を細め、店主がスナップ写真を撮った。

このときのスナップこそ、テーブルにならんだ写真の三枚目、キース・ジャクソン刑事が手にしている一枚だった。刑事は写真を表にめくり、軽くたたくようにしてわたしの正面に置いた。わたしのどんな表情も見逃すまいと目を凝らしている。ジェイソンの写真があるのはわかっていた。彼ももうこの世になく、刑事はわたしが殺したと思っている。そもそも、これがこうして警察へ出向くことになった原因なのだ。だから笑顔のジェイソンを見ても動揺しないよう、もっと心の準備をしておくべきだった。けれど、よりによってこの写真を見せられるとは。わたしは殴られた気分だった。四年半前、はじめて会った日の写真。人生がハッピーエンドを迎える予感がしたときの、わたしもいっしょに写っている写真。

わたしは写真を持ちあげ、隅に触れた。薄くてもろい。色もくすんでいる。実際のジェイソンの目は、写真よりもっと青かった。これはオフィス向けの安い汎用プリンターでコピーしたものにちがいない。ジェイソンは十六日前に死んだ。でもこの写真を見ていると、目のまえで悲劇が繰り返されている錯覚にとらわれる。寒くてたまらない。氷のような悲しみが全身を貫き、血液が臓器に集中してその機能を止めないようにしているからだ。わたしはまだ写真を持っていた。テーブルにもどしたら、もう一度ジェイソンを失うような気がした。だがあまり長く持ちすぎると、悲しみに暮れる未亡人の役を演じているだけに見られるかもしれない。

18 糖

ランプ修理店で出会ってから二日後、ジェイソンから電話がかかってきてデートに誘われたので、わたしはエスパニョーラ・ウェイにあるサングリアのおいしいカフェを提案した。でもジェイソンはサングリアが飲めないという。アルコール依存症からの回復期かもしれない、とわたしは思った。お酒を飲まない人と付き合うのはぜんぜんかまわないけれど、いろんな制約が増えるのは事実だ。ジェイソンが飲まないなら、これから先、いっしょにバーへ行く機会はないのだろうか。クラブやパーティは？　いっしょにいてもグラスワイン一杯ぐらいなら飲める？　お酒がはいると暴力をふるう癖があったとか？　だから飲むのをやめた？　いままで何度、断酒に失敗した？　子どものころに虐待を受けた経験があって、お酒が怖いとか？　いやな考えがつぎからつぎへと頭に浮かび、わたしは正式に付き合うまえに、ジェイソンとの関係を断とうかとさえ考えた。

電話で話しているうちに、断酒しているわけではないとわかった。よかった！

ジェイソンは一型糖尿病で、サングリアが飲めないのは、依存症の回復期にあるからではなく、フルーツたっぷりのワインに砂糖が多く含まれるからだった。ジェイソンはもっぱらオリーブのはいったダーティ・ウォッカ・マティーニを飲んでいる。オリーブはウォッカに含まれる糖の吸収を遅らせるし、そのウォッカもワインやビールやバーボンにくらべて糖度が低いのだそうだ。「そうなんだ」わたしは言った。「わかった。じゃあ〈デラーノ〉はどう？　絶品のマティーニを出してくれるから」

わたしは糖尿病についてまったく知らなかった。いつも流れている薬のコマーシャルを見るともなしに見たり、人質が糖尿病でインスリンを打たなければ死んでしまうという設定のアクション映画を観たりして得た、あやふやな知識しかなかった。もちろん、患者が針で指を刺して血液の値を調べることや、二型糖尿病患者には太った人が多いことぐらいは知っている。でもわたしが知っているのは、その程度だった。

ジェイソンと糖との関係は、以前のわたしと塩との関係よりもずっと複雑だった。糖は命をゆっくりむしばむ可能性があるけれど、いまこの瞬間、生きるために必要でもある。ジェイソンの頭とポケットには、常に糖があった。そしてさっき言ったようなアクション映画は、たいていまちがっているそうだ。低血糖になると数分で死にいたることがある。そのときはすぐに糖分を摂取しなければならない。ソーダ水、フルーツジュース、ジェリービーンズ、グミキャンディ。スナックバーやクッキーには脂肪分が含まれていて、それが肝心の糖の吸収を遅らせるため、あまり向いていないという。高血糖も体に悪影響をおよぼして死にいたらしめることがあるが、そこまで悪化するには、何週間も何カ月もかかる。一型糖尿病患者が高血糖になるとインスリンを打つ必要があるのは、膵臓《すいぞう》が機能せずインスリンを作れないからだ。だが映画で見たのとはちがって、すぐさま生死にかかわるような状況ではない。

糖尿病患者は常に綱渡りをしている。階段をのぼりおりしても、風邪を引いても、マッシュポテトのお代わりをしても、血糖値を正常範囲内におさめることを常に意識しなければならない。

だいたい一五〇前後だろうか。患者じゃない人の正常な空腹時血糖値は九〇ぐらいだ。はじめてのデートのとき、わたしはジェイソンの持病が、アルコール依存症よりはるかに複雑でコントロールに手間も時間もかかり、おそろしいものであることを、ほとんど理解していなかった。

19　サイコパス

公的機関は精神保健の専門家を多く必要としていたので、ボランティアのインターンの選択肢が複数あった。考えたすえ、わたしはマイアミ・デイド郡少年院に決めた。自分の若い脳にずっと興味があったし、子どもの発達に関する上級講座もいくつか受けていたので、非行少年や非行少女に働きかけるのが楽しみだった。

ティーンエイジャーの脳は完成されておらず、前頭葉はまだ成熟していない。そのためティーンエイジャーは原因と結果の関係を完全には理解できず、無謀で常軌を逸したような行動に出るのだ。ドラッグレースをしたり、万引きをしたり、〈デニーズ〉の駐車場でコカインを吸ったり。また、衝動的な欲求に突き動かされることもあるが、本人の頭の中でそれは基本的な生存本能に翻訳されている。欲しくてたまらないリップグロスを盗むのは生きるか死ぬかの問題だし、女の子とセックスしたあとで二度と連絡しないのは、種の生存の法則にもとづいたものなのだ。このあやまった生存本能に加えて、ティーンエイジャーのほとんどが、かぎられた人生経験のレンズ越しに世界を見ているので、他者への同情を感じにくい。要するに、ティーンエイジャーは小さなサイコパスのようなものだ。やみくもに走りまわり、まちがった決断をする。その決断が自分や周囲にどのような影響を与えるかを考えない。

脳に関するこうした知識があれば、ティーンエイジャーを大人と同じように裁判所で裁くことに興味深いジレンマが生じる。脳がまだ完全に成長していないとしたら、責任を負わせることは妥当なのか？　しかし、ロレックスの腕時計やフェンディの財布を盗むため一家全員を射殺したのに、責任を免れさせるのは妥当なのか？

わたしの新しい指導教官のジョイス・ブロディは、どれほど重大な罪を犯したとしても、ティーンエイジャーは大人と同様に裁かれるべきではないという強い信念を持っていた。この人だけは、わたしがリチャード・ヴェイルの喉《のど》にピーナッツを押しこんだことを責めないだろう。ティーンエイジャーはかならず更生すると信じきっているため、ジョイスはすべての時間を少年院で働くことに捧《ささ》げていた。ぼさぼさの銀髪を頭のてっぺんで鳥の巣のようなおだんごにまとめ、そこにいつも一、二本の鉛筆を差している夕イプの女性だった。いつも疲れていて働きづめで献身的すぎるので、人生の何かから逃げているように見えた。とっくに燃え尽きて引退し、バーモントあたりでこだわりの毛糸店でも開いていてもおかしくなかった。

ジョイスから学ぶことが多いのはわかっていたが、そのやりかたに倣うつもりはなかった。子どもたちの役に立ちたいとは思っていたけれど、全員を自分の子どものように愛することはできない。そのころはミスター・キャットだけでじゅうぶんだった。一人ひとりとあそこまで全力で向き合っていては、いずれ胃潰瘍《いかいよう》を患ったり心臓発作を起こしたり、毛が抜け落ちたりするだろう。あんな生きかたをしていたら、自分というものがなくなり、残るのは他者を完璧《かんぺき》な人間にするという、勝ち目も終わりもない欲求だ。

カウンセリングしたティーンエイジャーの中には、完全に心を閉ざし、わたしにしてやれることはほとんどないと感じる子たちもいた。それ以外は、悪い状況に置かれたいい子たちだった。わたしはその子たちに希望を抱いた。わたしにとって何よりも悲しく、夜にミスター・キャットが蛇口をあけてと鳴くのを聞きながら、なんとか眠ろうとしても頭から離れないのは、ひとつかふたつのまちがいを犯した子どもたちが、すでに自分の人生はめちゃくちゃになったから、努力しても無駄だとあきらめていることだった。その子たちは、わたしの卒業論文の仮説を裏づけていた。罪悪感はさらなる悪事を招く。その子たちは邪悪な人間ではない。ただうちひしがれているだけだ。

　卒業論文の例示にクッキーを使ったので、わたしは今回もアイスクリームを例に挙げて説明した。実際に棒アイスを買ってきて、楽しく教えた。ひとつふたつのまちがいを犯したけど、根は善良なその子たちは、ダイエットの誓いを破って少しだけアイスクリームを食べた人間とまさに同じだった。取り返しがつかないことをしたと思いこみ、それならぜんぶ食べても同じだと考える。わたしがいちばん心を開かせたいのは、そういう子どもたちだった。壁を打ち破ってその心へ手を伸ばし、人生はまだ長いことを知らせたかった。何かひとつ悪いことをしたからといって、これからも悪事を重ねると決まったわけではない。それに自分を憎む必要などまったくない。わたしは〝自分を許し、自分を信じ、まえへ進む〟よう熱心に指導した。このことを教えるのに、わたし以上にふさわしいカウンセラーはなかなかいないだろう。それに相手に真摯《しんし》に向き合い、上から目線で諭したりもしなかったので、なかにはわたしのことばが届いた子どもたちもいるようだった。わたしは、罪悪感は何も解決しないという確信をますます強めた。自己嫌悪も同じだ。

　わたしは少年院での実習が大好きになった。やりがいを感じるし、だれかをちゃんと助けている実感もある。だからここでの実習中、朗報が届いたのも当然のなりゆきに思えた。ドン博士から電話があった。裁判所に命じられた最後のカウンセリングが終わり、魔女は不機嫌な態度もあらわに博士のオフィスを出て、通りを渡って駐車場へ向かった。いつものように道路を見もしなかった。そしてトラックに轢《ひ》かれて死んだ。

つぎのカウンセリングのとき、イヴリン・Wの死の一部始終をすでに知っていたアリーシャは、自分が憎しみを抱いていた相手がこうして実際に亡くなったことに、罪悪感を覚えるかと訊《き》いた。わたしはダンカン・リースの死後に人々が口にしていた、偽善に満ちたことばを思い出した。そしてノーと答えた。わたしは罪の意識を感じるようなことはしていない。アリーシャはそれを聞いて満足し、そのとおりだと言った。その日はしばらくイヴリン・Wのことについて話し合い、わたしは自分の思いを声に出して言った。彼女は自分の不幸を人のせいにする冷酷な人間だった。自分の言動に責任をとる気などさらさらなく、社会の役に立とうともせず、人から喜びを奪っていた。だれも彼女の死を悼まないだろうし、むしろ世界が少しだけいい場所になったと思う。アリーシャはわたしの話に耳を傾け、カルマがものごとのけりをつけることがあると、考えこむように言った。「そう」わたしは言った。「カルマよ」

20　ジェイソン

ジェイソンは二十八歳、アトランタ近郊の小さな町の出身で、両親は離婚していた。きょうだいはなく、アトランタ・ファルコンズのファン（ブレーブスはネイティブアメリカンの文化を攻撃的な文脈で利用しているから支持しないらしい）で、ＡＢＣ系列の地元ニュース局のカメラマンだった。最初はレポーターといっしょにヴァンに乗って現場をまわり、屋外の撮影をしたり、突撃インタビューを撮ったりしていたが、いまはスタジオで働いていて、そのほうがずっと性に合っているそうだ。でもこれらのことを聞いたのは、最初のデートのときではなかった。

わたしたちは〈デラーノ・ホテル〉のロビーで落ち合った。ジェイソンはお酒を飲みに行くより、ディナーはどうかと言った。仕事が終わるのが思ったより遅かったので、何かお腹に入れなければならないそうだ。血糖値を正常範囲に保つのは食事にかかっている。ポーカーの賭《か》け金を釣りあげているみたいね、とわたしはいたずらっぽく言った。はじめてのデートで、軽くお酒を飲むだけのはずだったのに、あらたまった食事に誘おうとしている。ジェイソンは、もしレストランでのデートがうまく行かなかったときは、いっしょにお酒を飲まない理由をお互いに考えればいい、と言った。わたしはそれが気に入った。わたしたちはすでに、手のうちを見せ合っているようなものだった。動物病院の受付係がいたら、「そのものずばりね」と言ったかもしれない。

わたしはお酒をことわったり、デートを早めに打ち切ったりしたくなったら、食あたりか何かの体調不良を口実に使おうと思う、と言った。ジェイソンは実際に健康上の問題があるので、体調に関する嘘をついて運命を試すようなことはしたくない、だから友達から緊急の電話がかかってきたふりをして、鍵《かぎ》をなくして家にはいれずに困っているからすぐ行ってやらなくては、とかなんとか言うつもりだそうだ。わたしたちは合意のあかしに握手をした。力強い握手だったけれど、ちゃんと紳士らしくわたしに気を遣い、力を加減しているのがわかった。それからふたりでプールサイドのレストランへ向かった。

席の予約をしていなかったが、その点はなんとかなると思っていた。このへんの人はみんな顔見知りだし、マイアミビーチは小さな町で、住民は持ちつ持たれつの関係だ。だからレストランでも、空いている最後のテーブルを確保できるだろうと思っていた。ところが受付カウンターで、きょうのディナーはまえもって電話で予約されていたこと、二人用のテーブルがジェイソン・ホランダーの名前で押さえられていることがわかった。ジェイソンの苗字はこうした経緯で知った。いい名前だと思った。かっこいいけれど、メロドラマっぽすぎない。そしてわたしの返事を聞くまえに、先まわりしてレストランの席を予約していた。わたしはそこも気に入った。彼は自信家であり、用意周到だ。でも押しの強い人じゃない。

ジェイソンとわたしは周囲を観察し、どんな人たちがなんの目的で来ているのかを推測して楽しんだ。

「あの男の人は父親かしら、それともデートの相手？」わたしは隅のテーブルについたセクシーなブロンドの女性と、その隣にすわっている肝斑《かんぱん》だらけの男性について話した。

「あー、どうかな。父親にしては年をとりすぎているから、たぶん初デートの相手だろうね」

わたしたちは笑い、別のテーブルに目をやった。日焼けした三十代の男性グループが葉巻を吸っている。ジェイソンは「会社の研修かな」と言った。わたしはなんとなく〝刻々と過ぎる時間を惜しんでいる〟雰囲気を感じとった。

「独身最後《バチェラー》のパーティね。まちがいない。月曜日になったら、みんなうんざりする日常へもどるのよ」ジェイソンが納得していないようだったので、わたしはそのテーブルに向かって声をかけた。「ねえ、結婚するのはだれ？」グループの中でいちばん日焼けした男が、聞き分けのいい生徒のように手を挙げた。ほかのみんなが、腕に友情のあかしのパンチをする。「おめでとう！」

わたしは言った。

ジェイソンはわたしが言い当てたことに感心した。人を注意深く観察し、その状況を見極めることがわたしの仕事だと言いたかったが、やめておいた。ジェイソンははじめてのデートでよくある「仕事は何？」「出身はどこ？」「きょうだいはいる？」「大学はどこへ？」などの質問をいっさいしてこない。もちろん、「年齢はいくつ？」を礼儀正しく探るための「卒業した年は？」という質問もしなかった。

向こうが訊《き》いてこないので、わたしも訊かなかった。まるで我慢くらべみたいだった。そういうわけでデートが終わるころには、出身地や出身校などの情報がなくても、人としてのジェイソンがかえってよくわかった気がした。ウェイトレスに寛容だけど、くだけすぎた態度もとらない。周囲の人たちに興味はあるが、批判的な決めつけをしない。他愛ない話はするけれど、お互いの経歴を探ることはしない。もしだれかがわたしたちの会話を最初から最後まで聞いていたら、付き合って何カ月も経ったカップルだと思っただろう。でも何年も付き合っているようには見えなかったはずだ。わたしたちは異性として強く惹《ひ》かれあっていて、この熱した油のような情熱はそう早く冷めそうになかったからだ。

こんな変わった初デートはいままで経験したことがなかった。よくあるはじめてのデートの台本に出てくるせりふが皆無なのだ。わたしは自分の年齢をジェイソンに知ってほしかった。姉がいることも、両親がこの通りのすぐ先に住んでいることも。イェール大学を卒業したことも、マイアミ大学で心理学の博士号をとろうとしていることも。でもそれはどうしてだろう。なぜわたしはジェイソンにそうしたことを知ってほしいのだろうか。もしかすると、それらがなかったら、自分が何者かわからなくなるからかもしれない。

わたしたちは食事のときに二杯飲んだ。伝票が来たとき（もちろん割り勘のつもりでわたしも財布を出そうとしたけど、ジェイソンが払ってくれた）どちらもあらかじめ決めておいた、お酒を飲みに行くのをことわる口実を使わなかった。そこでロビーへ場所を移した。ジェイソンはオリーブを三つ入れたマティーニを、わたしはグラスのシャンパンを飲んだ。どうしてシャンパンなのかと訊かれ、泡がはじけて一気に飲めないし、軽い口当たりで甘すぎず、ほろ酔いして幸せな気分になるけれど、頭が痛くなったり二日酔いになったりすることがないうえ、おしゃれな感じがするからだ、と答えた。

何を飲むかと尋ねた男性はいままでたくさんいたが、どうしてそれを飲むのかと訊いたのはジェイソンがはじめてだった。ほかのだれともちがうやりかたで、わたしのことを知ろうとしている。わたしはわくわくすると同時に、落ち着かない気分になった。マティーニのグラスにシャンパンのグラスを軽く合わせ、お互いの壊れたランプに乾杯した。それから何時間も話しつづけた。

マイアミのバーが閉店するのはほとんどありえないことで、営業時間なんてあってないようなものだった。でも午前二時、わたしたちはお開きにした。翌日の仕事のこともある。わたしはジェイソンこそ自分が求めていた人のように感じた。だからすぐにベッドをともにして問題を複雑にしたくなかった。それでもキスぐらいは期待していたのに、ジェイソンは何もしなかった。ホテルのまえでわたしをタクシーに乗せ、車が走り去るまで見送った。

ランプ修理店で出会ったとき、わたしは仕事用の服を着ていた。カウンセラーとして、専門職っぽいけれど堅苦しくなく、仕事ができそうだけど肩の力が抜けていて、シンプルでありながら考え抜かれ、セクシーではないけど女性らしい服装を心がけていた。抑えた色調でカッティングが美しく、体にぴったりしすぎていないトップスに、ダークジーンズと明るい色のフラットシューズが定番だった。そうした格好はもう見られていたので、最初のデートでは、やりすぎない程度におしゃれな印象を与える服装にしようと思った。そこでフラッシュダンス風のオフショルダーのグレーの薄いスエットシャツにタイトジーンズを合わせ、ものすごくヒールの高い靴を履いた。

帰宅後、エリーに電話してデートの一部始終を報告したところ、わたしがスエットシャツを着ていったと知って驚愕《きょうがく》した。

「でもかわいいのよ！　オフショルダーで」

「何をやってるの、ルビー。そんなのありえない。初めてのデートにそれはないってば。十回目のデートで、どちらかの部屋でセックスマラソンをしている合間に、デリバリーのピザでも食べるときの服よ」

わたしはミスター・キャットのために蛇口をひねり、エリーのお説教に耳を傾けた。電話を切ったあと、服選びを失敗したせいで、ジェイソンにまちがったメッセージを送ったのではないかと心配になった。そこまで自分に興味がないと勘違いさせたかもしれない。だからキスもしなかったのだろう。

そこで二回目のデートのときは、正反対の格好で行くことにした。体に巻きつくようなデザインで、胸元が大きくあいた黒のミニドレスだ。わたしはバストの位置が高いからブラジャーをする必要はないし、ドレスがぴったり体にくっついているので、何も着けていないのはすぐにわかる。ドレスのセクシーさを相殺するため、靴はかかとの低いものにした。スエットシャツにハイヒールを選んだときと同じ理屈だ。

ジェイソンとわたしは、デザイン地区のギャラリーをまわって午後を過ごした。ジェイソンはわたしの黒いミニドレスについて何も言わなかった。わたしも彼が三回連続で青いシャツを着ていることについて何も言わなかった。青がよく似合うと、ずっとまえにだれかに言われたのだろう。今回も変わったデートで、コロンビアの民族絵画から冷水器に含まれる細菌まで、いろいろなことに関して意見を述べあったけれど、お互いの私生活についてはほとんど話さなかった。ジェイソンはひとつの作品のまえで立ち止まり、じっくりながめるのが好きだった。わたしはちがった。ギャラリーの中をすいすい歩き、これはと思う作品に目が留まったときだけ足を止めた。

キューバコーヒーのスタンドを探しているとき、わたしはジェイソンがコーヒーを飲まないことを知った。コーヒーの代わりに、朝でもダイエットソーダを飲むそうだ。生い立ちに関するヒントになった。ジェイソンが生まれ育ったところでは、ほとんどの人が甘い紅茶を飲むけれど、糖尿病の彼は代わりにダイエットソーダを飲んでいたという。わたしはジェイソンのことばに耳を傾けた。かすかな南部訛《なま》りで母音を引き伸ばすとき、その形のいい唇が動くのをじっと見つめた。でもわたしにはジェイソンがわからなかった。心の中を読むのがむずかしく、わたしを人間として好きでも女としては興味がないのか、あるいはその逆なのか、判断がつかなかった。もしかしたら、わたしとはただの友達でいたいのかもしれない。もしかしたら、実はゲイであることを秘密にしているのかもしれない。もしかしたら、性病にかかっていることをまだわたしに言えず、距離を保っているのかもしれない。もしかしたら、ほんとうは結婚しているのかもしれない。もしかしたら、もしかしたら、もしかしたら。この日のデートもキスなしで終わった。

三回目のデートの途中で、わたしはいらだちを抑えられなくなってきた。ジェイソンはいまだにわたしの年齢を知らない。わたしがどこの大学に行ったかも知らないし、十歳のとき、バスケットボールのコートでエリーとローラースケートをしていて手首を骨折したことも知らない。わたしのことを何も知らないくせに、いままで付き合ったことのあるだれよりも、わたしの気持ちを理解しようとする。まるで宇宙人だ。感情が著しく発達し、人類とそのありようを学習しているが、人として自然にふるまうことが苦手な宇宙人。

　わたしたちはボウリングへ行った。ボウリングへ行くのは三回目のデートと相場が決まっていて、それ以降のデートでは行かないというのがわたしの持論だ。ボウリング場そのものが、冒険好きで活発に見られたい初々しいカップルのための場所で、高級レストランではその役割をはたせない。ボウリングは楽しいし、体を動かす娯楽だが、それほど高い運動能力は必要ない。おまけに相手のお尻《しり》の形や体力をしっかり確認できるし、フォームやテクニックを助言しあうときに体を密着させられる。それにかならずバーが併設されているから、とんでもないボールを投げたときはお酒のせいにできる。べたべたいちゃつくのも、酔いのなせるわざにしておけばいい。ボウリング場が時代を超えて生き残っているのは、世の中に三回目のデートがあるからだと思う。あとは、たまにやっつけで開かれる、つまらないバースデーパーティのおかげだ。

　予想どおり、ボウリング場のバーにはシャンパンもスパークリングワインもなかった。そこでウォッカのソーダ割りを頼んだら、中身のほとんどがウォッカだった。わたしは完全に酔ってしまい、頭に浮かぶ考えや不安がいまにも口をついて出そうになった。ジェイソンにおかしな女だと思われているんじゃないか。最初のデートにスエットシャツを着ていき、二回目のデートには肌の露出の多いドレスを着ていった。そして今回は仕事に行くときと同じ控えめな服装だ。あまりにばらばらで一貫性がないから、双極性障害だと思われているかもしれない。でもわたしを変な女だと思っているなら、どうして三回目のデートに付き合っているのだろう。ジェイソンも変な男ということだろうか。とはいえわたしは臨床心理士なのだから、相手の状態はわかるはずだ。

あるいはジェイソン自身はふつうだけど、精神的に不安定なガールフレンドと何人も付き合ってきた経験から、慎重にことを進めようとしているのかもしれない。そもそも、どうしてわたしはこんなに焦っているのだろう。ここまで考えこむなんてわたしらしくない。人を殺すときはじっくり考えたりしないのに、ジェイソンの表情や言動のひとつひとつを深読みしてしまう。たしかにわたしは人間の行動を分析するのが好きだが、デートについてくよくよ考えるなんてありえない。よりにもよって、このわたしが。

ピンを倒そうとしてまた派手に失敗し、酔っぱらったわたしは、ジェイソンのほうを向いて甲高い声で言った。「あなたはわたしがいくつかも知らないでしょ！」

「それがそんなに大事なことかな」

「当たり前じゃないの！」

「どうして？」

わたしは返事に詰まった。いい質問だ。どうして年齢が大事なのだろう。十五歳のころ、年齢はただの数字にすぎないと思っていて、カルロスにもそう言った。わたしは実年齢より上に見られたかった。けれど同時に、わたしの実年齢を知った人が驚くようすを見て楽しんでもいた。〝すごく大人っぽい。それによくそんなむずかしいことばを知ってるね〟でもいまの二十五歳という年齢に、人はよくも悪くも驚かないし、ただの数字にすぎないとも思えなくなった。金庫のロックを解除する暗証番号みたいに感じる。

わたしはジェイソンに言った。「たとえば、わたしがもし四十歳だったら？　そしてあなたが子どもを望んでいるとしたら？　わたしの年齢じゃきびしいかもしれないのよ」

わたしはなぜ三回目のデートで子どもの話をしているのだろう。自分はいったいどうしたのか。

もう完全におかしいと思われたにちがいない。わたしはウォッカのせいだと思おうとした。でも酔ってはいても、自分が目のまえにいる男性に恋していることが、心のどこかでわかっていた。その事実が怖くて、せっかくうまく行きそうな関係を自分で壊そうとしているのかもしれない。あるいは壊そうとしているわけではないけれど、最愛の人を失うことが怖くて、しつこくしがみついて不安定なふるまいをしているのかもしれない。

ジェイソンはわたしを見た。「きみは四十歳？」

この質問に怒りが爆発した。わたしの大声に、両隣のレーンで三回目のデートをしていた二組のカップルがこちらを見た。「ちがう、四十歳じゃない！」

「だったら、妊孕《にんよう》性について心配する必要はないよね」

わたしは青緑色と黄色の硬い回転椅子にどすんと腰をおろし、唇をとがらせた。

ジェイソンが言った。「それじゃ訊くけど、きみはいくつなんだ」

「二十五歳」

「そうか。ぼくは二十八歳だ」

「なるほど」

「なるほど」

ジェイソンが投げる番になり、ストライクを決めた。誇らしげに歓声をあげたが、わたしたちのあいだには気まずい空気が流れていた。わたしのいらだちは怒りに変わりつつあった。目の奥がつんとする。ジェイソンがわたしのことをどう思っているのかわからないし、ゲームをしていてもちっとも楽しくない。ものすごくいらいらするのは、自分があっという間に恋に落ちてしまったからだ。向こうもまんざらでもないと思うけど、その気持ちがどの程度強いのか、さっぱりわからない。

　ゲームは、ポイントだかピンの数だかなんだかで圧倒的に上まわったジェイソンの勝ちだった。そして彼は、酔ったわたしに運転は危ないと言った。たしかにそのとおりだ。ジェイソンは、ここから歩いて帰れるところに住んでいるので、部屋で酔いをさましていくといいと言った。やっと進展がありそうだ、とわたしは思った。でも部屋に着くと、ジェイソンは大きなグラスに水を注いでわたしに手渡した。ほんとうに酔いをさまさせるのが目的だったらしい――わたしを部屋へ連れこんでベッドに誘う作戦じゃなかったのだ。そこは寝室が二つと、バスルームが二つあるコンドミニアムだった。三年前に買ったと教えてくれたが、それはわたしが建物について単刀直入に質問したからだ。そんなに広い部屋が必要だったわけではないけれど、寝室が一つしかない物件より二つある物件のほうが売却するときにずっと有利なので、投資先としてすぐれているという。ジェイソンは地に足のついた大人だった。

　わたしは黒い革の男っぽいソファにすわり、部屋の中を見まわした。雑然としているが不潔ではない。額装したコンサートのポスターやありふれた波の絵が飾られ、カメラの機材がはいった黒いケースがいくつも置かれていた。後日、このケースはペリカンケースと呼ばれるものだと知った。それから隅にフロアクッションがいくつかある。ビーチタオルが何枚か無造作に置かれ、山のような靴のそばに砂が落ちているのが見えた。玄関で蹴《け》るようにして靴を脱いでいるのだろう。

　このコンドミニアム、落ちている砂、波の絵などから推測すると、ジェイソンが海を愛しているのはまちがいない。わたしとの共通点だ。配線しなおしたカエルのランプは、緩衝材で包んでダイニングルームのテーブルに置かれ、母親へ渡されるのを待っている。柑橘《かんきつ》系のにおいが部屋に充満しているが、いやなにおいじゃない。わたしもビーチで長い時間を過ごしてきたからわかる。これはサーフワックスの一種のにおいだ。そのとき寝室の壁に、長いサーフボードが立てかけられているのが目に留まった。

　ジェイソンはまだわたしにキスをしようとしない。わたしは男のほうが先に動くべきなんて思うタイプじゃなかったが、ジェイソンといっしょにいると、ふたりのあいだに見えない壁がある気がしてならなかった。そしてわたしには、その壁に体当たりする勇気がなかった。

　水を飲み終えてキッチンへ足を踏み入れた。カウンターはものであふれていたけれど、きちんと整理されていた。砂糖の飴《あめ》の瓶、ブドウ糖錠剤の瓶、電解質パウダー、それに粉末プロテイン入りの大きなプラスチック容器。ラベルが貼ってあるのでひと目でわかる。プロのアスリートのキッチンみたいだ。ジェイソンが健康な一型糖尿病患者であるためには、プロのアスリートと同じ精神力と自制と管理が求められるが、それもただ血糖値をふつうに保つだけのためなのだと思いいたり、少し悲しくなった。わたしはグラスをシンクに置いた。

「もう運転できると思う」

「ほんとうに？」

「ええ」

「車まで歩いて送るよ」

「いいの。だいじょうぶよ。わたしはこのへんで育ったんだから」

　理屈にもならないとわかっていた。マイアミビーチで育ったことは、強盗に襲われたり、性被害に遭ったり、殺されたりしない理由にはならない。だがそのときのわたしは、ここでふられるかもしれないとびくびくしているより、濃縮コカインを吸ったり、銃を持ったりした犯罪者に交じって外にいるほうが心安らかでいられる気がした。

わたしは出口に向かって歩きだした。いろんなことが宙ぶらりんのままだ。でもどうしてだろう。ジェイソンとわたしがランプ修理店で出会ったのは、ほんの数週間前のことだ。たしかに電話でおしゃべりし、メールを打ち、三回デートをしたけれど、生涯の友達になったわけじゃない。何かで結ばれているわけでもない。わたしはどうしてもボーイフレンドが欲しいとは思っていない。それなのに、なぜこの人にここまで惹かれるのだろう。これまで幾度となくほかの男たちにしてきたように、時間の無駄だったと自分に言い聞かせながらさっさと立ち去ればいいのに、後ろ髪を引かれるのはどうしてだろうか。ひと目見た瞬間に恋に落ちるなんてことがほんとうにあるのだろうか？　あるいは三回デートしただけで？　でも出会ったその週にお互いを理解して結婚し、六十年間幸せに暮らしている夫婦はいる。

わたしはドアのところでぐずぐずした。そしてジェイソンの顔と白い歯に目をやった。このまま立ち去って振り返らないほうがいいのか、相手をまっすぐ見て最後のひと言を伝えたほうがいいのか、決めかねていた。

21　セックス

ほとんどの人は嘘をつく。カウンセリングのとき、盲検試験のとき、そして自分自身にすら嘘をつくので、セックスをした相手の平均人数を知るのは不可能に近い。でも断言していいが、アメリカのほかの地域では常軌を逸したように思えることも、マイアミで育った人間にとっては完全に常識の範囲内だ。マイアミは暑くて湿度が高く、魅力的な人々が肌を露出した服を着てラム酒を飲み、情熱的なサルサに合わせてひと晩じゅう踊っている。ゲイもストレートも、その中間にいる人も。性的に奔放な女性も、マイアミでは後ろ指をさされない。セックスはすばらしいとおおっぴらに讃えられる。貞淑ぶった人にとっては居心地が悪く、おもしろくない街だ。

それでもわたしは、セックスに関するルールを自分に課していた。自分の年齢を超える人数の男とは寝ないというルールだ。わたしの最初の相手はカルロスだった。つぎは水球選手のマイキー、そのつぎはヴィーガンのケヴィン。教授助手のマックス。そしてメロディのボーイフレンドのジェイク。それからほかにも。名前をリストに書きだしてみると多く見えるけど、数字で考えるとそうでもない。わたしは十五歳のときに初体験し、いまは二十代半ばだ。毎年平均一人から三人の男と付き合ってきたから、合計すると二十人超の相手と寝たことになる。そう考えると、わたしのリストはちっとも長くない。

でも、わたしが自分の年齢を超える数の男と寝ないと決めた理由はそこにあった。性を嫌悪したり恥じたり、快楽を否定したりするつもりはないけれど、セックスに関してはもう少し思慮深くあろうと思ったのだ。何度かデートしたからといって、かならずしもベッドをともにする必要はない。それにルールを守ろうとすれば、だれかと短期間付き合って別れたあと、すぐに新しい相手を見つけるのではなく、いったん立ち止まって考える時間ができる。ミスター・キャットも、わたしのデート相手について一家言あった。お眼鏡にかなった相手もいれば、かなわない相手もいた。だれかが泊まりに来たとき、猫用トイレではなくバスタブにうんちして、意思表示をしたことも何度かある。翻訳すると〝せいぜいいちゃいちゃしろよ、このくそったれ〟だ。

ジェイソンとボウリング場でデートした時点で、わたしがもっとも長く、もっとも真剣に付き合った相手は元カレのセスだった。大学院にはいった年に付き合いはじめ、まる一年いっしょにいた。セスはゲーテの『ファウスト』とジョン・ヒューズの『プリティ・イン・ピンク／恋人たちの街角』の語句やせりふをそらんじることができた。円満な人柄がとても魅力的だった。わたしがはじめて、ロマンティックな意味で「愛してる」と言った相手でもあった。ローマンとはしょっちゅう言い合っていたけれど、それは肉体関係のない友人どうしの気安さから出たことばだった。

セスは芝居気たっぷりに感情をあらわすのがうまかったので、彼のほうが先に愛してると言うだろうと思っていた。ところがデートするようになってから二カ月が経ち、それまでのわたしならだんだん上の空になって、この人ではないだれかとここではないどこかへ行きたいと思いはじめるころ、予期せぬことが起きた。ある朝、わたしはセスがまず靴下を両方履いてから、左右の靴を履くのをながめていた。そのやりかた――片方の靴下を履いてから靴を履き、もう片方の足も同じ手順を繰り返すのではない――を見ていると、なぜか満ち足りた気持ちになった。わたしはだれかとどこかへ行くのではなく、彼といっしょにいられるならどこだっていいと思った。そしてこれが愛だと気づいた。セスが靴ひもを結び終えて顔をあげ、わたしと目が合った。

「何？」セスは訊《き》いた。

卵の殻を内側からつつき、はじめて外の世界へ出てきたひな鳥のように、ぎこちないけれどずっと心で温めていたことばがふと口をついて出た。「なんでもない」わたしは言った。「ただひと言だけ。愛してる」

セスはおだやかに微笑んだ。「よかった。ぼくも愛してる」

それはジェイソンと出会う三年前のことだった。そのときわたしは二十二歳だった。セスのあとも二人と関係を持ったので、相手の数がかぎりなく年齢に近づいている。二十四人。つまり、もしジェイソンとセックスして、関係がうまくいかなくなったら、年齢が相手の数を追いこすまで禁欲生活をしなければならないということだ。すべてはジェイソンの決断ひとつにかかっている。何があっても、自分で決めたルールはぜったいに破れないから。他人が決めたルールや法律、そして神の法でさえも、わたしはかならずしも守っているわけではない。でも自分で決めたルールを一度でも破ったら、人生で起こりうることが、手に負えないほど増えてしまう気がするのだ。自分に課した計画表やルールがなかったら、わたしはもはや意味もかたちも失って、存在の重みに耐えられず砕けてしまうだろう。

けれどいま、ドアのところに立ち、わたしは自分とジェイソンを信じていた。もしかすると、わたしの押しが強すぎるのだろうか。焦りすぎかもしれない。アプローチを変えてみよう。わたしは言った。「ねえ、このまま友達でいようか」

ジェイソンの目に傷ついた表情が浮かんだ。でもわたしは怒りに呑《の》まれ、相手の気持ちを思いやる余裕がなかった。「待って、いまのは忘れて。取り消すね。わたしには友達がたくさんいるんだった。あなたと友達にはなりたくない。恋人になりたいのよ。あなたのことはよく知らないけど、それでもいい。あなたが好き。大好きなの。あなたが同じ気持ちじゃないなら、それはしかたないことよ。でも友達にはなれない」

わたしがドアを閉めて永遠に立ち去るまえに、ジェイソンが大股《おおまた》で近づいてきた。わたしの腰に手をまわして抱き寄せ、唇を重ねた。そしてその夜、ジェイソンはわたしのリストの二十五番目に名を連ねた。青いTシャツ姿から想像していたよりも、ずっと筋肉質だった。シャツを脱ぐとき、肩や背中の筋肉が収縮する。わたしに手を伸ばす。サーフボードに乗り、腕や体幹をじょうずに使って沖へ出る姿が目に浮かんだ。わたしは彼に抱きつきながら、自分たちは六十年間幸せに暮らすカップルになれるかもしれない、と思った。でもそれはまちがっていた。

22　花

三回目のデートの翌朝、ジェイソンは矛盾したメッセージをわたしに送っていたことを認めた。駆け引きをしているつもりはまったくなかったけど、わたしとどうなりたいのか、自分でもよくわからなかったという。でもわたしが友達にはなりたくないと言ったとき、はっと気がついたそうだ。ジェイソンはダイエット・コークを飲みながら、わたしが感情を爆発させたとき、まれに見る率直さと誠実さを感じたと言った。ほとんどの男性がおそれをなして逃げだすところなのに、ジェイソンの中の宇宙人は、わたしと深い関係になることを望んだ。

指導教官のもとでの実習も講義もすべて終了し、ソシオパスとナルシシズムはいとこちがいの関係にあると論じた卒業論文を提出して、教授や教官から絶賛され、わたしは正式に博士号を取得して大学院を卒業した。

卒業してすぐに――ぐずぐず引き延ばしても意味がない――心《E》理学の専《P》門的実践の《P》ための試《P》験を受けた。昔ながらの暗記カードを使って勉強していると、ローマンのことが懐かしくてたまらなくなった。恋しさが波のように押し寄せ、ときどき船外に投げだされそうに感じることもあった。だがわたしは必死でしがみついて、鼻から息を吸って口から吐き、勉強に集中した。

子どものころ、わくわくしながらIQテストを受けたときのように、評価と診断、行動の社会的・生物学的基盤など、心理学の中核をなす二二五問の選択問題を夢中になって解いた。とても楽しかった。すべての質問に正解と不正解がある。答のない問題も、答があいまいな問題もない。

わたしは試験に合格し、晴れて認定臨床心理士になった。これでもう指導教官がいなくても、いつでも仕事をはじめて、患者のトラウマや心の闇を探り、その人生をよい方向へ導くために力を注ぐことができる。わたしの強さで、人生に傷ついた人を助けるのだ。

ジェイソンがわたしの部屋へ祝福にやってきた。わたしの好きな銘柄のシャンパンと、さまざまな種類の紫の花を束ねた、こぼれんばかりに大きいブーケを持っている。どの花も猫に無害であることを、ちゃんと確認してあった。ミスター・キャットはたまに花びらをかじり、そのあと吐いてけろっとしていることがあった。ジェイソンはいつもこんなふうに気を配ってくれる。すてきでやさしくて、頼もしい人だった。わたしのいいところを引きだしてくれた。それなのに、なぜわたしがジェイソンの死について尋問を受けているのだろう。

エアコンの風にさらされて金属の椅子が冷たくなり、その冷気が伝わって脚に鳥肌が立った。ジャクソン刑事がやさしい顔でこちらを見ている。実直そうで我慢強い表情を浮かべている。よい警官と悪い警官の両方を、ひとりで演じているのだ。ランプ修理店のまえで撮った自分とジェイソンの薄っぺらい写真を持ったまま、わたしは自問した。どう考えても、わたしにジェイソンを殺す理由はない。それなのに、いったいなぜ、わたしが殺したと疑われているのだろうか。テーブルに写真をもどしながら、これまでにジェイソンがくれたたくさんの花のことを考えた。どうしてすべてに終わりがあるのだろう。ずっときれいなままに見えても、花はいつもあまりに早く死んでしまう。おそらく茎を切られた瞬間に、すでに死んでいるのだろう。そして人は幸せだったころのわたしのように、ゆっくり失われていく美に夢中になっているだけなのかもしれない。

23　ケーキ

ジェイソンは毎日、最低三回は母親と電話で話していた。日常の細々したことを報告し、しょっちゅう助言を求め、母親の意見抜きにものごとを決めることはまずなかった。ジェイソンに大きな欠点があるとすれば、まちがいなくこれだった。母親と共依存関係にある小さな男の子にしか見えなかった。だが、わたしは姉を守るために幼い少年を手にかけたのだ。そんなわたしに何が言えるだろう。

付き合って数カ月が経ったころ、母親のガートルードがわたしに会いたいと言ってきた。ジェイソンの二十九歳の誕生日がもうすぐだったので、顔を合わせるにはちょうどいい機会だった。パーティならほかにもたくさん人がいるし、あまり緊張しなくてすむとジェイソンは言ったけど、わたしはそもそも緊張などしていなかった。だれかの親に会うのは不安でもなんでもない。たいていの場合、わたしは気に入られる。しかもわたしは臨床心理士で、人に質問をしたり、その返事を聞いたり、聞いているふりをしたりするのが大の得意なのだ。ほとんどの人は自分の話をしたがる。じっくり話を聞いてくれたと感じる相手のことを、ほとんどと言っていいほど人は好きになる。わたしはジェイソンに、すべてがうまく行き、あなたのお母さんとわたしは親友になるか、少なくとも仲のいい知人になれると何度も言った。お母さんもわたしも、あなたのことをこれほど大切に思っているのだから、気が合わないわけがない。けれどいま思い返してみると、ジェイソンは何かからわたしを守ろうとしていた。その当時ははっきり口に出して伝えられなかったが、潜在意識が危険だと感じていた何かから。

ジェイソンは名物ホテル〈フォンテンブロー〉のプールサイドで、パーティを開くことにした。一九五〇年代は派手できらびやかで、ピンヒールを履いてキャットアイのメイクをした客であふれていた。だが八〇年代になってすっかり落ちぶれた。日焼けして太った観光客に、フローズンダイキリを割引価格で提供する場所になりさがった。でもマイアミビーチの年老いたマダムの多くのように、フェイスリフトをして入念に化粧を施し、イメージを一新して復活をはたした。新しい経営者、新しいロビー、新しい客室。でもクラシックなシャンデリアと華やかな雰囲気はそのまま残した。ジェイソンはカバナをいくつか予約し、ハンバーガーと串《くし》刺しのグリル野菜と飲み放題のランチパーティを企画した。

番組の出演者も裏方のスタッフも含めて、ニュース専門放送局の同僚をおおぜい招待した。ほとんど毎日、早朝に海で会うサーフィン仲間もたくさん招いた。ジェイソンは子ども時代をジョージア州で過ごしたので、地元に幼なじみはいなかった。でも、マイアミにいるフロリダ州立大学時代の友達が何人か来てくれることになった。

こうしてわたしはその母親だけでなく、ジェイソンの世界に住んでいるほとんどの人とはじめて顔を合わせることになった。みんなに気に入られたいと思った。友達がにやにやしながらジェイソンを見て、〝おい、いい彼女を見つけたな。賢くて気さくで、いっしょにいると退屈しなさそうだ。美人だけど近寄りがたい雰囲気じゃないし、サウス・ビーチによくいるケバい女とはぜんぜんちがう。とてもお似合いだよ、ジェイソン。うまくやれよ!〟という表情を浮かべてくれたなら。

ジェイソンの友達全員に好感を持たれるのは、わたしにとって重要なことだった。人に好かれて受け入れられたいと願うのは当たり前のことだし、たしかにわたしは殺人者かもしれないけれど、みんなと同じふつうの人間なのだ。それにありきたりの決まり文句だが〝よい第一印象を与えるチャンスは一度しかない〟ことは、わたしのいちばんの信条でもある。なぜならそれは事実だからだ。だれかと会って、最初は好感を持っても、あとから大嫌いになったことは数えきれないほどある。でも、最初に嫌いだと思った相手をあとから好きになったことは一度もない。

ジェイソンはパーティに着ていく新しい服を欲しがり、いっしょに買い物を楽しみたいと言った。わたしが知っている男の人の多くは、買い物に付き合うのを忌み嫌っている。店の真ん中に置かれた椅子にすわり、いっしょに考えるふりをしながら、「最高に似合ってるよ」とか「きみがいいと思うほうで」とか「だいじょうぶだって、太って見えやしないから」とか言わされるのが、いやでたまらないのだ。でもジェイソンはほんとうに買い物が好きだった。やっぱり宇宙人だ。ジェイソンといっしょに店へいくのは、買い物の場面をつなぎ合わせた映画のモンタージュのようだった。ふたりでおかしなデザインの帽子や服を試着して笑い転げたり、真剣に品定めをしたりした。

わたしは服を買うのにぴったりの店を知っていた——サウス・ビーチの人気店、ハンナ・ヴェイルのブティックだ。アミーナがマイアミへやってきて、わたしがずっと黙っていた事件を知ったとき、とても気まずい思いをした。だからジェイソンには、リチャードの悲劇的な死について、だいたいの事情を話しておいた。もちろん、わざわざ口にしなくていいささいな事柄は省いた。

愛する人であっても言えないことはある。

　店へ足を踏み入れたとたん、ハンナが力強いハグをしてきた。わたしたちは仕事やなんかで忙しくて、しばらく会っていなかった。わたしはハンナをジェイソンに紹介した。バースデーパーティ用の服を探していると言うと、ハンナは服をつぎつぎと選んでラックからはずしはじめた。マーケティングの学士号をついに取得したあと、ハンナは中小企業向け融資を受けてこの店を開いた。相変わらず暗黒世界の姫みたいな独特の雰囲気をただよわせているけれど、経営者として腕をふるい、レディースとメンズのあらゆるタイプのすてきな服を売っている。自分でデザインした服を置いたコーナーもあった。〝ヴァンパイア・イン・ザ・サン〟というオリジナル・ブランドで、あつかっているのは黒い長袖《ながそで》のシャツと黒い細身のマキシスカートだ。エルヴァイラ（一九八八年公開のコメディホラー映画の主人公）がブランチに行くときに着るようなセクシーな服だけど、通気性がよくてUVカット効果がある生地でできている。日光に過敏なゴスやパンクやエモ好きの女性用のクールで涼しい服という、すばらしいアイデアだ。まだそこまで売れていないが、夢を追いかけるハンナをわたしは誇りに思っていた。

　ハンナはジェイソンに白い麻のパンツを手渡した。ジェイソンはまずハンナを、それからわたしを見た。

「これがほんとうにぼくに似合うと？」

　ハンナは言った。「わからない。だから試着してみるのよ」

　ジェイソンはパンツを手に試着室へはいり、ハンナはにやにやしながらわたしを見た。〝ねえ、いい彼を見つけたじゃないの。賢くて気さくで、いっしょにいると退屈しなさそう。かっこいいけど近寄りがたい雰囲気じゃないし、サウス・ビーチによくいるチャラい男とはぜんぜんちがう。

とてもお似合いよ、ルビー。うまくやるのよ！〟

ジェイソンが試着室から出てきた。白いパンツを完璧《かんぺき》に穿《は》きこなしている。ハンナに薦められ、わたしもギリシャ神話の女神風の白とゴールドのサンドレスを試着した。いっしょに薦められたゴールドのビキニの上に着たら、すごくすてきだ。ジェイソンは新しいパンツに合わせて、水色の薄いコットンのボタンダウンのシャツも買った。ハンナはうれしそうに、ふたりの服の色はちょうどいい具合にマッチしているし、やりすぎ感がなくていいと言った。そしてジェイソンとわたしを見送った。新しい服でいっぱいの紙袋と、愛でいっぱいの心を抱え、わたしたちは店を出た。

ジェイソンはパーティのほとんどを自分で計画したが、砂糖と炭水化物まみれのケーキを用意していないことは確認するまでもなかった。朝のプロテイン・シェイクを作り、ベリーを量りわけるその姿を見ていると、わたしは健康な膵臓《すいぞう》を持った人が誕生日にするのと同じように、彼にも二十九本のろうそくを吹き消してバースデーケーキを食べてほしいと強く思った。パティシエに頼んで、低GIで砂糖不使用の特製デザートみたいなものを作ってもらえば、いいサプライズになると考えた。でもジェイソンはずっと甘いものを避けているから、どんな種類のケーキが好みかもわからない。勘づかれるとせっかくのサプライズが台無しになるので、さりげなく尋ねるわけにもいかない。わたしは隠しごとがうまかったが、ジェイソンはわたしの考えを見抜くのがうまかった。だから彼といっしょにいることは、目にしみる海水や低音のきいたクラブミュージックやコカイン、そして酸素よりも、わたしに生きている実感を与えてくれた。

ジェイソンは七歳のとき、運動場で強い喉《のど》の渇きを覚え、水を求めながら倒れて病気が発覚したそうだ。一型糖尿病と診断されるまえに好きだったお菓子を知っている人といえば、毎日三回、電話で話している人しかいない。この広い世界で彼がいちばん大切にしていて、彼をいちばんよく知っている人。母親だ。そこである日、ジェイソンがシャワーを浴びているあいだに、携帯を盗み見て母親の電話番号を調べた。そして翌日、ガートルードに電話をかけた。

それがわたしの最初のあやまちだった。

24　コブラ

ガートルードは高くも低くもない声で「もしもし」と電話に出た。わたしは明るくはきはきと言った。「こんにちは。ジェイソンのガールフレンドのルビーです。バースデーパーティでお会いできるのがいまから楽しみです」そしてジェイソンの好きなケーキを尋ねた。チョコレートだとかキャロットだとかレッド・ベルベットだとか、興奮ぎみに返事をしてくると思っていたけれど、返ってきたのは冷たい沈黙だった。

電話をかけた時点では知らなかったことだが、ジェイソンは二歳のときに母親に捨てられていた。ガートルードはジョージア州を出てフロリダへ引っ越した。家族や友人には、ジェイソンの父親の暴力に耐えられずに家を出たと説明していた。でもそれほど暴力的な父親のもとに、幼い子どもをどうしてひとりで残していけるのだろうか。

わが子を助けるため、全身の力を奮い起こして車を持ちあげる母親がいる。子どもを少しでも安全なところへ連れていきたい一心で、戦火に包まれた祖国から、着の身着のままで逃げる母親もいる。罪を犯したわが子が捕まらないようにと、他人の人生まで危険にさらしながら、法廷で偽証して嘘のアリバイを言う母親もいる。わが子を守ろうとするこうした本能的な行動、母親の子どもに対する無償の愛が、人類の存続を支えてきた。数えきれないほどの母親が、虐待関係や心をえぐる離婚騒動や醜い親権争いに耐え、わが子を自分の手で育てようとしてきた。それなのに、幼い息子を残して出ていけるのは、いったいどんな母親なのだろう。悪い母親、精神的に病んでいる母親、ナルシスト。ソシオパスということもありえる。

ジェイソンは、厳格で、ときに残酷な顔を見せる父親に育てられた。ルールを決められ、多くを期待され、雑用をさせられ、怒鳴られた。体罰を受けることもあり、ときにはベルトで打たれた。ごくまれではあったけど、金属のバックル側で打たれることもあった。完璧《かんぺき》な父親でなかったのはまちがいない。そして多くのティーンエイジャーの少年と同じく、ジェイソンは成長するにつれて父親を憎むようになった。邪悪だからではなく、ただそこにいるという理由で憎んだ。

ガートルードはそこにいなかった。いらいらしたり、怒鳴ったり、取り乱したり、言ってはいけないことを言ったり、友達のまえで恥をかかせたり、まちがいを犯したり、手でたたいたり、ベルトをふりおろしたりしなかった。ジェイソンの心の中で彼女は聖人になった。完璧な母親だ。まだ子どもだった彼は、母親に捨てられたというこのうえない屈辱をうまく理解できず、どんなにささやかであってもいいことだけに目を向けた。何年も電話で話すうちに、耳になじんだ声。ときどき郵便で届く、野球帽やおもちゃの車などのちょっとしたプレゼント。毎年送られてくる、〝愛する息子へ〟ではじまり〝愛を込めてママより〟で終わるバースデーカード。ジェイソンはそれらのカードを大切にし、子どものころは〝息子〟と〝ママ〟の文字を何度もたしかめるように手でなぞった。

ガートルードは千百キロ離れたところから、自分に都合のいいやりかたで、母親のまねごとをしていた。そしてジェイソンは、大木の陰に植えられた日照不足の花が、かすかに射しこむ一筋の光にしがみつくように、そうしたまねごとにしがみついた。ガートルードは悪人だ。それははっきりしている。だが子育ての現場にいたわけではないので、ジェイソンの中で長年、母親はヒーローだった。

ジェイソンはわたしにくわしい事情を説明すると言った。自分がまだ小さかったときに母親が出ていったこと。そして十八歳になった高校三年生のとき、父親の顔を殴ったら殴り返され、「あやまるまで帰ってくるな」と怒鳴られて家を追いだされたこと。

だがジェイソンはあやまらなかった。家にも帰らなかった。高校のガールフレンドのシンディの家に転がりこんだ。ふたりは二年間付き合っていて、お互いに真剣だった。シンディの家族といっしょに暮らすのは、最初の二週間ぐらいは問題なかったが、両親としてはジェイソンをいつまでも置いておくわけにはいかなかった。ただ、娘と結婚するなら話は別だ。そこは小さな町だった。人々は生まれた町を離れず、若くして結婚し、地元で遊び、地元で職に就き、子どもを作り、その子どもたちが同じサイクルを繰り返す。そういう町なので、シンディの両親にとっては、高校生の男の子がショッピングモールの宝石店で指輪を分割払いで買って娘の指にはめるのも、受け入れられないことではなかった。義理の息子なら歓迎するけれど、ティーンエイジャーの娘のボーイフレンドにすぎない若者ならそうはいかない。

問題は、十八歳で結婚してほんとうにいいのか、ジェイソンに迷いがあることだった。慢性疾患を患うのが不運であることは言うまでもないが、一方でそれは幸運でもあった。ジェイソンは自分の病気について調べ、自分を守るために、医師に的確な質問ができるまでになり、さまざまな種類の食べ物や運動について調べた。そのおかげでジョージアの小さな町の平均的な若者よりも世知にたけ、地元に残る人々に対する偏見はなかったものの、隣町のオートゾーンで働く以外の人生もあるのではないかとひそかに思うようになっていた。

　シンディのことは、ティーンエイジャーらしく〝きみなしでは死んでしまう〟と思いつめるほど愛していたけれど、こんな極端な状況でくだすには、結婚はあまりに大きな決断に感じられた。そこで安らぎを与えてくれる母親の声に頼った。ジェイソンはガートルードに電話して事情を説明した。ガートルードは結婚に猛反対したが、息子がとうとう父親と決定的に仲違いし、自分と同じくらい憎むようになったことを、おおいに喜んだ。

　ガートルードの勝因は、その場にいなかったことだった。いまやジェイソンは十八歳で手がかからず、いわゆる一人前になっていたので、ガートルードは彼を自分の人生と家に両手をひろげて迎え入れた。ジェイソンは涙を流すシンディに別れを告げた。彼女はジェイソンにもらった高校のスクールリングを返そうとした。内側にバンドエイドを貼ってサイズを調節し、左手の薬指に誇らしげにつけていたものだ。ところがジェイソンは、自分の思い出の品としてそのまま持っていてほしいと言った。シンディは指輪を投げつけて叫んだ。「あなたのことなんて思い出したくない！」

　ジェイソンはそのあとのことを、涙ぐみながらわたしに話した。シンディはすぐに指輪を投げたことを後悔し、草むらへ駆けていって、それが落ちた場所を捜した。中心に飾られた黄色い石が陽射しを浴びて輝いた。彼女は指輪を拾いあげて胸に押しあて、声をあげて泣いたそうだ。

　ジェイソンはフォートローダーデール行きの長距離バスに乗った。母親のところへ引っ越してフロリダ州の住民になり、新しい高校で三年生をやりなおすのではなく、一般教育修了検定《GED》を受けた。写真の才能があったので、つぎの学期からフロリダ州立大学にはいった。休暇や連休のときは母親を訪ね、卒業後、もう少し母親の近くにいようとマイアミへ引っ越した。それ以来、母親はジェイソンの人生の大きな部分を占めてきた。ジェイソンは失われた時間を取りもどせたようでうれしかった。ガートルードはおそらく、息子を捨てた罪悪感がやわらいでほっとしていただろう。あるいは、幼児のときほど手のかからないだれかに必要とされることを楽しんでいたかもしれない。

ジェイソンはこうした事情を、わたしがパーティで母親に会うまえに話すつもりだったが、子ども時代に背負っていた重荷を打ち明けて、わたしに細かく分析されるのがいやで躊躇《ちゅうちょ》していたらしい。カウンセラーの中には、「あなたはお母さんのことをどう感じる？」といった質問を生涯しつづける者もいる。たしかに大切な質問だ。でもわたしは、〝いま〟に集中したアプローチも学んだ。かたちや種類はちがっても、だれでも子ども時代のトラウマを抱えている。カウンセリングでそれを深く掘りさげることで、傷が癒《い》やされ、まえへ進むきっかけになるケースもたしかにある。でも現在の状況について話すほうが、より速く、よりよい結果に結びつくことが多い。腐ったミルクは捨てるしかない。さっさと捨てるべきだ。つらい子ども時代の腐臭を嗅《か》ぎつづける必要はない。ところが電話をかけたあの日、わたしはジェイソンがどれほどの重荷をおろさなくてはならないのか、まったくわかっていなかった。

後日、冷たい沈黙の理由がわかった。ガートルードはジェイソンが二歳のときに家を出ていたため、わたしの簡単な質問に答えられなかったのだ。そして不意を突かれて身構えた。まるでわたしがわざとケーキのことで電話して、息子のことをほとんど知らないという事実を突きつけ、罪悪感を抱かせようとしたみたいに。わたしに責められているという被害妄想だ。

それに特別なケーキを用意するアイデアをわたしが思いついたことに、腹を立ててもいた。息子が思いやりのある女性と付き合っていることを喜ぶのではなく、ねじくれた解釈で、自分へのあてつけだと受け取った。典型的なナルシストの思考だ。とことん自己中心的で、わたしのやることなすことすべてを自分にからめて考えた。砂糖不使用のケーキを用意することを思いつきもしなかった母親の自分に向かって、息子の新しいトラブルメーカーの恋人が鏡を見せ、ほら、あなたは昔もいまも自分勝手な人間でしょう、と言っているととらえた。

ガートルードは吐き捨てるように言った。「わたしの顔をつぶそうとしたって無駄よ」

「わたしはただ、ケーキを用意したくて」

「生意気なことを言わないで」

「〝生意気なことを言っている〟つもりはありません。ほんとうに困ってご相談しているんです」

ガートルードの怒りは困惑に変わり、困惑はすぐに屈辱感へ変わった。そしてこの不健全な屈辱感は、わたしへの激しい憎しみに変わった。

バースデーパーティのとき、ガートルードはすました顔をして平静を装っていた。わたしにハグをしたが、その氷のような冷たさがギリシャ神話風のドレスとゴールドのビキニを通り抜け、肌も筋肉も突き破って骨まで届いた気がした。周囲の目には親しみのこもったハグに見えただろう。ガートルードは魅力的な女性だった。褐色の髪は肩ぐらいの長さで、ターコイズのイヤリングとそろいのネックレスをしている。スタイルもいい。どう見ても正常で、それが彼女の最大の強みだった。わたしの反応のほうがおかしいと思われてもしかたがないほどだ。

ドメスティック・バイオレンスの専門家は、加害者をふたつのタイプに分けている。〝ピットブル型〟と〝コブラ型〟だ。〝ピットブル〟（この犬種に悪いイメージを植えつけていることを申し訳なく思う。ピットブルはすばらしい相棒になりえるし、悪いのはいつだって犬ではなくて飼い主だ）は、うるさくて自制心がきかず、だらしなくて攻撃的で短気で、熱くなりやすい。がっしりした顎《あご》で餌《えさ》をくわえて離さないピットブルのように、このタイプの加害者はいったん獲物に食らいつくとなかなか離さない。でもやがて顎の力をゆるめ、獲物が逃げてしまうと、すぐに別の新しいものに目を向ける。ピットブルは、尾を引かず、あれこれ考えず、忘れやすい。被害者である妻が、ピットブルの夫から逃げきれたら、もうだいじょうぶだ。同じことを繰り返し、また別のピットブルにつかまらないかぎりは。

一方の〝コブラ〟は、これよりずっとおそろしい。陰険で利口で物静かだ。知性が感情に優先し、常に行動を修正する。警官が現場に到着したとき、コブラは礼儀正しく冷静にふるまう。行きちがいや誤解があったことを警官に謝罪し、何も問題がないことを落ち着いて説明する。未熟な警官の目には、善良な市民にしか見えない。コブラは計画的かつ巧みに、ずる賢いやりかたで相手を虐待する。どこをどう殴ればあざができないかを熟知し、それをやってのける。また、相手に恐怖を植えつけても、外からはわからないことを知っている。コブラに目をつけられたら逃げられない。自分も破滅するとわかっていても、コブラは獲物をつけまわして死ぬまであきらめない。被害者が生き延びるには、コブラから逃げて名前を変え、一カ所に長くとどまらないことだ。そうしないと、コブラはいつかまた目のまえにあらわれる。

心理学の専門家として、わたしはガートルードをコブラだと判断した。バースデーパーティから数週間後、そのことをはじめて話そうとしたとき、ジェイソンは母親を全面的に擁護した。当時はまだ若かったから、母親としてどうするべきかわからなかったのだ、と。たしかに自分を置いて家を出ていったけれど、ずっと愛してくれていたと言った。電話で話していたし、プレゼントも送ってくれた、虐待の要素などどこにもなかったと主張した。当然ながらわたしには、電話やプレゼントはジェイソンを完全に手放さないための手段だったとわかっていた。身勝手にもわが子を捨てておきながら、いつか取りもどしたくなったときのために、長い引き綱につないでおいたのだ。いかにもコブラがやりそうなことだ。すべての絆《きずな》をきっぱり断ち切っていたほうが、ジェイソンはもっと健全に生きられたと思う。でもガートルードは、息子の精神の安定など気にもとめなかった。

わたしがそのことを指摘したら、ジェイソンはすぐさま、この十年間、母親は毎日自分のために時間を割いてくれている、それはけっして簡単なことではないと反論した。そしてわたしがカウンセリングで言っていることを投げ返してきた。「きみがいつも言っているとおり、後悔や罪悪感は無意味だ。だったらなぜ、関係が最高にうまくいっているいま、母さんが過去にしたことに恨みをぶつける必要がある？」

それを聞いてわたしは心底悲しくなった。愛してくれない相手からの愛をひたすらに求める、暴力やネグレクトを受けた子どもの教科書どおりの反応だったからだ。けれどわたしは、カウンセラーのグロリアがわたしにしたように、あなたは被害者だとジェイソンを説得することはしなかった。こちらから無理やり見方を変えさせることはできない。わたしにできるのは、いつかジェイソンが母親の毒に気づき、離れてもやっていけると自信を持つのを祈ることだけだ。

パティシエと相談を重ねた結果、アップルソースで甘みをつけた、軽くてふわふわしたダークチョコレートチップのエンゼルケーキができあがった。みんなおいしいと言ってくれたけれど、ガートルードだけは別だった。ひと口食べただけで、こんな段ボールみたいな味の代物に大金を払わされて気の毒にと、愛らしい南部訛《なま》りで言った。もちろんほかの人には笑顔をふりまき、わたしだけに聞こえるようにささやいた。気温三十二度の晴れた日だったが、自分が本格的にコブラの標的になったことを知って寒気がした。ジェイソンの人生にとどまるかぎり、わたしはずっと狙われるだろう。

25　ガブリエル

臨床心理士の資格を取得し、わたしはそろそろ自分のオフィスを持つことにした。ベネチアン・コーズウェイに近いビスケーン大通りの高層ビルに、いい物件を見つけた。ビスケーン湾のすばらしいながめが眼前に広がっている。すぐにクライアントを獲得し、定期的に通ってもらえれば、賃料を払うのも問題なさそうだ。わたしは自分に賭《か》けることにした。自分用に黒の張りぐるみの古い椅子を、患者用にふかふかしたワインレッドの二人がけソファを置いた。自分と患者のあいだに壁を感じさせるコーヒーテーブルは置かないことにした。そのほうが腹を割って話せる気がするからだ。椅子とソファの横に、それぞれ小さなサイドテーブルを設置した。ティッシュの箱を置く場所だ。

大きな窓からまぶしい陽射しが降り注ぎ、夜遅い時間以外は天井の照明は必要なさそうだった。大切にしている私物、たとえばランプなどを持ちこむのには懲りていた。サイドテーブルにひとつずつ、満開のランの花を置いた。わたしは新しくて古い椅子にすわり、いまはだれもいないけれど、もうすぐさまざまな人が腰をおろすであろう二人がけソファをながめて満足感にひたった。

最初のクライアントはガブリエル・Rという若い女性だった。心的外傷後ストレス障害を抱えていた。年齢は二十二歳、わたしと同じマイアミビーチで育ち、北東部の大学を卒業後、この街へもどってきた。作家志望で、いまはバーテンダーで生計を立てている。驚くほど肌が青白くて髪は黒く、血のように赤い口紅と、同じ色のマニキュアを塗っていた。日光に過敏で基本的にアレルギー体質なので、日中はビーチに近づけないが、それをのぞくマイアミのすべてを愛していた。とくに夜の街が好きで、月明かりの下、タンクトップとミニスカート姿で磁器のような肌をさらし、はめをはずして遊ぶのが楽しいと言った。中学のとき、なまっちろい負け犬に見られたくなくて、肌の白さを逆手にとり、頭のてっぺんから足の先までゴスロック・スタイルにしたそうだ。ガブリエルと話しているうちに、わたしはハンナのオリジナル・ブランドの〝ヴァンパイア・イン・ザ・サン〟を思い出し、それを教えた。ガブリエルは大喜びし、店に行ってみると言った。本格的なカウンセリングをはじめるまえに、雑談をしてお互いのことを知るのだ。警察の尋問とちがって、カウンセリングでは世間話をする。

一カ月前、ガブリエルがデリック・ロバーツという男性とはじめてのデートをしているとき、銃を持った男が店にはいってきた。そこはガブリエルが選んだタイ料理店で、男は無差別に発砲した。デリックは銃弾の雨から守ろうと、とっさに彼女に覆いかぶさった。その行為は正しかった。ガブリエルは身体的には無傷だった。デリックは背中を三発撃たれて即死し、彼女は全身にその血を浴びた。

ガブリエルはふだん、客と外では会わないという方針を守っていた。でもデリックは魅力的で、自信に満ちているのに鼻につくところがなかった。顎《あご》の線はがっしりし、唇はキスを待っているようだった。けっして飲みすぎず、変な男がちょっかいを出そうとすると、すぐに追いはらってくれた。そしてデリックが店に来るようになってから数週間後、ガブリエルはデートに誘った。デリックは一瞬ためらったあとにオーケーした。

ガブリエルは彼がためらったときのことを、何度も何度も思い返した。最初にイタリア料理店を提案されたのに、自分がタイ料理店に決めたことが頭から離れなかった。デリックが体の上でふにゃりとなる瞬間にいたるまでの人生のできごとを、繰り返し頭の中でよみがえらせて、自分を痛めつけていた。

わたしはまず、この悲劇的な体験をカウンセリングで打ち明けようと思ったのは、とても勇気があってすばらしいことだとガブリエルに伝えた。しかも事件後まだ間もない段階で。骨折した脚をギプスで固定するのと同じように、心の傷の手当ても早ければ早いほど、治りが早いのだ。また、「デリックが死んだのはあなたのせいじゃない。銃を持ってレストランにはいってきて発砲した男のせいだ」とも言った。ガブリエルの目は涙で光っていた。「わかっているの。論理的には。理屈の上では。頭のどこかでちゃんとわかってる。でもあの光景が頭をぐるぐるして、まぶたから離れなくて、感情の上ではとても自分のせいじゃないなんて思えないの」

ガブリエルは賢くて自分を認識し、きちんと感情を受けとめていたので、わたしは希望を持った。彼女は早くも論理と感情を分けることができている。あらゆる面でわたしによく似ている。わたしはガブリエルが大好きになり、いっしょにこのトラウマを克服しようと決意した。彼女の人生にこれ以上ひどいことが起きないよう、心から願った。だがわずか三年後、悪夢が自分を待っていて、周囲の人すべてを巻きこむことになるなど、このときのわたしは知らなかった。

26　プッシュ

サーフィンやスケートボードやスノーボードをするとき、左足を前に置いて主に右足でバランスをとる姿勢を〝レギュラー〟、右足を前に置いて主に左足でバランスをとる姿勢を〝グーフィ〟と言う。どちらのスポーツも経験したことがない人に、あなたはレギュラーかグーフィかと訊《き》いても答えられないだろう。考えてわかるものではないからだ。自分がどちらかを知るためには、だれかに背中を押してもらうことが必要だ。倒れないように無意識のうちに前へ踏みだした足がどちらかで、答がわかる。頭でわからなくても、体が答を知っている。

わたしがジェイソンを愛していることは疑いのない事実だった。でも何人もの友達から訊かれたように、積極的に結婚したいかと問われたら、すぐには返事ができなかっただろう。結婚という制度をやりすぎなくらい分析し、そのメリットとデメリットを洗いざらい挙げていたにちがいない。ふたりのあいだで結婚の話が出たことは一度もなかったけれど、わたしたちはとてもうまくいっていて、付き合ってから二年が過ぎたころ、いっしょに暮らしはじめた。わたしはかわいいラベンダーのアパートメントを解約し、ジェイソンはコンドミニアムを賃貸に出した。ふたりの生活を新しい場所で一からはじめて、新しい思い出を作り、ふたりの本をいっしょに本棚にならべたかった。引っ越して最初の数日、ミスター・キャットは寝室が三つある広いアパートメントに落ち着かないようすだったが、一週間も経つとすっかり慣れて、戸棚の掛け金に小さな肉球を差しこむこつをつかんだ。キングサイズの新しいベッドに嘔吐《おうと》して抗議の意思を示したのも、二回だけだった。

わたしは離婚率が五十パーセントあることも、結婚が男女関係の問題を解決するわけではないことも、永遠につづくとはかぎらないことも承知していた。クライアントの中には、離婚経験者や離婚協議中の人、まさにこれから家に帰って離婚を切りだすという人がたくさんいた。そしてわたしは、多くの人、とくに女性が結婚をゴールだと見なしていることを知った。まるで昇進のように、達成すべき目標ととらえている。でも昇進を勝ち取るには、仕事に集中して結果を出すことが求められる。恋愛関係でいうなら、デートに誘う段階が新入社員だ。相手のことを知ろうとする日々の努力を怠り、結婚というひろい役員室を手に入れることばかり考えていては、目のまえにある仕事もうまくこなせない。それは大切な相手といっしょに過ごして、その人が自分のいいところを引きだし、切磋琢磨《せっさたくま》できる相手でありながらも、自分を無条件で愛してくれ、いざというときに支えてくれるかどうかを見極めることだ。肩書のために結婚しようとするのは短絡的で、いずれ解雇されるのがおちだろう。重要なのは、ジェイソンとわたしが暗黙の了解として、この認識を共有していることだった。

同棲《どうせい》をはじめてから一年ほど過ぎたある日の夕暮れ、ジェイソンからビーチへ散歩に行こうと誘われた。一日じゅうクライアントが途切れず、わたしはへとへとだったけれど、ひろい海と、赤とピンクに染まった空を見れば、疲れがとれそうだと思った。わたしは急いでスニーカーを履き、ふたりで出かけた。ビーチに着くと、ジェイソンが片膝《かたひざ》をついてプロポーズした。「ルビー・サイモン、ぼくと結婚してくれないか」わたしはぽかんとして見つめ返した。映画によく出てくるシーンなので、自分の身に起きている実感がなかった。そのとき、ピクニック用のブランケットが砂浜に敷かれ、シャンパンが用意されていることに気づいた。情報量の多さに、脳の処理が追いつかなかった。でもジェイソンの問いに背中を押されたかのように、わたしの体は無意識のうちに反応していた。答はイエス！　ほんの一瞬も迷わなかった。それが正しい答だとわかっていた。

ジェイソンは、エメラルドカットのルビーをパヴェダイヤモンドが囲んだデザインの見事な婚約指輪を、わたしの指にはめた。とても美しくて、わたしにぴったりだった。わたしは片膝をついたままのジェイソンを驚きで見おろした。それから指輪に視線をもどした。真っ赤な夕焼けの中で真っ赤なルビーが輝いている。わたしは両膝をつき、ジェイソンの空色の瞳《ひとみ》をのぞきこんだ。毎日見ているせいで、その美しさを当たり前のように感じることもあった。真っ青な海が、瞳の色をさらに明るく見せている。そのひととき、海はたくさん持っている青いシャツの一枚になったかのように、ただジェイソンを輝かせるためだけに存在していた。

わたしはジェイソンにキスをした。愛と未来の可能性と絆《きずな》で、胸がいっぱいだった。わたしたちを法的に結びつけるあの紙切れには、何か魔法の力があるのかもしれない。おおやけに約束を宣言する紙切れ。互いへの誓い。なんだかんだ言って、わたしもロマンティストだったのかもしれない。

わたしたちはブランケットにすわってシャンパンを飲み、婚約者という新しく澄んだレンズを通して相手を見た。わたしは結婚式を頭に思い描いた。多くの人が実際の結婚生活ではなく、その特別な日に重きを置きすぎていることはよく知っている。わたしはそこまで世間知らずじゃないし、浮かれすぎないよう気をつけるつもりだ。でもジェイソンにイエスと答えたいま、結婚式の準備はわたしのこれまでの計画表の中で、もっとも楽しくて心躍るものになるのはまちがいない。

ところがジェイソンは、婚約したことをまず母親に報告したがった。いっしょにフォートローダーデールへ行き、わたしとふたりで報告したいと言った。自分を信じてほしい、母親にもう一度チャンスをあげてほしい、と。わたしはジェイソンを信じていた。心の底から。でもガートルードのことは信じていなかった。いっしょに行っても行かなくても、不愉快な結果になるのはわかっていた。

27
キック

エリーが妊娠した。わたしはもうすぐ小さな女の子の叔母《おば》になる。その子に愛とやさしさを惜しみなく注ぎ、忍耐強く接し、もしそういうのが好きならば、きらきらした髪飾りをたくさん買ってあげたい。いまから楽しみでたまらない。エリーは大学卒業後もそのままニューヨークにとどまり、非営利団体向けの資金調達のコンサルタントとして働いていた。エリーは仕事ができた。わたしと同じように手際がよくて有能だが、だれかに頻繁かつ丁寧に資金提供をお願いするうえで必要な、芯《しん》の強さと人あたりのよさを持ち合わせていた。スペンサー・ジャックというシェフと結婚していて、出会いのきっかけは、スペンサーがエリーの企画したチャリティ・イベントの料理を担当したことだった。ふたりともサワードーブレッドが大好きで、それで意気投合したそうだ。スペンサーは自分がいい父親になれるかどうか心配で、少しそわそわしていた。そこでわたしは、いいシェフになることとまったく同じだ、と言った。「子育ては料理と同じよ。いつも正解のレシピは存在しない。ただ、必要な材料がふたつだけある。愛としつけよ。あとは味を見ながら決めればいい。子どもがわがままになってきた？　おもちゃを取りあげてお手伝いを増やすの。だれかに理解してもらえず、さびしそうにしている？　たくさん抱きしめて、励ましのことばをかけるの」もちろんこれらは、親子の心理学で学んだことだ。わたしには子育てという戦場での実戦経験はない。

ある朝、ダイエット・コークを飲むジェイソンのかたわらで、わたしはコーヒーを飲みながら、エリーとフェイスタイムで話していた。とつぜんエリーが痛みで体を折った。心配して駆けよったスペンサーが画面に映った。だが上体をあげたエリーの顔に、不安げな表情は浮かんでいなかった。はっとした表情をしている。

エリーは微笑んだ。「たったいま、赤ちゃんが蹴《け》ったの！　はじめてよ。嘘でしょ、なんて力が強いの！」

毎日、何百万もの赤ん坊が、何百万もの母親のお腹を蹴っているけれど、わたしたち四人にとってそれは奇跡に感じられた。わたしは画面から顔を離してジェイソンのほうを向いた。エリーのお腹を赤ちゃんが蹴ったと思うと、いとおしさがこみあげ、つかのま、いやなことがすべて吹き飛んで、温かい感情で胸がいっぱいになった。これまで勉強してきて、コブラが変わることはないとわかってはいたが、ガートルードとの関係をなんとか修復したいと思った。もうすぐ義理の母になる人なのだから、無理のひと言で片づけずに努力するべきではないか。わたしはジェイソンに、いっしょにガートルードに会いに行くと告げた。

訪ねて最初の五分は、それなりにうまくいった。ガートルードの分譲住宅は想像していたとおりだった。九〇年代前半に建てられた小さな二階建て住宅で、庭の芝生はきれいに刈りこまれている。たくさんの陶器のカエルが飾られていることをのぞけば、同じエリアに建つほかの住宅とまったく同じ外観だ。陽気な文字で〝ようこそ〟と書かれたドアマットまで同じだった。家の中もきちんと片づいていた。サイドテーブルから窓台まで、平らなところにはかならずカエルの置物が鎮座している。その数はまちがいなく千を超えていた。ジェイソンがプレゼントしたカエルのランプが、こぢんまりした朝食室の目立つ場所に置かれている。

一階部分のベージュの壁には、ありきたりなアン・ゲデスの花壇の赤ちゃんのアート写真と、トーマス・キンケードのコテージの絵がならんでいた。わたしは一枚の赤ちゃんの写真のまえでしばらく立ち止まり、同性愛者を罵《ののし》っていた男の保守政治家が、バスルームで男とセックスしているところを目撃されたことについて考えていた。自分の素行に罪の意識を感じている人物が、他人の同じ素行を声高に非難するケースはわりとある。幼いわが子を捨てたこの女が、いまや家じゅうに、イースター・バスケットにはいった幸せそうで元気いっぱいの赤ちゃんの写真を飾っているように。

邪悪な人々は多くの場合、とても知能が高い。だから正体に気づかれることなく、社会で生き延びて成功する。わたしはパステルカラーの卵に囲まれて微笑む男の赤ちゃんの、大きな写真をながめていた。ガートルードがわたしをじっと見ている。心のうちを読もうとしているかのようだ。皮肉なことに、ガートルード自身は自分の考えを読まれたくなかったらしい。

「わたしの頭の中をのぞこうとしないほうがいいわよ、お嬢さん」

だがわたしはすでに、彼女の頭の中にいた。奥深くにはいりこんで探っていた。どんなひどい人間が、幼い息子を捨てておきながら、大人になったその子を生涯あやつろうとするのだろう。

ガートルードがジェイソンのガールフレンド全員を憎んでいたのはまちがいない。高校時代の恋人、シンディも含めて。ジェイソンのことをほとんど知らないばかりか、シンディには会ったこともないくせに、息子にはふさわしくないと決めつけたはずだ。だがいま、ガートルードのリビングルームでわたしは理解した。彼女がわたしをとくに警戒しているのは、わたしが息子と結婚する〝本命〟だからではなく、臨床心理士だからだ。自分の中に潜んでいるものに気づかれ、専門知識を使って診断され、悲惨な底なしの沼を暴かれるのが怖いのだ。その不安はあたっている。でも対立を避け、このぎこちない関係を修復するため、わたしはガートルードのほうを向いて嘘をついた。

「頭の中をのぞこうとなんてしていません。カウンセリングはそういうものではないんです。FBIのプロファイラーとはちがいます。まず話をして相手のことを知ってからでないと、力にはなれません。それも、その人が助けを求めたときだけです」

「わたしはあなたの助けを求めてないわよ」

「そうですか、よかった。いまは勤務時間外ですし」わたしは微笑んだ。

ところがガートルードはそこでやめなかった。

「わたしに言わせれば、カウンセリングなんてまったくだれの役にも立ってない。めそめそして泣きごとばかり言ってたら、人間は弱くなる一方よ。強くはなれない。わたしの故郷では、過去は過去なの。さっさとまえへ進むしかないのよ」

わたしは言った。「まえへ進むことは大切です。まったく同感です。でも土台を固めないと、いずれすべてが崩れてしまいますよ」

ガートルードはこれが脅しなのか、ただの一般論なのか、決めかねていた。考えをまとめて反撃策を考えるため、いったん朝食室へさがった。

ガートルードはまだわたしたちに、飲み物も食べ物も出していなかった。ジェイソンの予定では、テーブルについてからうれしいニュースを伝えるつもりだったのに、ガートルードはすぐにわたしの婚約指輪に気づいた。ニュースは数秒で伝わった。そしていま、わたしたちは何をすればいいかわからず、時間を持てあましていた。ジェイソンが何か飲むかとわたしに訊《き》き、わたしはコーヒーが飲みたいと答えた。ジェイソンは冷蔵庫からダイエットソーダのようなものを取りだして自分のぶんをつぎ、どこにでもありそうなドリップポットでコーヒーを淹《い》れようとした。ところが自分がコーヒーを飲まないので、やりかたがよくわからないようだった。ガートルードは黙っている。そこでわたしが、おいしいコーヒーをふたりぶん淹れると申し出た。わたしはガートルードに、自分の好みはとびきり濃いコーヒーだと言った。ガートルードは嚙《か》みつくように「わたしもよ」と言った。でもポットに残っていた薄茶色の液体を見て、ジョージアで言うところの〝濃い〟コーヒーは、マイアミのキューバコーヒーの〝濃い〟とはちがうことがわかった。

わたしは入れすぎないよう注意しながら、食料品店のコーヒー粉をスプーンに三杯すくった。ガートルードに喜んでもらいたいと本気で思っていた。コーヒーがポットに落ちるのを待つあいだ、人は親によく似たパートナーを選ぶという仮説について考えた。エディプス・コンプレックスはわたしたちに、子ども時代の延長を生きさせようとする。つまり、ジェイソンは無意識の奥底で、わたしがガートルードに似ていると思っているのだろうか。わたしはピットブルよりはコブラに近いかもしれないけど、ガートルードとはまったくちがう。愛する人たちに忠実だし、幸せをつかむことを願っている。それもわたしが思う幸せではなく、その人が思う幸せを。それに自分の欠点もわきまえている。自分の長所と短所、意欲、感情について、何百時間も考えて分析した。たしかに完璧《かんぺき》な人間ではないが、自分のことをちゃんと知っている。ガートルードは拒絶という殻の中に閉じこもり、あらゆることから目をそらしているようにしか思えない。

わたしはふと、自分が名前を知らない相手が自分の名前を知っている状況をわたしが楽しんでいると言われて、ローマンとはじめて大げんかし、その後、教科書のナルシストのページに仲直りのメモがはさんであったことを思い出した。これまでずっと、ローマンは自分が見事な腹斜筋をひけらかすナルシストであることを認めたのだと思っていた。でももしかすると彼は、わたしのことをナルシストだとからかっていたのかもしれない。これでわたしはガートルードに一歩近づいた。そのガートルードはいま、ジェイソンといっしょにダイニングルームにいる。ジェイソンは、次回来たときに裏口の網戸のきしみを直すと律儀に言っている。

コーヒーメーカーの上の棚に見つけたマグカップふたつにコーヒーをつぎ、わたしはリビングルームへ行った。ひとつをガートルードのまえに置き、何かいるかと尋ねた。砂糖は？　クリームは？

どこにあるか知っていたわけではない。自分がこの家の主であるかのようにふるまうのは妙な気分だった。でもこれはわたしを落ち着かなくさせる作戦のひとつらしく、ガートルードは涼しい顔をしていた。

そして何もいらないと言った。ブラックが好きなのだそうだ。ガートルードはコーヒーをひと口飲んでから、すぐにカップに吐きだした。熱すぎたのかと思い、わたしも自分のぶんを飲んでみた。ちょうどいい温度だ。

ガートルードはわたしを見て、静かに言った。「わざとやったのね」

わたしは見つめ返して言った。「はい？」

ジェイソンが割ってはいった。「母さん？」

ガートルードは言った。「この人、飲めないほど濃いコーヒーを淹れたのよ。わたしに思い知らせてやろうとして」

わたしは溜息《ためいき》をついた。悲しいことに、被害妄想にとらわれた怒りをぶつけられても、驚きを感じていなかった。

ジェイソンは言った。「母さん。思い知らせるってなんのことだよ」

ジェイソンは必死だった。それはわかっている。でも彼への強い愛が、少しずつ弱まっていくのを感じた。たとえばジェイソンへの愛情が酸素で、わたしが穴の空いた宇宙服を着ているとしたら、警告のサイレンが鳴り響いている感じだった。ジェイソンと自分が味方どうしだという感覚も急速に消えていき、わたしは自分で自分の身を守ろうと気持ちを引き締めた。まるで敵地にいる気分だ。何百匹ものカエルがわたしを攻撃しようとじりじり近づいてきている。飛びだした目がキッチュではなく威嚇的に感じられる。いますぐこの家を出なくては。わたしは立ちあがった。

「ジェイソン、少しふたりで話せる？」

ここへ来たのは大きなまちがいだったと、ジェイソンに言いたかった。ガートルードがわたしを嫌いなら嫌いでいい。でもここでぐずぐずして、コーヒーをわざと濃く淹れたなどと責められてはたまらない。それどころか、わたしは彼女が気に入ってくれるよう、いつもより薄く淹れたのだ。だがガートルードは、ジェイソンとわたしがふたりで話すのを許さなかった。ジェイソンが立ちあがろうとすると、おだやかな口調で言った。「この人はわたしの悪口をあなたに吹きこむ気なのね。ここはわたしの家よ。何か言いたいことがあるなら、わたしに面と向かって言えばいいのよ」

面と向かって言いたいことなら山ほどある。絵の趣味の悪いくそばばあと呼んでやりたい。最悪の母親だと非難し、子どもを思いどおりにあやつろうとする卑劣で邪悪なヘビのような人間だと罵りたい。マグカップをテーブルにぶつけて割り、大量生産の分厚い陶器の破片で頸動脈《けいどう》を切ってやりたい。

だがわたしは精神を病んだ相手に対処する訓練を積んできたので、冷静さを失わなかった。それに彼女を怒鳴りつけたところで、わたしの気が永遠に晴れるわけでもない。むしろそれを利用され、わたしのほうに問題があると言われかねない。友達に言いふらす姿が目に浮かぶようだ。あの女ったら、わたしの家にあがりこみ、ジェイソンとカエルたちのまえでわたしのことをくそばばあと呼んだのよ！　わたしはこれ以上、彼女に武器を与えるつもりはなかった。

そこでこう言った。「ガートルード、お邪魔したのはまちがいでした。もう帰ります。さようなら」

わたしはリビングルームのドアの近くに置いていたバッグをつかんだ。ガートルードはわたしが帰るのを見てうれしそうな顔をし、ドアを勢いよく閉めてやろうと立ちあがった。でもまさかジェイソンまで立ちあがり、わたしといっしょに帰ろうとするとは思っていなかったらしい。

ガートルードは大声で言った。「どこへ行く気？」

「母さん、きょうのふるまいは褒められたもんじゃない。この件についてはまたあらためて話そう。でもきょうのところは、ぼくもルビーといっしょに帰る」

そのことばに、わたしのボンベの数値は危機的レベルを脱し、頭の中のサイレンが鳴りやんだ。わたしは微笑んでいたにちがいない。わたしの笑みを見て、ガートルードが感情を爆発させた。

「だったら帰りなさいよ！」そう叫んだ。「出ていけ！」そしてわたしの向こうずねを蹴った。ジェイソンはショックを受けていた。わたしは茫然《ぼうぜん》とした。ガートルードの中のコブラが、小さなピットブルに変身したようだった。

ジェイソンとわたしは手をつないで出ていった。玄関を閉めると、カエルのノッカーが木のドアにあたった。ジェイソンはそれ以来、二度と母親に会わなかった。だが、わたしはそれほど幸運ではなかった。

「ハンサムなご主人ですね」キース・ジャクソン刑事がジェイソンの写真を見ながら、軽い調子で言った。

「ええ、とても」わたしは言った。

「だれに似ていますか」

「はい？」

ジャクソン刑事の口調が熱を帯びた。「わたしは母親にそっくりでしてね。いや、母を悪く言うつもりはないんですが。そして妹はびっくりするぐらい父親似で。それでちょっと思ったんですよ。ジェイソンは母親のガートルードに似ていましたか。顔の形とか、耳の形とか。耳の特徴はよく遺伝しますから」

さっきまでガートルードのことを考えていたにもかかわらず、刑事の口からその名前を聞くと、内勤の警官が獣医師の名前を出したときよりも不快に感じた。「なんですって？」わたしは反射的に言った。

刑事は言った。「ガートルード・ホランダーに会ったことがありますね」

「ええ。もちろんありますよ」わたしは答えた。

ジャクソン刑事はそうでしょうというようにうなずいた。じっとすわったままで、四枚目の写真をめくろうとしない。もうしばらくはジェイソンとその母親の話題をつづけるつもりだということが、ボディランゲージで伝わってきた。わたしも精いっぱいのボディランゲージで、何も隠していることはないから問題ないと伝えた。かすかな笑みさえ浮かべてみせた。この巨体の強そうな刑事も、エアコンの風を浴びつづけて寒さを感じているのがわかったからだ。わたしは以前どこかの記事で、女性がいつも寒そうにしているのは、オフィスビルや美術館や劇場などのほとんどが、スーツを着た七十七キロの男性が快適に過ごせる温度に空調を設定しているからだと読んだことを思い出した。そのせいで女性は、小さな温風ヒーターやショールで身を守るしかない。わたしは刑事が自分と同じように、この事情聴取に疲れてきていることに慰めを見いだした。

28 愛

婚約するとジェイソンは犬を飼いたがった。ずっと犬といっしょに育ったから、いないとさびしいと言った。それに結婚式に犬がいるのを見ると、いつも楽しい気分になるのだそうだ。犬が蝶ネクタイを着け、祭壇へ結婚指輪を持っていく。犬が写っていると、結婚パーティのやらせ写真も、少しだけ自然に見える。けれどわたしは、ミスター・キャットのことが心配だった。

「仲良くできなかったらどうするの」

「仲良くさせるさ」

「でもできなかったら？」

「ミスター・キャットならできるさ」

わたしにはほかにも心配なことがあった。「わたしは犬を飼ったことがないの。どうすればいいかわからない」

「ぼくが教えるよ」

「でも……」

「でも、何？」

ほんとうの〝でも〟は、アリーシャとのつぎのカウンセリングにとっておくことにした。わたしが犬を飼うことをためらうほんとうの理由を、アリーシャなら引きだしてくれると思った。

わたしはソファの上で、ついにその答にたどり着いた。「でももしわたしの愛の量が足りなくて、ミスター・キャットとジェイソンと犬をじゅうぶんに愛せなかったら？　わたしはいまのままで幸せなのよ」

アリーシャはわたしに、エリーのことを思い出すように言った。喜びはさらなる喜びをもたらし、その量にかぎりはないというエリーの考えがわたしは大好きで、アリーシャにもよく話していた。アリーシャは、一日は二十四時間と決まっているので、もし散歩や動物病院へ行く時間がとれないことが心配なら、それはもっともな理由だと言った。でも時間の問題がないなら、愛の量にかぎりはないとも言った。愛が足りなくなるという心配は、犬を飼わない合理的な理由にはならないということだ。

ジェイソンとわたしは殺処分をしない動物保護施設へ行った。そこから一匹引き取れば、二匹の命を救えると考えた。わたしたちが一匹助ければ、それで空いたスペースに新たにもう一匹保護できる。わたしは薄茶色のこぶりのボクサーに目を留めた。肋骨《ろっこつ》がくっきり浮きでて体重は十八キロしかなく、施設でスターと呼ばれている犬だ。スタッフによるとだいたい三歳ぐらいだが、正確な年齢はわからないという。とてもやさしい目をしていて、クレートから出されると、切られて短くなった尻尾《しっぽ》をぶんぶんふった。ジェイソンとわたしに鼻をすり寄せ、小走りに横についてきた。まるで〝わたしはもうあなたたちのもの〟と言っているようだった。そしてそのとおりになった。ジェイソンとわたしは書類に必要事項を記入し、犬といっしょに幸せな気分で施設をあとにした。

すぐにかかりつけ獣医師のハミルトン博士のところへ車で向かった。幸い空き時間があったので、博士は〝スター〟をざっとひととおり調べた。心臓も肺も目も耳も、視診と聴診したかぎりでは異常がなく、避妊手術は施設がすでにすませていた。ただ、ノミ取り用のシャンプーとふつうのシャンプーで体を洗って歯を磨き、あと七キロばかり体重を増やす必要があった。博士が言うには、全身状態から察するに、おそらくバックヤードブリーダーから繁殖犬として使われ、小さな体格には多すぎる子犬を産まされて、妊娠できなくなったので捨てられたと思われる。彼はこれを〝こんなことをする連中を殺してやりたい〟という口調で告げた。わたしもチャンスがあればたぶんそうすると思い、うなずいて同意を示した。

注射とシャンプーをすませたあと、ミスター・キャットの名前を〝そのものずばり〟と言った受付係が、名前はどうするのかと訊《き》いた。ミセス・ドッグという響きはなんだかばかげて聞こえるし、ジェイソンもわたしも、スターという名前があまり好きではなかった。ちょうどそのとき、わたしたちの小さなボクサー犬が、売り物のおもちゃがはいった箱に洗いたてのやわらかくて短い鼻を突っこみ、カンガルーのぬいぐるみを取りだした。

「カンガルーは？」ジェイソンが言った。かわいくてすてきな名前だ。

「それがいい！」わたしは受付係を見た。「このぬいぐるみもください」

受付係は微笑んだ。「病院からのプレゼントですよ」

ジェイソンとカンガルーとミスター・キャットに寄り添ってベッドに横たわっていると、深い満足感に包まれた。これほどの安らぎと幸せを感じることはいままでなかった。心から愛する婚約者と猫と犬がいるだけでなく、どれだけ愛情をそそいでも、自分の中の愛が尽きることはないとわかったからだ。そうやってベッドで過ごすとき、わたしはこれこそ生きる意味だと思った。やらなければならないことはたくさんあったけれど、いったん忘れることにした。招待状のフォントやカラーコーディネイトや特別なカクテルを決めるのは、あすに延ばしたって問題ない。

プロポーズから十カ月後、ジェイソンとわたしはキーウエストのビーチで結婚した。カンガルーはわたしのドレスのサッシュと同じラベンダー色の首輪をつけた。ウェディングケーキは、キーライム・パイのカットケーキを積み重ねて作った。ジェイソンがいちばん好きなデザートだとわかったので、いちばん上の段のパイのフィリングには、砂糖を使用していなかった。

ガートルードは招待しなかった。コーヒー事件で衝突したあと、ジェイソンは母親に、いっしょにカウンセリングを受けるか、もしそのほうがいいなら牧師に相談するかして、ずっと以前にさかのぼる自分たちの不健全で根深い母子関係の問題に取り組もうと提案した。ガートルードは拒否した。そこでジェイソンは腹をくくり、母親を自分の人生から切り離した。子ども時代を母親なしで生き延びたのに、大人になって同じことができないはずがない。それにいまはジェイソン自身、定期的にカウンセリングを受けて、自分で内面の問題に対処するすべを身につけている。

結婚式は、ふちまで湯で満たされた、歓喜の泡がはじける温かなお風呂のようだった。どこを見ても、かならず愛するだれかがいて、わたしたちが愛を誓うのを見守っている。エリーとスペンサーとその女の赤ちゃん、モリーもいる。わたしの両親も来ている。ジェイソンの父親は二カ月前に心臓発作で亡くなって参加できなくなったけど、招待状を送っていた。カウンセリングのおかげで、母親が聖人で父親が悪魔だという思いこみから解放されたジェイソンは、父親とふたたび連絡をとるようになり、ぎりぎりで仲直りしていた。

アミーナとその妻は喜んで休暇をとり、双子の男の子をシカゴに残して飛んできた。あれからもアミーナは何人かの男性と立てつづけに付き合ったけれど、両親に言わせれば、どれもふさわしい相手ではなかった。アミーナは自分のほんとうの望みをよく見極め、女性と付き合いはじめた。アミーナの両親は、娘が自分たちに罰を与えるためにこんなことをしていると思いこんだ。両親はアミーナと縁を切り、アミーナは両親と縁を切った。それから二年後、ヒンドゥー系インド人のパドマというすてきな娘と恋に落ちた。もしパドマが男だったら、両親はついに大喜びしていただろう。一年後、パドマとアミーナは双子の男の子の親になった。産んだのはアミーナだったそうだ。子どものころ、幼い双子の兄弟といっしょに育ったアミーナが、いまは双子の兄弟の親になったという。でもそのささやかな偶然を、アミーナは冷静に受け流した。元気いっぱいの赤ん坊、しかも男の子ふたりが写った写真を目にしたアミーナの両親は、謝罪して古い世界の価値観を捨て、娘とその妻、そしてその美しい子どもたちを抱きしめた。

野鳥保護施設のベニータも、負けず劣らずパンダによく似た夫を連れてやってきた。わたしはアリーシャも招待したかったけど、担当カウンセラーだからそれはむずかしかった。ドン博士は出席し、気前よく十枚のディナー皿を贈ってくれた。ジェイソンのいちばん親しい友人や同僚、それからエイミー、エリカ、シャロン、ハンナも来てくれた。わたしは四人をちがうテーブルにつくよう席を振り分けていた。卒業後につまらないけんかや行きちがいがあって、なんとなく気まずい雰囲気になっていたからだ。ところがパーティが終わるころには、四人とも過去を水に流し、同じ場所に集まっていた。わたしたちの結婚式の幸せと愛は、どんどん周囲に広がっていった。とても強いので、弱まることはないと思えた。でもそれはまちがいだった。やがてすべてがわたしの手からすり抜けていった。わたしたちの中に死神がまぎれていたのだ。

29　死

結婚式から三カ月後の朝、いつものようにジェイソンとわたしがカンガルーの散歩をしているとき、なんの前触れもなくカンガルーが倒れた。やわらかでぴくぴく動く小さな体から力が抜け、いきなり顔から歩道に崩れ落ちた。ジェイソンは家へ車をとりに全速力で走っていき、わたしは地面に体を投げだして、ぐったりしたカンガルーの頭を膝《ひざ》に抱きながら、ハミルトン博士のところへ電話していますぐ向かうと伝えた。

動物病院へ駆けこんだけれど、カンガルーのすばらしい魂は、すでにどっしりした茶色の体を脱ぎ捨てていた。解剖をしないとはっきりした死因はわからないが、おそらく心臓発作でまちがいないだろう、と博士は言った。こうしたことはたまに起き、とくにボクサーに多く見られるという。でもあっという間のことで痛みも苦しみも感じなかったはずだ、カンガルーはわたしたちと暮らせて幸せだった、と慰めてくれた。それ以外に言えることは何もなかった。

わたしたちはカンガルーを置いて病院を出た。わたしは車の中で声を出さずに泣いた。うまく息を吸うことも吐くこともできず、胸が押しつぶされて声が出なかった。わたしは深い悲しみに呑《の》みこまれた。この一年、カンガルーは影法師のようにいつもわたしのそばにいた。とてもかわいくておとなしく、カンガルーを見るとみんなうれしそうな顔をするので、ほとんど毎日、オフィスへ連れていっていた。犬アレルギーのクライアントの予約を同じ日にまとめ、それ以外の日はカンガルーを連れていき、人々を明るい光で照らした。その落ち着いて愛情あふれるたたずまいから、カンガルーはブッダの犬と呼ばれていた。この世の悲しみや苦悩を理解したうえで、何も心配はいらないと言っているような目でこちらを見るのだ。

これほどの悲しみを経験するのははじめてだった。凍ったタールが内臓にへばりつき、動きも流れもしないようだった。わたしはこの深い悲しみについて長々とアリーシャに話し、これほどの喪失感をいままで味わわずにすんできた自分は幸運だった、と言った。祖父母が死んだときもたしかに悲しかったけれど、四六時中いっしょにいたわけではない。運動や食事や世話をわたしに頼っていたわけでもなければ、大きな茶色の目でわたしを見あげ、わたしが部屋にはいるたびに短い尻尾《しっぽ》をふっていたわけでもない。祖父母は、わたしの日常生活に溶けこみ、わたしの横で駆けまわってはいなかった。だから死んだときも、カンガルーのときほどの衝撃は受けなかった。カンガルーが死んではじめて、わたしは自分がこれほどの悲しみをいままで経験しなかったことに思いいたり、そのことを感謝した。

ハミルトン博士が言ったとおり、不幸中の幸いだったこともわかっていた。カンガルーは苦しまず、あっという間に逝った。わたしたちは長いあいだ病気に苦しむカンガルーをまえに、いつ〝眠らせる〟かという、おそろしい決断をしなくてすんだ。これもまた、現実から目をそらしたい人間による死の婉曲《えんきょく》表現だ。自分は愛するペットを殺すのではなく、永遠の眠りにつかせて虹の橋を渡らせるのだと胸に言い聞かせるのだ。たくさん持っていた高価な犬のおもちゃを一カ所に集めながら、わたしは自分が殺した人たちのことを考えた。彼らを眠らせる決断は簡単だった。ひとりは数秒で決断した。だからわたしは、いとしいカンガルーが自分のやりかたで逝ったのは、わたしにとって幸運だったのだと思うことにした。時間も場所も、わたしが決める必要はなかった。

アリーシャは同情するように言った。「ルビー、あなたはずっと、自分がいかに幸運かという話ばかりしている。自分の境遇に感謝するのはとてもすばらしいことよ。でもいまは、悲しみの感情に目を向けたほうがいいと思うの。そうしないと、いつまでも消えずに残ってしまう。あなたが言うそのタールが、どんどん硬くなって、どんどんはがすのがむずかしくなる。だから悲しみについて話しましょう。タールを沸騰させて、ぶくぶく泡立たせて動かすのよ。心の中でどう感じてる？　いまの気持ちは？」

わたしは涙声で言った。「一日一日がとても長く感じられるの。一日のどこを切りとっても、底なしの悲しみしかない」

わたしはテーブルからティッシュをとり、涙をふきながら説明した。毎朝、カンガルーが新しい一日のはじまりにわくわくしながら、伸びをしてお尻《しり》をふるのをながめるのがわたしの日課だった。ベッドに横たわったまま抱きしめると、まずわたしの顔を、それからジェイソンの顔をなめた。つぎにミスター・キャットをなめようとし、ミスター・キャットはいやいや受け入れていた。ベッドを出て、散歩に連れていき、朝ごはんを食べさせた。わたしが車の鍵《かぎ》をつかむ音を聞きつけると、カンガルーはさらに元気よくお尻をふった。ジェイソンとの会話の中心はカンガルーのことになった。「きょうはとくにいい子ね！」「にんじんをやるのはどうする？　ぼくがやろうか？」「見て、なんてかわいいの！」わたしは幹線道路を走りながらバックミラーをのぞき、カンガルーがちゃんと後部座席にいて、湿った空気のにおいをうれしそうに嗅《か》いでいるのを確認した。家へ帰ると散歩に行き、夕食を食べ、最後にもう一度、庭で用を足させたあとは、体を寄せ合って眠った。カンガルーは毛布の上で何度かくるくるまわって寝床を整えてから、まるくなって溜息《ためいき》をついた。夜、その脚がぴくぴく動くのを見て、夢の中で花畑を走っているのだろうと想像していた。時間はいまも変わらず過ぎていくのに、カンガルーはもういない。

いつもオフィスにいたカンガルーが死んだことを、クライアントにも伝えなければならなかった。わたしはそれが怖かった。いっそ最初から連れてこなければ、その死を何度も追体験しなくてすんだのに、と思いそうになった。つらい事情を打ち明けて、心の痛みを共有する相手は、よりによってわたしが気持ちを楽にさせて助けるべき人たちなのだ。でも一方で、カンガルーがわたしや周囲に与えてくれた喜びは、いま感じている悲しみよりもずっと大きなものであることもわかっていた。

それにこの喪失体験をカウンセリングに役立て、それぞれの人生で抱えている悲しみの感情に取り組むように、患者を導くこともできるだろう。でもそのためにわたしはプロの臨床心理士に徹し、けっして取り乱してはならない。ほかの患者が相手ならそれができる自信があったけど、ガブリエルだけは別だった。カンガルーはガブリエルのことが特別に好きだった。ガブリエルがライトのスイッチを押し、待合室に到着したことをわたしに知らせる五分前から、カンガルーは短い尻尾をふりはじめるのだった。つまりカンガルーは、ガブリエルがビルへはいってきて、エレベーターに乗り、廊下を歩いてくるにおいや気配に、スイッチが押されるずっとまえから気づいていたことになる。

ガブリエルは二人がけソファに腰をおろすと、自分の横のスペースを軽くたたいてカンガルーを呼んでいた。カンガルーはソファに飛び乗り、狭いスペースを二、三回小さくまわってから、ガブリエルの膝に顎《あご》を乗せてまるくなった。そしてカウンセリングが終わるまでの五十分間、ずっとそのままだった。ガブリエルの着ている〝ヴァンパイア・イン・ザ・サン〟の黒い服は、薄茶色の毛だらけになった。ガブリエルはいまやハンナの上得意客になっていた。カウンセリングに来るときは、パンクスタイルの斜めがけのメッセンジャーバッグにガムテープを入れて、服についた毛をとってから外の世界へもどった。

オフィスの小さなライトが光り、ガブリエルが待合室にいることがわかった。尻尾をふるカンガルーはもういない。わたしはドアをあけるなり嗚咽《おえつ》した。ガブリエルはカンガルーがいないことに気づき、すぐに状況を理解した。わたしを抱きしめていっしょに泣きはじめた。わたしたちはドアのところに立ったまま、互いの肩にもたれて泣きじゃくった。ふたりともじゅうぶんに悲しみ、タールをひきはがす必要があった。ガブリエルといっしょに泣くことは、臨床心理士として越えてはいけないラインであることはわかっていたが、どうしても止められなかった。五十分のカウンセリングが終わってドアが閉まるまで、感情を抑えておくことは無理だった。とつぜんもよおした嘔吐《おうと》を、トイレの蓋《ふた》があくまで待てないのと同じだ。

もうひとり、カンガルーの死を心から悲しんでいた人がいた。ジェスラだ。わたしは〈クレムリン〉へクラブ通いしていたころから、男女共用トイレをいつもきれいに保っていた感じのいい女の人と、たまに連絡をとっていた。そして婚約中にジェイソンとふたりで家を買ったとき、週に二回、掃除に来てもらえないかと頼んだ。ジェスラはふたつ返事で引き受けた。そのころはアヴェンチュラのスポーツバーでパートタイムの清掃員をしていたが、それよりずっと楽な仕事だし、週二日ぶんの収入が加わるのも大きかった。そこでジュスラは毎週、月曜日と金曜日にやってきた。家を掃除しているときに、カンガルーがいることを喜んだ。ミスター・キャットは、この人には一度も会ったことがないというように毎回クロゼットに隠れていたが、カンガルーは部屋から部屋へとジェスラについてまわった。ジェスラの仕事を見守り、床に膝をついて何かをやろうとすると、すかさず顔をなめた。わたしが職場に連れていってカンガルーが家にいないと、ジェスラがひどくがっかりするので、カウンセリングの予約を調整しなおし、犬アレルギーのクライアントと動物が苦手なクライアントの予約を月曜日と金曜日にまとめた。こうすれば月曜日と金曜日は、カンガルーは家でジェスラといっしょにいられるし、すべてがまるくおさまる。

　ジェイソンはいつも、カンガルーは特別な犬だと言っていた。わたしにとってははじめての犬だったので、くらべる対象がなかったけれど、ジェイソンの言うことはよくわかった。愛らしくて人を喜ばせるのが好きで、しつけの行き届いた愛情深い犬はたくさんいるが、カンガルーには悟りを開いたかのような英知が感じられた。ミスター・キャットが自分のごはん皿のまえに立ちはだかり、てこでも動こうとしないときも、カンガルーは辛抱強く待った。吠《ほ》えたり、ミスター・キャットを押してどかそうとしたりもしなかった。計画も期限も決めず、木の下のシッダルタのように、ただそこにすわっていた。ずっと待ちつづけているうちに、ようやくミスター・キャットが権力の誇示に飽きて、自分からどこかへ行ったものだ。

　カンガルーが死に、辛抱強く待つ姿が見えなくなると、ミスター・キャットも喪失感を覚えた。地中海式の明るい二階建ての新居の中を歩きまわり、カンガルーを捜した。カンガルーのお気に入りだったあらゆる場所で横になり、かつてカンガルーのベッドがあったリビングルームの隅にすわっていた。ミスター・キャットもさびしくて落ちこんでいた。わたし以外のもうひとりの親友が、ある日とつぜんいなくなったのだ。わたしはミスター・キャットを肩に載せて顔を寄せ、お尻を軽くたたきながら、カンガルーが苦痛を感じる暇もなく死んだこと、みんなとても悲しんでいることを話して聞かせたが、説明は必要なかった。ミスター・キャットは友達がいなくなったことも、幸せだったわが家を暗闇が呑みこんでいることも理解していた。

悲しみかたは人それぞれちがう。どれが正しくて、どれがまちがっているということはない。わたしはカンガルーを思い出させるものをすべて、すぐに処分しようとした。この家からひとつ残らず消してしまうのだ。ぜんぶ動物保護施設に寄付してしまえば、カンガルーの不在のあかしが目について心をかき乱されずにすむ。おもちゃのはいったバスケットやおやつの容器、たくさんの首輪やそろいのリードが、部屋の隅やカウンターに置かれていて、わたしはそれらを見るたびに、もう二度と使うことはないという現実を突きつけられた。

ジェスラはショックを受けていた。最初はわたしのことを、あまりにドライすぎ、カンガルーに対して冷たすぎると考えた。これほど早くすべてを処分するのが忍びなくて、やわらかな紫の毛布と、ピーナッツバターのおやつの容器をとっておこうとした。でもこれは最終的にわたしが決めることだとわかってもいた。そしてわたしの顔に浮かんだ悲しみの表情を見たとき、やっと思い出してくれた。わたしが冷たい人間ではないことを。ジェスラにはそれをわかっていてほしかった。あまりに強い悲しみに、こうする以外、まえへ進む方法が見つからないのだということも。わたしはジェスラが寄付用の箱の中から、カンガルーのお気に入りの毛布とおもちゃを取りだすのを見ていた。ジェスラはそれらを家へ持ち帰った。やわらかくて、かすかに犬くさい思い出の品を抱きしめながら、彼女なりのやりかたで悲しむために。

ジェイソンは完全にふさぎこみ、わたしと議論する気力もなかった。でもカンガルーの明るい黄色の首輪と、ハートの形をしたステンレスの名札だけはとっておきたいと主張し、それらを寝室のドレッサーの角にかけた。そうすれば二倍に増えたように見えるからだ。本物と、鏡に映ったものと。

わたしたちはみな、それぞれのやりかたで前進した。いくら自分なりに悲しみに立ち向かっても、結局のところ、受け入れて時間の流れにまかせるしかないのだ。だがこのときのわたしは、愛犬の死が、自分を待ち受ける悲しみの氷山の一角にすぎないことをまだ知らなかった。

カンガルーが死んでから二カ月後、ミスター・キャットがダイニングルームの椅子の下でうずくまっているのに気づいた。いままでその椅子の下にもぐりこんだことは一度もなかった。犬の友達がいなくなってがっくりしているのはわかっていたけれど、それにしてもようすが変だった。ミスター・キャットは落ちこんではいたが、わたしといっしょにベッドで寝たがったし、一日のうちでいちばんいる時間が短いダイニングルームに、ひとりきりでいることはこれまでなかった。椅子の下から出てくるように声をかけても、動こうとしない。手を伸ばして横腹に触れると、ミスター・キャットは怒って体をこわばらせた。ひどい苦痛を感じているのはまちがいない。

ミスター・キャットを連れて動物病院へ急ぎながら、ほんの数カ月前、命の抜けたカンガルーを同じ場所へ連れていったときのトラウマがよみがえってきた。愛猫まで失ってしまったら、わたしはどうすればいいのだろう。たくさん検査をしたあと、ハミルトン博士は、重い膵炎《すいえん》から糖尿病を発症したと診断をくだした。ミスター・キャットの血糖値は異常に高かった。インスリンを投与され、抗生剤と痛み止めの点滴を受けた。三日間入院して集中治療し、一命を取りとめた。あとはわたしが食餌《しょくじ》を管理して、首の付け根に毎日二本のインスリン注射を打てば、元気に生きられるそうだ。あと十年はいっしょにいられるだろう。うまくいけば、十五年も夢じゃない。

　ジェイソンと何年もいっしょに暮らしていなかったら、わたしはミスター・キャットが糖尿病と診断され、毎日自分がインスリン注射を打たなければいけないと考えただけで、途方に暮れていただろう。わたしは注射が大の苦手で、打たれて気を失うこともしばしばだ。モールでピアスをあける勇気があったのはまさに奇跡で、見栄が恐怖を上まわった。でもいまは、ジェイソンのおかげで糖尿病を理解しているし、ミスター・キャットに必要なことはなんでもしてやれる自信がある。ジェイソンとミスター・キャットにはいきなり、生死にかかわる同じ慢性病という共通項ができた。そのためジェイソンは、ミスター・キャットとの絆《きずな》を以前にも増して強く感じるようになった。ふたりのインスリンの瓶が冷蔵庫の中に、しっかりラベルを貼ってならべられていた。新しい友情のかたちだ。

　ジェイソンはかつて、健康な膵臓は、車のガソリンが満タンの状態と同じだと言ったことがある。膵臓は一日じゅう、インスリンを分泌する。量を調節しながら、体の機能を一定に保つために働いている。運動したり、食あたりになったり、ピザを一枚よぶんに食べたりするのは、健康な人にとってはなんでもないことだ。満タンのガソリンを必要な量だけ使いながら、体は速くもゆっくりも、長距離でも短距離でも走れる。だが膵臓がまったく動かず、インスリンが分泌されなければ、必要量を常に意識しなければならない。A地点からB地点へ移動するために必要なぶんを予測してガソリンを補給するという作業を、一日に十回繰り返すようなものだ。少なく見積もればガソリンが足りなくなり、多く見積もればガソリンがあまる。少しでも道が混雑したり、土砂降りの雨でワイパーを使ったり、タイヤがパンクしたりすれば必要量の予測はたちまち狂う。その生き残りのための闘いが、ジェイソンの日常だった。

そしてこれからはわたしがミスター・キャットのために、その闘いを担わなければならない。毎日インスリン注射を打ち、決まった量の食餌を与える。さじ加減に細心の注意が必要だ。もしインスリンの量が多すぎたら血糖値が急激にさがるので、すぐに糖分の多いおやつを食べさせなければ、ミスター・キャットは死んでしまう。

低血糖による死は、糖尿病患者が就寝中にもっとも起こりやすい。意識がなくて低血糖の症状に気づかないからだ。体の震えや発汗や吐き気を自覚しないまま、患者は眠ったまま死にいたる。いわゆる夜間突然死《デッド・イン・ベッド》と呼ばれる現象だ。

30 人間

ジャクソン刑事に話したかったけれど、この〝非公式の友好的な〟事情聴取では多くを語らないほうがいいとわかっていたので、わたしは自分がわずか一年あまりのうちに結婚式の準備をして結婚し、家を買って引っ越し、三十歳になり、愛犬の死と愛猫の重い病気を経験したことについて何も言わなかった。そしてその間ずっと、臨床心理士として忙しく働いてきたことも。わたしはすべてに全力で取り組んできたが、疲労とストレスを感じていた。アリーシャのカウンセリングで指摘されたように、ストレスですり減っていた。

複数の研究によれば、人生の幸せなできごとも、不幸なできごとと同じぐらい体に負担がかかるという。たとえば、結婚式はすばらしくて喜びに満ちたイベントだが、それを計画して準備を整え、期待で胸が高鳴るなど感情が揺れ動き、人生が変化することも、体はストレスととらえて、アドレナリンやコルチゾールを血中に大量に放出する。家を買って引っ越すことも、仕事がうまくいくことも同様だ。どれも喜ばしいことだけれど、体に疲労の爪痕《つめあと》を残す。とくに人生の大きなできごとが重なるとその傾向が強くなるのだが、そうしたことは往々にして同時に起こるものだ。

わたしは母のヨガの講師から、ストレスとテロメアの研究に関するメールを受け取った。この研究をおこなっている科学者と研究者が、タイプＡ（よく遊びよく働き、競争的でエネルギッシュな性格特性）の女性を百人募集しているらしい。対象者はキーラーゴ島のリゾートホテルで一週間、強制的にリラックスさせられ、スパを受けて過ごすことになる。リゾートのタイムシェアの勧誘みたいだ、と思った。無料で一週間、プールでのんびりしてペディキュアを塗ってもらう？　ジェイソンはわたしに電話するよう勧めた。でもわたしは気が進まなかった。

ジェイソンは訊《き》いた。「これのどこにデメリットが？」

「デメリットは」わたしは言った。「うまく言いくるめられてホテルの暗い会議室に閉じこめられ、リゾートの不動産を買う喜びと金銭的な利益について、六時間みっちり講義されることよ」

ジェイソンはこちらをちらりと見た。わたしが電話をかけないほんとうの理由に気づいている。わたしの宇宙人は、わたしのことをよく知っている。わたしは電話をかけた。

電話に出たのは信用できそうな女性で、簡単な予備質問をした。いいえ、抗うつ剤は飲んでいません。いいえ、自殺願望はありません。はい、自分でタイプＡだと思います。はい、フルタイムで仕事をしています。はい、とても几帳面《きちようめん》です。たとえばどんなところが、ですか？　そうですね。わたしはインクがなくなるまで一本のペンを使いつづけます。なくなったら捨てて、新しいペンをおろします。インクは紫しか使いません。パイロット・プレサイスV5エクストラ・ファイン・ローリング・ボールです。紫色が好きなのと、ノートに統一性が……え、なんでしょうか。あら。二次面接に進めるんですね。ありがとうございます。

わたしは電話を切り、一週間休暇をとってひたすら休むことに、おびえに似た感情を抱いた。ジェイソンはそれに気づいていたが、わたしがいつも患者に言っていることを指摘した。体を大切にすること、怖いと思うことに挑戦すること。なぜなら挑戦によって人は成長するからだ。わたしにとって休暇をとるなどというばかげたことは、そのふたつにあてはまっていた。

それにもちろん、科学に貢献することでもある。テロメアは最近まで、染色体の末端にくっついた紐《ひも》状の無用な構造体と考えられていたが、いまでは平均余命と健康と加齢の新しいマーカーになっている。テロメアが長いほど、人は健康に長く生きられる。科学者たちはこの発見に興奮していた。これは最先端の研究に参加するまたとない機会だ――こう考えれば、わたしの中のタイプAの人格も納得するだろう。怠惰に過ごすだけで、人体の謎を解くのに役立てるのだ。

面接と血液検査を受けたあと、調査への参加を認められた。それでもまだわたしは、正式に参加手続きをするかどうか迷っていた。アリーシャは、これはわたしが静止することへの恐怖に立ち向かう絶好の機会なので、ぜひ受けたほうがいいという考えだった。参加してみようかという気になっただけでもわたしを誇らしく思うし、もしほんとうに参加したら、もっと誇らしく思うと言った。それを聞いてわたしは涙ぐんだ。ローマンの両親がわたしの成績表を冷蔵庫に貼っていたことを思い出した。さらに涙があふれた。アリーシャは当然、気がついていた。「目に涙が浮かんでる。その理由を考えてみましょう」わたしはこの時点で感極まっていた。カウンセリングを受ける患者であり、臨床心理士でもあるわたしには、はっきり答がわかっていた。「これは喜びの涙よ。あなたがわたしを誇らしく思ってくれているから。でも一方で、尻込《しりご》みもしている。いまわたしを誇りに思っているということは、いつかわたしに失望するかもしれないということでしょう。そうなったら、わたしはどうすればいいの」

行かない理由として最後に思いついたのは、駐車場だった。ビーチ沿いにある高級ホテルの一週間の宿泊に加えて、食事も楽しいアクティビティも興味深い講義も、すべての費用を先方が負担することはたしかだ。でもわたしはジェイソンに言った。「もし駐車料金が自腹なら行かない。そのときはやめる！」そして抗議する気満々で電話をかけたところ、あの感じのいい女性から、もちろん駐車場も無料だと言われた。わたしはコイン一枚使わなくていいそうだ。身体的にも金銭的にもほかの点でも、こちらにストレスを与えることはまったくないという。万事休すだ。これでもう、リラックスすることへの恐怖と向き合うしかなくなった。わたしは一週間の仕事をこなし、ミスター・キャットとジェイソンに行ってきますのキスをしてから、一週間の休暇をとるためにキーラーゴ島へ車を走らせた。そして出発前にも到着後にも、スケジュールのたぐいを渡されなかったことに困惑した。計画表がないのだ。

だがルールは決められていた。家族には毎晩一回連絡できるけれど、それ以外の用途で携帯電話やラップトップを使うのは禁止だった。仕事や家族や外の世界といった、気が散るものはすべて取りあげられた。参加者はただ手厚いもてなしを受け、自由になるのは頭の中だけだった。慎重な選考の結果、集められたのは、これがなければどんな理由でも一週間の休暇などとりそうにない女性ばかりで、わたしたちはみな落ち着かなかった。いらいらさえしていた。お互いにぎこちなく微笑みながら、明るくて風がそよぐホテルの会議室のベランダに集まった。

ホテルに到着したとき、健康診断と二度目の血液検査を受けた。公式な基準値を決めるためだ。

それから調査の担当者から一人一枚ずつ紙を渡された。各テーブルにペン立てが置いてある。紙に書かれているのは一行だけだ。〝わたしは（　　　　　　）である〟。わたしたちは最初に頭に浮かんだことを、空欄に記入することになっていた。

わたしは殺人犯である。

それがわたしの頭に真っ先に浮かんだことだった。自分自身をこんなふうに考えていたことに、わたしはショックを受けた。ほかにいくらでもあるのに、なぜこのことばが頭に浮かんだのだろう。でもこれだけはぜったいに書けない。そこでわたしは、つぎに浮かんだことばを書いた。

わたしは（臨床心理士　　）である。

最初の三日間がいちばんきつかった。わたしは大きな刺激からの離脱症状を経験した。睡眠や栄養や不安に関する講義は興味深く、健康的なアーユルベーダの食事はおいしかった。そして日中は海で、夜はオリンピックサイズのプールで泳いだ。たしかに楽しかったけれど、そこには競争も活気も、達成すべき目標も、なんの心配もなかった。わたしにとっては拷問にひとしかった。そしていつもより生々しく、不安にとらわれた夢を見るようになった。塩の悪夢ではない。たとえば動く車を後部座席から操作しようとして、脚がブレーキにあと数センチ届かず、手がハンドルに届きそうで届かず、車があやうく衝突しそうになる夢を何度も見た。

四日目、実験が佳境にはいるころ、わたしたちは何よりもおそろしい気づきを得た。自分がいなくても、自分を取り巻いていた世界はなんの問題もなくまわっている。仕事も、家族も、ペットも、子どもも、植物も。このことに被験者は全員、自分が必要とされていない気分になった。

最初に動揺し、つぎに解放感を覚えた。わたしが細かいことまで目を配っていないのに、どうしてうまくまわっているの？　やがてそれがこう変わった。わたしがいちいち細かいことまで心配しなくてもいいのかもしれない。それが目覚めの合図だった。わたしたちの中のタイプAの人格は、プールサイドでくつろぎ、講義をゆったりした気分で受けた。わたしは深く息を吸って吐いた。これがリラックスするということだろうか。

また一枚の紙が配られた。こんどは空欄のある文章が五つ。頭に浮かんだことを五つ、それぞれ空欄に書きこむよう指示された。だが初日に使ったのと同じことばは使えない。「深く考えないで！」担当者が言った。わたしはペンを動かした。

わたしは（妻　　　　）である。
わたしは（妹　　　　）である。
わたしは（娘　　　　）である。
わたしは（マイアミ生まれ）である。
わたしは（イェール大学卒）である。

七日目の朝、わたしたちは健康診断を受けて血液を採取された。わたしは〝被験者番号四十七〟だった。わたしのデータは、テロメア研究のデータベースに永遠に残ることになる。研究者たちはマーカーを探し、わずか一週間リラックスして過ごすことで、テロメアの先端にくっついて短縮を防ぐテロメラーゼを、体がより多く作りだせるかどうかを調べようとしている。結果はかなり先まで公表されないだろう。でもわたしはすでに答がわかった気がしていた。安らぎとくつろぎのホテルを出る直前に、参加者に最後の一枚が渡された。書かれているのはまた一行だけで、真っ先に頭に浮かんだことを空欄に記入しなければならない。〝わたしは（　　　　　）である〟

わたしは無料駐車券を手に、ホテルの駐車場から車を出した。マイアミビーチへ向けて高速道路を走っているとき、さっき記入したことばの重さに気づいてはっとした。〝わたしは（人間）である〟

31　警告音

ジャクソン刑事はジェイソンの写真をじっと見ていた。心臓の鼓動をよみがえらせようとしているかのように、写真の胸のあたりを指で軽くたたいている。とん、とん、とん、とん。それでジェイソンが生き返るならどんなにいいだろう。もう一度、鼓動を打つ彼の胸に頭をもたせかけることができるなら、何を差しだしてもかまわない。刑事はまた言った。「ハンサムなご主人ですね」わたしはうなずいた。粗悪な紙に印刷されていても、すっとした鼻筋や均整のとれた顎《あご》の線がはっきり見て取れる。「美男美女のカップルだ」わたしはふたたびうなずいたが、刑事はこちらを見てもいなかった。このときには。一瞬ののち、刑事は顔をあげて言った。「ご主人が亡くなった夜のことを話していただけませんか。ほんとうは何があったのか。くわしいことを」わたしは冷静な声で答えた。「すべて検死報告書に書かれているとおりです」

ホテルからもどったわたしを〝人間〟が変えていた。すっかり落ち着いておだやかになったわたしを見てジェイソンは仰天し、薬でも飲まされたのではないかと心配した。帰り道に啓示を受けたことを説明すると、ジェイソンは興奮した。それがどれくらい長くつづくかわからなかったが、人間であることはすばらしいことだった。どんな感情を抱いても自分を責める必要はない。成功もすれば失敗もするし、周囲から誇らしく思われることもあれば失望されることもある。愛も悲しみも怒りも感じていい。たとえ何があろうと、正しかろうとまちがっていようと、わたしは人間なのだ。それは不変の事実であり、とてつもなく大きな慰めだった。当たり前すぎるほど当たり前のことだけれど、いつもの行動パターンから離れて科学的な調査に参加するまで、わたしは気がつかなかった。

七日間リラックスして過ごし、三晩連続で夢をまったく思い出せないほどぐっすり眠ったのは、人生ではじめての経験だった。帰宅した夜、わたしは深い眠りに落ちた。翌日の早朝、わたしは夢うつつの中で、まだとても小さかったころ、母がわたしをひとりきりでお風呂《ふろ》に入れていたことを思い出した。わたしは泳ぎがうまかったから、母のしたことはまったくの無責任というわけでもなかった。わたしは母の言いつけどおり、数分おきに「ピー」と叫んで無事を知らせた。たまに母がほんとうにわたしのことを気にかけているか、大切に思っているかをたしかめるため、わざと叫ぶのをやめて、母が気づくまで何秒かかるかを数えた。わたしのことを忘れているのではないかと心配になりはじめたころ、母の「ピーはどうしたの？」という声が聞こえた。わたしははずんだ声で「ピー」と返したものだ。そんなことをうとうとしながら考えているうちに、実際に警告音が聞こえてきた。でもこの警告音は、子どもがバスタブで笑いながら叫んでいる声ではジェイソンがわたしのことを気にかけているかない。甲高くてけたたましい音で、しつこく鳴りつづけて危機を知らせている。わたしはぱっと目をあけた。

　ジェイソンは持続自己血糖測定器《CGM》を装着していて、血糖値が危険なほど高くなったり低くなったりしたときは、警告音が鳴るようになっていた。血糖値が五〇を切ると、さらに大きな警告音が鳴る。夜間突然死を防ぐためだ。夜中に血糖値がさがったら、ジェイソンは警告音で目を覚まして、ベッド脇のテーブルに置いてある砂糖菓子をすぐに食べなければならない。ところがジェイソンは、信じられないほど眠りが深かった。枕に頭を載せたとたんに眠りに落ち、朝まで熟睡していた。わたしはベッドに横になっても、頭に浮かぶさまざまなことに考えをめぐらせる。そのうち眠りに落ちるものの、緊張がほぐれて意識がなくなるまでしばらく時間がかかる。そしていざ寝入っても、眠りが浅かった。

　わたしは何年ものあいだ、毎晩、ミスター・キャットのちょっとしたいたずらに起こされていた。ジェイソンと付き合いはじめてからは、ＣＧＭの警告音に数えきれないほど起こされた。わたしは目を覚まし、ジェイソンを起こす。ジェイソンはびっくりして起きるけど、まだぼうっとしている。わたしは言う。「ジェイソン。警告音が鳴ってるわよ」ジェイソンは「わかった」と言う。だがそのまま何もせず、また眠ってしまうことがたまにあった。血糖値がさがっているのに、サイドテーブルの砂糖菓子を食べることもなく。わたしはもう一度起こした。「まだ鳴ってるってば！」たまにわたしが不機嫌になることもあった。するとジェイソンは、ミスター・キャットから夜中に十回起こされてもかわいいと目尻《めじり》をさげるくせに、ＣＧＭの警告音が一回鳴っただけで、わたしが口うるさいと言って怒った。わたしは言った。「ごめんなさい。口うるさくしているつもりはないんだけど。でもちゃんと自分の体を大事にしてよ。それよりも早く警告音を止めて！」するとジェイソンはインスリンの投与量を調整し、砂糖菓子の袋をあけて中身を食べた。じきに血糖値は安全な数値になり、警告音は鳴りやんだ。ところが朝になると、ジェイソンは何ひとつ覚えていなかった。わたしはCGMを示して、警告音が鳴ったのはほんとうだと教えなければならなかった。いっしょに暮らしているあいだは、ずっとこんなことの繰り返しだった。

　でも今回はちがった。目をあけると、ミスター・キャットがベッドの真ん中にいて、わたしに向かって大きな声で鳴いていた。警告音の合間に、その鳴き声が聞こえた。ホテルで一週間過ごした直後で、わたしは深いリラックス状態にあったので、状況を理解するのにしばらくかかった。ミスター・キャットはいつもわたしの右側で寝ている。ジェイソンとわたしのあいだで寝ることはない。どうしていまはベッドの真ん中にいるのだろう。どうして鳴いているのだろうか。そのあいだもCGMは鳴りつづけていた。いままで聞いたことがないほど大きな音だ。ジェイソンはいつものように、そんなことをよそに眠っている。

　わたしは言った。「ジェイソン。警告音が鳴ってる」

　少し待ったが、ジェイソンは動かなかった。わたしは肩をつついた。

「ジェイソン、起きて。鳴ってるってば！」

　まったく動きがない。わたしは事態を呑《の》みこみはじめた。完全に目が覚め、半狂乱でジェイソンに向きなおった。心臓が激しく鼓動を打ち、口から飛びだしそうだ。わたしは叫んだ。

「ジェイソン！　ジェイソン！　起きて！」

　ジェイソンは冷たくなって死んでいた。わたしが目を覚まして事態に気づいたので、ミスター・キャットはもう鳴くのをやめていた。わたしはスマホをつかんで九一一番にかけながら、ベッドのジェイソンの側に走って、砂糖菓子の袋を破ってあけた。中身をジェイソンの口に押しこみ、ライムグリーンの砂糖菓子が少しでも早く血中にはいって、止まった心臓を動かしてくれることを祈った。そのとき強烈な既視感を覚えた。わたしは以前、これと同じことをした。これと同じことをしている現場に居合わせた。でもそれは錯覚だ。オペレーターの応答を待ちながら、時間の流れが遅くなるのを感じた。ラジオの雑音のように、かすかな記憶が脳裏をよぎった。ジェイソンの歯茎に必死で砂糖菓子をなすりつけ、どうにか生き返らせようとしていると、クラブのトイレでダンカンの母親がコカインの小さな塊を同じように歯茎になすりつけていた光景が、一瞬よみがえった。

わたしは別の砂糖菓子の袋をあけ、ジェイソンの口に押しこんだ。こんどはあざやかな紅色のオレンジ味だ。ジェイソンの肩を揺すったとき、その頭が力なく動いたのを見て、もう手遅れであることはわかっていた。それでもやめられなかった。合理的な行動でないのはわかっている。わたしは三つめの袋をつかんだ。グレープ味だ。電話の向こうで、救急車がこちらへ向かっているとオペレーターが告げた。

32　未亡人

それからの数週間、わたしは完全に放心状態だった。毎朝、起きてはいた。生きている人間は朝になれば起きるものだからだ。両親が毎日ようすを見に訪ねてきて、わたしに何か食べさせようとした。結婚生活に暗雲が垂れこめていたにもかかわらず、エリーもすぐに飛行機に飛び乗ってやってきた。ジェイソンが遺言書に記していたとおりに、葬儀もおこなった。若年者が自宅で死んだ場合、かならず検死をおこなうと警察から言われてはいたが、はたしてジェイソンの遺体がわたしのところへもどってきたのは一週間後だった。わたしは帰ってきたジェイソンを荼毘《だび》にふした。親しかった友人を全員招いて船に乗り、ジェイソンの人生を讃えて、その遺灰が大西洋に美しく散っていくのを見守った。ジェイソンは海とひとつになった。愛した場所で永遠のときを過ごすのだ。そう考えても、わたしにはなんの慰めにもならなかった。

ジェイソンがいつ、どうして死んだのか、わたしにはとっくにわかっていた。でもある日、いかにも公文書らしい手紙が郵便受けに届いた。検死官がジェイソンの死に不審な点はないと結論づけたそうだ。体内から毒物もアルコールも薬物も検出されなかったという。CGMの値から、就寝中に重度の低血糖発作で死んだことが立証された。ジェイソンは統計データのひとつになった。夜間突然死を起こした一型糖尿病患者の一例として。

数日後、ABCのローカルニュースで、一型糖尿病に関するお涙頂戴の特集が放送され、親愛なる社員だったジェイソンを追悼した。ジェイソンの写真を流し、命にかかわるこの病の治療法を見つける研究への寄付を呼びかけた。放送のことはだれからも聞いていなかった。もしかしたらジェイソンの死後まもなく、わたしが茫然《ぼうぜん》自失だったころ、だれかが電話をかけてきてメッセージを残していたのかもしれない。けれどわたしはまだ、身内以外と話す気分にはなれなかった。

放送後、何年も連絡をとっていない知り合いや同僚から花が届きはじめた。みんなよかれと思ってのことだとわかってはいたけれど、玄関のベルが鳴るたびに、ミスター・キャットはあわててクロゼットに隠れ、わたしはしぶしぶベッドから起きあがり、なんとか平静を取り繕って花を受け取った。ある日、ベルが鳴り、ドアののぞき穴から外を見ると、ユリの花束が目に飛びこんできた。ユリは猫にとって猛毒なのだ。ジェイソンはそのことをちゃんと知っていたのにと思い、悲しくなった。送り主は明らかに知らなかったようだ。わたしは大声で言った。「そこに置いといてください。ご苦労さま！」人と顔を合わせなくてすんで、ほっとした。もっと早くこうすればよかったのだ。ユリも、それ以外の花も、外に放置して、陽射しの下で早く枯れるにまかせておけばいい。

またベルが鳴り、わたしは叫んだ。「そこに置いといてください。ご苦労さま！」ドアの向こうから低い声がした。「ルビー・サイモンというかたに会いたいのですが。刑事のキース・ジャクソンと申します」

わたしは体を引きずって玄関へ行き、ドアののぞき穴に目をあてた。たしかに花はなく、代わりにバッジが見える。ドアをあけると、ズボンとボタンダウンの半袖《はんそで》シャツを身に着けた、とても背の高い男が立っていた。わたしは小さく微笑んだ。

男は言った。「あなたがルビー・サイモンさんですか」

「はい」

「とつぜん押しかけてすみません。いまから少しお話をうかがえますか」

いまは話す気分じゃなかったけど、これから先、話す気分になるときが来るとは思えなかった。わたしは肩をすくめ、刑事を招き入れた。何を話したいのか見当もつかなかったが、ふと、患者のだれかが問題を起こしたのかもしれないと思った。そうしたことはときどきある。少年院で働いていると、とくにそうだ。もちろんこの背の高い刑事には、丁重にお引き取り願うことになるだろう。守秘義務があるので患者の情報は明かせないし、たとえ令状があったとしても、そう簡単にはいかないのだ。

わたしは訊《き》いた。「何かお飲みになりますか。オレンジジュースがありますけど」

「ご親切にありがとうございます。でも結構です」

刑事はとても物腰がやわらかく、ほとんど内気に見えた。リビングルームをながめているその姿を見ながら、いつ要点にはいるのだろうと思った。わたしはふらふらして立っていられなかったので、キッチンへ行き、カウンターのスツールにすわった。刑事がついてきた。スツールはあと三脚あるのに、わざわざわたしの隣に腰をおろした。カウンターに膝《ひざ》があたっていたけれど、刑事は姿勢を変えなかった。「ホランダーさんの死について、いくつか気になる点があって来ました」

わたしは困惑した。気になる点とはいったいなんだろう。わたしは考えをめぐらせ、刑事のことばの意味をつかもうとした。

「ジェイソンの父親のことですか？　ジョージア州の。一年ちょっとまえに亡くなりました。死亡証明書ならどこかにあると思います」

「いいえ。ジェイソン・ホランダーさんのことです。あなたの亡くなったご主人の」

わたしは刑事をまじまじと見た。何を言われているのか、さっぱりわからなかった。

刑事は言った。「まずはお悔やみ申しあげます。わたしの祖父は二型糖尿病でした。最後は足を切断しましてね」わたしはこれと同じようなことを何十回も聞いた。人はまったく筋違いなやりかたで、相手への共感を示そうとする。わたしは言った。「残酷な病です」

「あの」刑事は言った。「やはりオレンジジュースをいただいてもいいですか」

じっとすわっているのが気まずくなっていたので、わたしは喜んで立ちあがり、上等のグラスにオレンジジュースを注いだ。ウェディング・レジストリ（結婚祝いに希望する品物のリスト。お祝いする側がその中から贈りたいものを選ぶ）でもらったもののひとつだ。グラスを渡すとき、ほとんど何もないキッチンカウンターに、刑事が視線を走らせた。それから玄関ホールの半分空いた本棚に目を留めた。

「ジェイソンはここに住んでいたのですか」

「ええ、もちろんです」

わたしは刑事の力になろうとして考えた。「気になる点というのは、もしかしてジェイソンの住所のことですか？　この家以外に、投資用のコンドミニアムがあるので」

ジャクソン刑事はジュースをひと口で飲みほし、グラスをそっとカウンターに置いた。うなずいて謝意を示すと、スツールから立ちあがってリビングルームへもどり、それから玄関へ向かった。この奇妙で要領を得ない訪問が、あたかもふつうのことであるかのように。わたしは困惑したまま、刑事のあとについていった。

刑事はドアノブに手を伸ばそうとして、わたしのほうを振り返って言った。「ジェイソンのものはどこですか。この家は半分、空っぽに見えます」

もっともな疑問だ。わたしはこのあとすぐに、キース・ジャクソン刑事の疑問の多くは、もっともなものだと知ることになる。悲しみかたは人それぞれであることを、刑事に懇々と諭すこともできた。ジェイソンが死んだ日、わたしは慟哭《どうこく》しながら、料理本からビーチサンダルやサーフワックスにいたるまで、ジェイソンのものをひとつ残らず片づけた。目にはいると、あまりの悲しさに吐きそうになるからだ。大切な愛犬が死んだときも、まったく同じことをした。ジェイソンにまつわるものをすべて処分したからといって、わたしが愛情のない人間だということにはならない。家政婦のジェスラもそれを理解し、ジェイソンのものを片づけるのを手伝ってくれた。けれどこうした個人的な話は、キース・ジャクソン刑事の知ったことではないだろう。だからわたしはただこう言った。「わたしは片づけ魔なんです」

　ジャクソン刑事はその場に立ったまま動かなかった。あまりに動かないので、ミスター・キャットがクロゼットを出てこちらにやってきて、見知らぬ相手の長い脚のあいだを8の字を書くようにくねくね通りぬけた。とてもめずらしいことだ。ミスター・キャットはふだん、他人になつかない。

　わたしは最初から最後までかやの外に置かれた気分で、調子が狂っていた。「ほかに何かありますか？」

　刑事は上体をかがめてミスター・キャットの脇腹をなでた。「急ぐ話でもないので。しばらくこの街にいらっしゃいますか」

「はい。どこにも行きません」

「それを聞いて安心しました」

　刑事が玄関から出ていく。わたしはリチャード・ヴェイルの死体が発見された朝のことを思い出した。悲鳴で目を覚ましたとき、ハンナの母親がキッチンの床で夫が死んでいるのを発見したにちがいない、と思った。実際にそのとおりだった。警察がやってきた。何ごとかと外に出てきた何人かの近隣住民から、話を聞いていた。みなヴェイル夫妻はけんかが絶えなかったと口をそろえて言った。よく怒鳴りあい、ものを投げつけることもあったと。だれかが死ぬと、真っ先に疑われるのは配偶者と決まっている。わたしはあの朝、自分のせいでヴェイル夫人が窮地に立たされるのではないかと一瞬、心配になった。リチャードを殺したことに後悔はなかったけれど、ヴェイル夫人が罰を受けるのは筋がちがう。わたしは落ち着かなかった。だが簡単な事情聴取のあと、経験豊かな刑事は、夫人は夫の死を望んでいなかったと確信した。夫人は午前中ずっと泣いていた。涙だけじゃなく、鼻水まで流して。優秀な刑事なら、人間は泣く訓練ならできるが、鼻水を流す訓練はできないことを知っている。正真正銘の鼻水が鼻から出てきたなら、その人物はほんとうに泣いていて、おそらく殺人犯ではない。

わたしは救急車と警察車両がここへ来たときの自分の反応について思いをめぐらせた。泣きじゃくっていただろうか？　若い未亡人らしく？　でもあのおそろしい早朝の記憶をたどると、自分は涙ひとつ流していなかった気がする。吐き気を覚え、悲鳴をあげ、過呼吸を起こしていた。どれも演技でできることだ。大粒の涙を流しただろうか？　顔に鼻水のあとがついていた？　どちらもなかったと思う。わたしはショック状態にあった——だから涙ひとつ出なかったのだ。いや、もしかすると、いままで口に出せないことをしてきたから、トラウマになるような体験に対して、ふつうの人間らしい反応ができなくなっているのかもしれない。わたしは鼻水が出ていなかったことに、だれも気づいていませんようにと祈った。

ジャクソン刑事の車が車寄せを離れるころ、わたしはパニックで胃が締めつけられるのを感じた。ただの被害妄想だと自分に言い聞かせようとした。そして刑事の名前を検索した。警察のウェブサイトをスクロールして記事を読み、キース・ジャクソンが〝気になる点を確認〟する部署ではなく、殺人課に所属していることを知った。経歴はクリーンで、市民から苦情を受けた記録もない。さらにその勇敢さを讃えられ、何度もマイアミビーチ市から表彰されている。

わたしはあの奇妙で一見意味のない訪問を、頭の中で再現した。刑事の態度はさりげなかった、不自然なほどに。わたしは学部の授業で犯罪者心理を、大学院では法執行機関で用いられる心理学的戦術を学んだ。これは犯罪者をプロファイルして逮捕し、犯罪を自白させることを目的としている。ジャクソン刑事のおだやかでとらえどころのない態度は、正当な理由もなくわたしの家にはいるための作戦だったのか？　悲しみに暮れる未亡人のわたしを油断させるための？　でもわたしにやましいことは何もない。ジェイソンは自然死だった。だれもがすでに知っている。

オレンジジュースのグラスを熱湯ですすぎ、食洗機に入れた。あの刑事の形跡をいっさい残したくなかった。まずキッチンカウンターを、つぎにリビングルームを、それから空っぽになったジェイソンの仕事部屋を歩きまわった。殺人課の刑事が来たということは、殺人事件が疑われているわけだ。これまで三回無事に逃げきったのに、わたしはやってもいない殺人で告発されるのだろうか。しかも、心から愛した人を殺害したとして。

アドレナリンが体じゅうを駆けめぐり、わたしはテロメアが短くなったのをたしかに感じた気がした。これから何をすればいいのだろう。どうふるまえばいいのか。わたしは助言が欲しかった。助けを求めていた。何度か深呼吸して自分を落ち着かせ、家の中を歩きまわるのをやめた。わたしは決心した。心が決まると、すぐに気が楽になった。電話を手にとり、この国でもっとも優秀で才能のある刑事事件弁護士のひとりに電話をかけた。いまはワシントンＤＣに住んでいて、わたしにものすごく大きな借りがあった。

33　弁護士

ローマンはすぐに電話に出た。過去の気まずさは数分話すうちに消え、わたしたちはあっという間に、昔のように気の置けない、深い絆《きずな》で結ばれた友情を取りもどした。わたしはあのころより歳をとったし、分別をわきまえるようになっていた。それに、もうずっとまえにローマンを許していた。あとから考えれば、あれは学生の浅知恵が起こした、ばかげたあやまちにすぎなかったのだ。でも許したことをローマンに言わなかったので、わたしたちが口をきくのは実に十年ぶりだった。

わたしが学生部長と学科長とバーンズ教授に呼びだされたあと、ローマンのカンニングの容疑はすべて晴れた。後日、わたしは教科書にはさまれたメモを見つけた。書いてあるのは一行だけ。〝きみに借りができた〟ローマンは首席で大学を卒業し、イェール・ロースクールへ進んだ。とんでもない数の企業から声をかけられ、桁外《けたはず》れに高い初任給を提示されたが、すべてことわった。自分が進む道を明確に決めていて、そこからそれなかった。犯罪者にきびしく、最高刑を言いわたすことで有名な判事の助手をつとめた。つぎに地区検察局で働いたあと、公設弁護人事務所で腕を磨き、それから規模は小さいが超一流の法律事務所にはいった。そしてあっという間にパートナー弁護士になった。「情報が必要だ」ローマンは電話の向こうで言った。

「わたしは夫を殺してない」

ローマンは言った。「それはぼくに関係のない情報だ。ぼくが知りたいのは、きみのご主人は子どものころからの持病で亡くなったと検死報告書に書かれているのに、殺人課の刑事がきみの周囲を嗅《か》ぎまわり、きみが殺害したと疑っている理由だよ」

わたしは正直に答えた。「わたしにもわからないの」

ローマンはその答が気に入らず、よりはっきりした情報を知りたがった。電話を切るころ、ローマンの助手は、つぎのマイアミ行きの便のファーストクラスの座席を予約していた。

六時間後、ローマンがわたしの家の玄関からはいってきた。わたしをぎゅっと強く抱きしめる。

割れた腹筋が腹部に押しあてられるのを感じた。顎《あご》はいまもがっしりし、体は笑えるぐらい引き締まり、ゆるくウェーブした茶褐色のふさふさの髪は、最小限の整髪料できれいに整えられている。すっかり大人になって、受け口もまじめな印象を与えるのにひと役買っている。わたしもハグを返し、ぎゅっとローマンを抱きしめた。昔と同じにおいがする。シダーのようなにおいだ。わたしは自分がいままでローマンに会えなくてどれほどさびしかったか、あらためてわかった気がした。ローマンがわたしの肩に両手をかけ、まっすぐ目を見ている。

「あの、ほんとうになんと言えばいいか」ローマンは言った。

わたしは謝罪のことばを払いのけた。「昔のことよ。わたしのほうこそ大騒ぎして、いつまでも根に持ったりして。お互い若かったよね」

「そうじゃない、ルビー。ご主人のお悔やみを言ったんだ」

「そっか」わたしは心臓をナイフで刺された気分だった。ほんのつかのま、シダーのにおいと大学時代の幸せな思い出と若さゆえの愚かさがよみがえり、わたしは現実を忘れてぼうっとしていた。でも現実はそこにあり、気づいてもらうのを待っている。わたしの夫は死んだのだ。「ありがとう」

ローマンはジェイソンの空いた仕事部屋を、即席の作戦会議室にした。そして問題を解決したいなら、自分に何もかも話すようにと言った。ひとつ残らず、すべてを。わたしは困ってローマンを見た。「何もかもと言われても、よくわからない。そちらから具体的な質問をしてみて。あなたの言う〝何もかも〟がどんなことかがわかるように」

ローマンは基本的な質問からはじめた。

「ジェイソンを裏切ったことは？」

「ないわよ！」

「心の中で想う人がいたとか？　オンラインで交流していた？　メッセージのやりとりは？　ほかには？」

「いいえ」

「よかった。では、ジェイソンがきみを裏切ったことは？」

「ないわよ！　まあ、わたしの知るかぎりでは」

「わかった。ぼくのほうで調べておく」

反論してジェイソンの名誉を守ろうと口を開きかけたとき、ローマンが先に言った。

「きみはお金の問題を抱えてる？　借金があるとか、ギャンブルにはまっているとか」

「いいえ」

「ジェイソンは？」

「いいえ」

「ジェイソンの死によって、きみの暮らしぶりはまえよりもよくなった？」

「まさか。いったいなんなのよ」

ローマンがまだ結婚していないことは知っている。昔から四十歳までは遊びまくると言っていた。そして四十歳になったら、いい相手を見つけて身を固めるそうだ。そのとおりになると信じて疑っていなかったので、ローマンに人生の計画表について尋ねることはしなかった。でもわたしの結婚が本物であったことを、ちゃんとわかってもらわなければならない。

「ジェイソンを愛してた。心から」

「ああ、そこを疑ってるわけじゃないさ。ただ、彼が亡くなることで、きみに金銭的な利益があるかどうかを知りたい」

わたしは考えた。「たぶん。数字の上では」

わたしはジェイソンとふたりで家を買ったとき、会計士のアドバイスを受けて、それぞれに生命保険をかけたことをローマンに話した。どちらか一方に何かあったとき、残されたひとりの収入でも住宅ローンを払っていけるよう、保険金を受け取れるというものだ。生命保険という概念がわたしは好きではない。そのことを言うと、ローマンはうなずいた。彼はいつかわたしの父が、〝死んでいるより生きているほうが価値のある人間でありたい〟と言ったことを覚えていた。わたしもジェイソンも、生きているほうが価値のある人間だった。でもジェイソンは会計士のアドバイスにしたがうのが大切だと考え、わたしもそれに付き合って保険に加入した。ジェイソンは一型糖尿病患者だったので、年間の保険料は目玉が飛びでるほど高かった。でもとにかく、わたしたちは契約した。もしジェイソンが死んだら、三十万ドルの死亡保険金がわたしに支払われる。一方、わたしの生命保険料はジェイソンの掛け金に比較するとずいぶん安かったが、もしもわたしが死んだら、ジェイソンは六十万ドルを受け取ることになっていた。かなりの大金のようだけど、マイアミビーチの家の住宅ローンをカバーするには、けっして多すぎる額ではない。

それにジェイソンは、賃貸物件としてコンドミニアムを所有していた。家賃収入は結構な額だった。また、父親が死んだときに遺産をすべて相続していた。ローマンにジェイソンの幼少期のことを訊《き》かれて、ジョージア州モローでおこなわれた葬儀のことを思い出した。ジェイソンが故郷へもどったのは十八歳で家を出たとき以来だったので、そこへ帰ってきたことに現実感がなかったそうだ。高校時代の恋人のシンディも葬儀にやってきた。ジェイソンが町を出ていったあと、傷心の彼女を慰めてくれたジェイソンの友達と結婚したそうだ。そして四人の子どもに恵まれた。

夫は地元のホームセンターで働き、シンディは食堂を切り盛りしている。シンディは幸せそうだった。ジョージアを愛していて、どこにも行きたくないと言った。わたしはちらりと思った。こんなささやかな人生で悲しくならないのだろうか。でも結局のところ、わたしも故郷にとどまっている。わたしもシンディとたいして変わらない。

葬儀のあとの会食のとき、シンディはジェイソンに高校のスクールリングを返した。いつかジェイソンが、将来生まれてくる息子に譲りたくなったときのために、ずっと持っていたそうだ。ジェイソンとわたしは父親の家をくまなく調べた。価値のあるものはあまりなかったけれど、ジェイソンは父親の思い出の品をいくつか持ち帰った。工具箱にミリタリートランク。子どもだったころの自分の写真が、埃《ほこり》をかぶったマントルピースの上にまだならんでいるのを見て、心を打たれていた。不仲だった時期でさえ、息子の顔を毎日見たいと思っていた証拠だ。ジェイソンは家屋とそれが建っていた二万平方メートルの土地を売却した。それと倹約家の父親が貯めたお金を合わせて、二十万ドルあまりを相続した。

つまり、ジェイソンの死で、わたしは三十万ドルの死亡保険金、約四十万ドル相当のコンドミニアム、父親から相続した二十万ドル少々を手にしたことになる。

ローマンは言った。「百万ドル近いな」

「ええ、そうみたいね。いまはお金のことなんてどうでもよくて」

ローマンはわたしをまっすぐ見た。「動機はそれだ」

「わたしの場合はちがう」

それからわたしに質問を浴びせた。「ジェイソンに敵はいた？」

「いなかったと思う」

「だれかが彼を殺害し、自然死に見せかけた可能性は？」

「理屈の上ではゼロじゃないと思う。でもありえない。できるわけがないもの。わたしたちはひと晩中いっしょだったのよ」

「なるほど」ローマンはひと呼吸置いた。「きみに敵はいる？」

「いないと思う。うん、いない」

質問はそこで終わりだった。つぎに講義がはじまった。もしまたジャクソン刑事が訪ねてきても、家に入れないように、とローマンは言った。もちろん、令状を持っていたら話は別だ。わたしは急に現実が迫ってきた気がした。「令状？　どうして令状なんか？」ローマンはそれを無視してつづけた。「弁護士が同席していないときは、何も言ってはいけない。きみの弁護士はぼくだ。刑事が電話してきたら、ボイスメールに転送するように。もし外で偶然出くわしたら、〝弁護士に〟とだけ言うんだ。わかったかい」ええ、わかった。自分の置かれている状況の厳しさも、だんだんわかってきた。ローマンは考えこむように言った。いや、あしたこちらから警察署に出向けば、協力的という印象を与えるだろうし、いくつか簡単な質問をして、警察がつかんでいる情報を探るのもひとつの手かもしれない。あらかじめ情報をつかんでおけば、いざ逮捕となっても不意打ちをくらわずにすむ。

わたしははっと息を呑《の》んだ。「逮捕？」そのことばにわたしは不意打ちをくらった。頭がくらくらした。まるで断崖《だんがい》に立たされて、ふと足元を見ると、自分がひどくでこぼこの地面にピンヒールで立っていることに気づいたかのように。その夜は一睡もできなかった。不安でたまらず、あすの闘いに向けて気持ちを奮い立たせようとした。朝になり、コーヒーを飲んだ。ちゃんとした服を着てバッグを持った。ローマンをホテルへ迎えに行き、コリンズ・アヴェニューの警察署へ向かった。ローマンから、必要最低限のことしか言わないように念を押された。これは腹の探り合いなのだ。わたしたちと警察の。

34　がらくた

わたしはリップグロスを付け足したかった。ジャクソン刑事のまえで身だしなみを気にしたのではなく、塗れば唇が少しでも温かくなると思った。ハンドバッグに手を伸ばして濃いプラム色のグロスを取りだした。さっと塗りながら、部屋の狭さにあらためて気づいた。肘《ひじ》がわたしの左側の大きな肩をかすめた。ローマンの肩だ。わたしのすぐ隣で、薄い金属の椅子に無言ですわっている。

ここへ来てからずっとローマンは表情を変えず、黙って状況を観察して作戦を練っている。咳《せき》払《ばら》いひとつしないのは、大きな音を立てると獲物が驚いて逃げるかもしれないからだ。そのローマンがとつぜん口を開き、よく通る大きな声が部屋に響いた。

ローマンはわたしに、上着を貸そうかと言った。部屋はとても寒かった。ローマンはワシントンDC流のかっちりした紺のスーツを着ていた。「ええ、ありがとう」ローマンはシルクの裏地がついたオーダーメイドの薄いウールの上着を脱ぎ、わたしに差しだした。わたしはそれを肩にはおった。すぐに体が温かくなってほっとした。新しい鎧《よろい》を身に着けた気分だ。ジャクソン刑事も寒そうにしていて、長い腕をドアノブに伸ばし、ドアを少しあけて叫んだ。「だれかエアコンのスイッチを切ってくれ」ドアを閉めて左右の脚を組みなおす。反対側の足音が一瞬のぞいた。エアコンのスイッチが切れる音がした。

刑事はさりげなく最後の写真に手をかけた。まだテーブルに伏せたままの四枚目の写真があることを、わたしは忘れかけていた。生きて呼吸をしている笑顔のジェイソンの写真以上に、わたしを打ちのめす人物やものが存在するだろうか。刑事が最後の写真をめくった。くすんだ茶色の薄い髪と、とがった鼻が目に飛びこんできた。魔女ことイヴリン・Wの運転免許証の写真だ。

ローマンは最初の三枚のときと同じように、ちらりと目をやった。顔は無表情のままだ。一方でわたしの表情は、疲労からいらだちへ、いらだちから狼狽《ろうばい》へと変化した。そう、イヴリン・Wは死んでいる。でも刑事はなぜ、わたしと関係があると思ったのだろうか。わたしはここへ来たことを後悔しはじめた。そして頭が混乱しはじめた。ある瞬間には自信を持ち、つぎの瞬間にはうろたえ、そのつぎの瞬間には猛烈に自分を弁護したくなる。そんなことをすれば、ますます疑われるだけなのに。四人の死者の写真をまえにして、ローマンが何を考えているのかもわからなかった。

ジャクソン刑事がこの順番で写真をめくったのも奇妙だ。最初のふたりの写真からはじまり、わたしにとってだれよりも近しく、つい先日亡くなったばかりのジェイソンの写真を見せたあと、最後にイヴリン・Wを持ってくるとは。平静を保つと決めていたのに、わたしはすっかり動揺していた。刑事がこの順番にしたのはまちがいでも偶然でもない。戦術だ。わたしを混乱させるのが目的なら、完全に成功している。わたしは心をかき乱され、落ち着きを失っていた。イヴリン・Wの忌まわしい顔など見たくもなかった。けれど何よりも不安だったのは、刑事がこのゆがんだクイズ番組を、重要度が高くないはずの人物で締めくくろうとしていることだった。

少年院でボランティアをしているときに、ドン博士から電話があり、魔女が死んだことを聞いたのは事実だ。でもわたしが彼女の死を知ったのは、そのときではなかった。電話がかかってくる一時間前に、わたしはそのことを知っていた。

ランプ事件のあとも、魔女は裁判所命令をはたすため、しゃあしゃあとカウンセリングに通いつづけた。ドン博士は受け入れるしかなかった。博士はわたしに言わなかったが、魔女はいつものようにやってきて、スマホ越しにだれかを怒鳴りつけ、いつものように勢いよく部屋を飛びだし、またほかのだれかに向かって怒鳴りちらしていたにちがいない。わたしは魔女のカウンセリングのスケジュールも、あと何時間受けなければならないかも知っていた。そこで最終日にドン博士のオフィスのある場所へ行き、通りをはさんだ駐車場に車をとめて、そのへんを少しぶらぶらしながら、骸骨《がいこつ》そっくりの魔女が早足でビルから出てくるところを見ようと考えた。魔女がスマホに視線を落とし、電話の向こうで罵倒《ばとう》に耐えているだれかに「このばか女」と言っている。わたしは横断歩道までついていった。いまこの瞬間にも顔をあげ、すぐそばにいるわたしに気づいてもおかしくなかったけれど、魔女はスマホから目を離さなかった。その日は土砂降りで、人出が少なかった。それでも傘の下で縮こまり、信号が変わるのを待っている人たちがぱらぱらいた。魔女はぺたんこの髪が濡《ぬ》れないよう、レインコートのフードをかぶった。

食料品店チェーンの大型の配達用トラックが、がたがた音を立てながらこちらへ向かってきた。十八輪トラックのまえに魔女を突きだすつもりは毛頭なかった。それでは殺人になってしまう。そこらじゅうに目撃者がいるのだ。もっとそれとないやりかたにしなければ。本人の習慣が死を招いたかたちにしたい。計画がうまくいったらもうけものだ。もしうまくいかなかったら、それ以上何もせず、二度と魔女に出くわさないことを願うだけだ。でもとにかく、あの腐った魂を地上から完全に取りのぞく努力はしておきたい。わたしが少し手を貸して、カルマが正しい方向へ働くのを助けよう。

　成功の鍵《かぎ》はタイミングが握っている。トラックが交差点に差しかかる数秒前、わたしは魔女の真横に立った。そして歩道の縁石を越えて通りに足を踏みだした。魔女はわたしの動きにつられて道路へ出たが、そのあいだじゅうスマホに視線を落としていた。わたしはすぐに後ろへさがり、安全な縁石の内側へもどった。耳をつんざく警笛と急ブレーキの音が聞こえ、魔女はようやく顔をあげた。自分が通りの真ん中に立っていることがわかり、その顔に恐怖の表情が浮かんだ。濡れて光る金属のフロントグリルが、とがった鼻のすぐそこまで迫っていた。イヴリン・Wは人生ではじめて、いまこのときに在《あ》った。轢《ひ》かれて骨折し、押しつぶされ、引きずられて死ぬ直前のことだった。わたしは目をそらした。無残な死体を目に焼きつける必要はない。満足感を味わいながら車をとめた駐車場へもどった。善行を積んだ気分だった。そして非行少年と非行少女の人生をよりよいものにするため、ボランティアをしている少年院へ向かった。

　トラック運転手の過失は認められなかった。目撃者たちは、犠牲者の女性が周囲にまったく注意を払わず、トラックの真ん前に飛びだしたと証言した。運転手が急ブレーキをかけても間に合うはずがない。路面が雨で濡れていたとなればなおさらだ。

「この女性を知っていますか」ジャクソン刑事が訊《き》いた。

　否定するのは愚かだろう。「はい。でもこれ以上は、守秘義務があるのでお話しできません」

　刑事は拍子抜けするほどあっさり引きさがった。イヴリン・Wの写真から視線をそらし、大きな手をふたたびジェイソンの写真に置く。とん、とん、とん、とん。わたしはそのとき、これはクイズ番組のルーレットと同じだと気づいた。ほんとうに針を止めたいところはひとつしかない。

魔女はわたしの気を散らすためのおまけだった。最後に彼女の写真をめくってわたしを混乱させ、本命であるジェイソンの話にもどるのだ。

　刑事は言った。「わたしは二十年間、結婚生活を送っています。相手はひとりじゃないですが、合計するとその期間になります。だからいいことばかりじゃないのは知っていますよ。来る日も来る日も、生活はつづくわけですから」わたしの目をまっすぐ見据える。わたしもカウンセリングのときによく同じことをする。相手を理解し、他愛ない嘘や自己破壊や自己顕示を見分けるために。だからわたしも刑事の目を見つめ返した。目をそらさず、まばたきもできるだけしないようにした。

　刑事はつづけた。「すばらしい結婚式だったのでしょうね。新郎新婦というのは、希望に満ちあふれているものです」

「ええ」

「義理のお母さんをなぜ招待しなかったのですか」

「ジェイソンが決めたことです」

「なるほど。葬儀にも呼ばなかったそうですね」

　どうしてそのことにこだわるのか、わたしはわからなかった。でもそこで刑事の戦術を思い出した。すべて適当な質問なのだ。ルーレットがまた、どうでもいいところで止まったにすぎない。わたしは激しい怒りを赤褐色の目の奥に隠して、静かに相手を見た。

　そのとき刑事が言った。「ルビー・サイモンさん、ご主人に死んでほしいと思ったことはありますか」

　ローマンが口を開き、きっぱり言った。「協力は惜しみませんが、いまの質問はクライアントに対して適切だったと思えません。これで失礼します」

なんてばかげた質問だろう。ジェイソンに死んでほしいと思ったことぐらい、あるに決まっている。そんなのしょっちゅうだ。そう考えたことがない妻がいるだろうか。わたしはキッチンのカウンターに何も置きたくなかったのに、ジェイソンはミキサーやトースターや粉末プロテインやミネラルウォーターや調理器具や調味料など、生活するなかでいつか使うかもしれないものを置きたがった。ジェイソンのそういう性分は、はじめてコンドミニアムへ行ってキッチンを見た瞬間にわかった。だからいっしょに暮らしはじめても驚きはしなかったけど、わたしはストレスを感じていた。どこを見ても、がらくただらけなのだから。

夜、ジェイソンが横になると同時に眠りに落ちてから、自分がうとうとするまでの二十分から一時間のあいだに、わたしはさまざまなシナリオを頭に思い浮かべた。ときどきジェイソンがなんらかの原因で死ぬところも想像した。もちろん苦痛を感じることなく、あっという間に。そうしたらわたしはすぐさまキッチンのカウンターを片づけ、クロゼットのジェイソンの側を空にしてスペースを作り、家じゅうを完璧《かんぺき》に整頓《せいとん》する。もうドアのそばに靴が転がっていることもない。そう考えるだけで、蜂蜜《はちみつ》入りのミントティーを飲んだように気持ちが安らいだ。

寝室のわたしの側に置かれたドレッサーは、天板が大理石でできていて、その上にはまったく何もない。すっきりして気持ちがいい。すべてが収まるべきところに収まっている。一方、ジェイソンのドレッサーには、試験紙や砂糖菓子の包みなど、大切なものが置いてあった。でもそれだけではなく、いつか読むつもりの本、野球帽、二十五セント硬貨、片方だけの靴下、ジーンズのポケットにはいっていた古いレシートなども、雑然と置かれていた。ジェイソンは大人の男だ。自分のスペースぐらい、好きなようにする権利がある。それはわたしもわかっていた。わたしは長年カウンセリングをしてきたし、合理的であろうとつとめてきた。エリーからはジェイソンの行動を細かく管理しないよう、はっきり釘《くぎ》を刺されていた。アリーシャからも、ジェイソンのスペースには目をつぶり、手や口を出さないほうがいいと言われた。わたしのやりかたが正しいわけでも、ジェイソンのやりかたがまちがっているわけでもない。人はそれぞれちがう。だからこそ結婚生活は美しい。自分と同じだから相手を愛するのではなく、ちがうから愛するのだ。

　妥協点を見つけたのはいいが、お互いに満足できないこともあった。それが結婚生活だ。ジェイソンはキッチンのパネルを黒い正方形のタイルにしたがった。わたしはラベンダー色のモザイクのタイルがよかった。そこで白いサブウェイタイル（艶のある長方形のタイル）にしたけれど、ふたりともあまり気に入っていなかった。わたしはずっと、ジュリア・タートル・コーズウェイがいちばん早いと思っていた。ジェイソンはマッカーサー・コーズウェイを好んだ。だからふたりで出かけるときは、ベネチアン・コーズウェイをよく使った。

　長い一日を終えてようやく帰宅し、部屋にこもりたいときもあった。でもジェイソンはわたしの表情や感情を、すべて読み取っていた。そしてわたしと話をしたがった。わたしにもっと心を開き、本音を打ち明けてほしいと言った。最初のデートのとき、個人的な質問をするのをいやがったのと同じように、一日の終わりに無駄話しかしないのをいやがった。でも一日じゅうカウンセリングをしたあとでは、無駄話をするエネルギーしか残っていないこともある。ひとりになりたいときだってある。ただソファに腰をおろし、くだらないバラエティ番組でもぼんやり見ていたい。ジェイソンにどこかへ行ってほしかった。そしてそのどこかへ行ってほしいという気持ちが、いっそ死んでしまえばもう相手をしなくてすむのに、という考えに飛躍することもあった。しばらくひとりにしてほしいと言えばいいだけのことだとわかっている。そうすればジェイソンは理解してくれるだろう。でもそのためには、相手の気持ちを傷つけないよう、ことばを選んでやさしく伝えなければならず、それだけでエネルギーを消耗する。ときにはそのエネルギーさえ残っていないこともあるのだ。

わたしたちはときどきけんかをした。ジェイソンはわたしのことを、よそよそしいと言った。わたしはジェイソンのことを、べたべたしすぎだと言った。ジェイソンは怒ると大声をあげた。わたしは怒ると無言になった。ある日、あまりに腹が立ち、別の部屋へ行って壁越しに中指を立てたこともある。われながら子どもっぽいと思ったけれど、気持ちがすっとした。くたばれ、ジェイソン！　くたばれ！　その二十分後に仲直りし、どうしてあんなくだらないことでけんかしたのだろうと笑いあった。「愛してる」と言ってキスをし、おおむね幸せといっていい結婚生活をつづけた。

ジェイソンがときどきわたしにうんざりしているのもわかっていた。わたしは常に計画を立てたがり、適当に流すということができない。ジェイソンも心の奥で、わたしを絞め殺したいと思うことがあったはずだ。わたしがうるさく小言を言ったり、求められてもいないアドバイスをしたり、砂まみれのビーチサンダルを裏口から外へ投げ、ぶつぶつ文句を言ったりしているときに。配偶者の死を想像するのはよくあることで異常ではない。危険な兆候ではなく、いらだちのあらわれにすぎない。ふたりの不完全な人間がひとつ屋根の下で暮らしながら、生活スタイルや空間や家計やセックスライフに関する自分の価値観を保とうとすれば、ふつうにあることだ。だがそのことを口に出すつもりはない。だれが相手であっても。

とくにキース・ジャクソン刑事には。その刑事はいま伸びをしている。両腕を頭の上にあげ、脚をまっすぐ伸ばしてボルトで固定されたテーブルに押しつけている。自信たっぷりで悠々としていて、身を守る必要など感じていないことを、こちらに見せつけるためだ。

ローマンが立ちあがった。コンクリートの床を椅子がこすった。引きあげる頃合いだ。でも十秒遅かった。わたしは冷静さを失っていた。わたしとジェイソンのことを刑事に皮肉られ、余裕をなくしていた。あわてて立ちあがり、椅子をもう少しで倒しそうになった。わたしは怒りを含んだ冷たい声で言った。「結婚生活に何度も失敗したのはお気の毒ですが、わたしにやつあたりしないでください。わたしは完璧な人間ではありません。でも夫を愛していました」

ことばを継ぐまえに、ローマンが部屋を出るようわたしをうながした。上着が肩からすべり、床に落ちる寸前にローマンが受けとめた。ジャクソン刑事が両腕を大きくひろげている。両の中指がもう少しで狭い部屋の壁にあたりそうだ。刑事は言った。「ご足労いただき、ありがとうございました」

35
象

わたしは運転席に乗りこみながら時計を見た。マイアミの陽射しで温められた革のシートが脚の裏側にあたって気持ちがいい。生き物としての安楽だ。警察署に何時間も、いや、何日間もいたような気がする。あるいは生まれてからずっと。でも実際にいた時間は、たった二十四分だった。

わたしがドアを閉めるのを待って、ローマンが怒鳴った。「どういうことだ、ルビー！　冗談じゃないぞ。いったいなんなんだ？　ぼくにすべてを話すように言っただろう。でもきみは話さなかった。そしてあの刑事から、フォルダーにはいった写真を見せられた」いったん口をつぐんだが、怒りはおさまらなかった。「不意打ちをくらうのはごめんだ」

わたしにはどうしようもなかった。いままで頭の中の部屋で静かに鼻を鳴らしていた三頭の象――ダンカン、リチャード、イヴリン――が、ついに立ちあがって足を踏みならし、いっせいに飛びだしてきたのだ。わたしは気まずくてローマンの顔を見られなかった。「ごめんなさい。あの人たちの話が出るとは思わなくて。ジェイソンとはまったくの無関係だから」ローマンがうつむいたままのわたしを見る。「きみともまったくの無関係なのか？」そうだと答えることはできない。わたしは首を横にふった。ローマンの口調がやわらいだ。

「いい教訓になったよ。つぎに殺人の容疑をかけられたクライアントに会うときは、ほかにだれか目のまえで死んだ人間はいないか、単刀直入に尋ねることにする」

ローマンが怒るのも当然だ。わたしは申し訳なくてたまらなかった。あの二十四分のあいだに象たちのことを多少聞いただろうが、あらためてわたしの口から説明しなければと思った。「ダンカンは溺死《できし》だった。わたしも同じときに海にいたの。まだお互いに子どもだったころのことよ。そしてリチャードが死んだのは、わたしが友達の家に泊まっているときだった。それから、イヴリンはトラックに轢《ひ》かれた。わたしはたまたまその交差点にいたの。それだけよ」そう言ったあと、イヴリンが事故に遭ったときにわたしがその場にいたことを、どうしてジャクソン刑事が知っているのだろうと、声に出していぶかった。ダンカンが死んだときにわたしも海にいたことは、みんなが知っている。そしてリチャードの件は、わたしがあの夜、彼の車を運転していた記録が残っているので、刑事が結びつけたのだろう。でも、イヴリンは？　彼女が轢き殺されたとき、わたしがすぐそばにいたことはだれも知らないはずだ。

わたしは車のエンジンをかけた。そして警察署の駐車場をバックで出るまえに、ローマンをちらりと見た。不安げな表情が浮かんでいる。そのとき、これほど不安そうなローマンを見るのははじめてだと気づいた。心が沈んだ。わたしのことを邪悪な人間だと思っているにちがいない。

「わたしを嫌いになった？」

ローマンは気色ばんだ。「まさか、そんなわけがないだろう！　ただ、事前に聞いておきたかったと思っているだけだ。どうやったらきみを守れるか考えるから、少し待ってくれ」安堵《あんど》のあまり全身の力が抜けた。ローマンはわたしがシリアルキラーかもしれないと心配しているのではない。裁判で負けることを心配しているのだ。わたしの裁判で。わたしの安全を守り、刑務所へ行かせまいとしている。この状況でわたしを守れる人がいるとしたら、ローマン以外にない。家へ向かって車を走らせながら、わたしは彼の明晰《めいせき》な頭脳が回転する音が聞こえるような気がした。

ローマンが訊《き》いた。「ほかにはもういないだろうね？」

わたしは答えた。「わたしはジェイソンを殺してない」

ローマンは言った。「そんなことを訊いたんじゃない。ほかには、もう、いない、だろうね？」

わたしは自宅の車寄せに車を入れた。この質問には正直に答えられる。「ええ」

ローマンは信頼を寄せているワシントンDCの私立探偵を雇った。マイアミへ呼びだして、イヴリン・Wが雨の中で死んだときにわたしがそばにいたことを、どうしてジャクソン刑事が知っていたのかを調べるよう依頼した。費用はかからないそうだ。ローマンはどれだけ長くかかろうとも、喜んで引き受けると言ってくれた。何カ月でも、何年でも。費用の心配はしなくていい、わたしの小さな嘘がなかったら、そもそも自分は弁護士にはなれなかったのだから、と。

ローマンがわたしの人生にもどってきたことを、両親にも知らせたかった。父と母はローマンのことが大好きだった。知性も精神的な強さも、わたしに匹敵すると感じ、春休みにマイアミへ連れてくると喜んでいた。ローマンは日焼け止めを塗ることを学習せず、毎回、やけどしたように真っ赤に焼けたものだ。だが、もし両親に話して、夕食でもいっしょにすることになったら、急に付き合いを再開した理由を説明するはめになるだろう。わたしがジェイソンを殺したと思う人間がこの世界にいることを、両親にはぜったい知られたくなかった。それはあまりに酷なことだ。心配をかけたくなかったし、刑事が何人もわたしの家に押しかけ、半分しか本がならんでいない本棚と何も置かれていないキッチンカウンターを見て、わたしへの疑惑を深めるところを想像させるのも忍びなかった。悲嘆のあまり、ローマンに連絡をとったと嘘をつくこともできる。たったそれだけですむ。でもわたしは新しい嘘をつく余裕がなかった。自分を守るためにすでに数えきれないほどの思念や秘密を隠していて、その帳尻《ちょうじり》を合わせるだけで精いっぱいだったのだ。これ以上の嘘は抱えきれない。わたしの過去にローマンが占める割合があまりに大きすぎて、適当な理由でごまかすのはむずかしい。そこで両親には黙っていることにした。

ローマンはワシントンＤＣへ帰る荷造りをはじめ、ランニングシューズをスーツケースの専用の場所へ入れながら、ふと手を止めてわたしを見た。「もし今回のことがなかったら、きみはぼくに連絡をくれたかな。そのうち、いつか」

そのことはずっと考えてきたので、すぐに答えられた。「ううん。でもこんな想像はしてた。卒業二十周年の同窓会で会うことになってたと思う。そのときはふたりとも四十一歳よ。でも、どちらもまだイケてるの」

「当たり前だ」

「最初の一時間はぎこちなくて、昔の友情なんか忘れたふりをしてる。でもそのうちへたな芝居をやめて、いっしょに席につくの。わたしはジェイソンをあなたに紹介する。あなたは彼を気に入って、高く評価してくれる。そしてわたしに、いい相手を見つけたねと目配せするの。あなたも結婚したばかりよ。奥さんは年下だけど、びっくりするほど下じゃない。三十四歳ぐらいかな。きれいで頭がよくて、旅行中でも朝の有酸素運動を欠かさないタイプ。奥さんはジェイソンに、愛用しているスキンケア用品かなんかの話をして、ジェイソンは奥さんに、ニュース番組のカメラマンになったいきさつを話すの。その間わたしたちは古い傷を癒《い》やして、会わなかった二十年間の話をするのよ」

「すごいな。具体的だ」

「でもいま、あなたはこうしてここにいる。わたしの人生で最悪のときに。あなたがジェイソンに会うことも、わたしに目配せをすることも永遠にない」

そう言いながら、わたしはまばたきして涙を止めた。ローマンがわたしを引き寄せて抱きしめた。人の温《ぬく》もりに触れて涙腺《るいせん》が決壊した。わたしはローマンのオーダーメイドのシャツを濡《ぬ》らして泣きじゃくった。わたしが泣きやむと、いまは何もせず連絡を待つように、とローマンは言った。わたしはつとめて平静を保って、今回の件をだれにも口外しないようにすればいい。言い換えれば、これ以上、象を解き放つことは許されない。

残酷な運命のめぐりあわせによって、ローマンはふたたびわたしの人生でもっとも大切な人になった。彼の大きな肩にしがみつくのは、わたしの宿命であるように感じた。ローマンはまたすぐに来ると言い残し、ワシントンDCのオフィスへ帰っていった。わたしは連絡を絶やさずに、ふつうの生活にもどることになった。でもいまのわたしにとってふつうの生活とは、四人ではないにせよ、一人を殺害した容疑をかけられている未亡人として働くことだった。

36
憤怒

　翌日も、その翌日も、その翌日の翌日も、朝になると太陽はのぼり、わたしは寝室のカーテンの裾《すそ》から射しこむ光に目をすがめた。光は太い金の棒のようだった。きょうもまた、刑務所の監房ではなく、自分の家で目を覚ました。太陽が沈むころになると、ジャクソン刑事がすぐそこまで来ていて、わたしが愛する男性を殺したなどという不当な言いがかりをつけて拘束するのではと不安を覚えた。ベッドで横になっているときもけっして気を抜いてはいけない。あれから刑事が何も言ってこないのは、証拠固めをしているからかもしれないのだ。わたしは金の棒がゆっくり上へのぼり、やがて消えるまで、ひたすら見つめつづけた。

　病欠をとって一カ月が経っていた。そろそろ自分を奮い立たせ、車に乗って仕事場へ行く潮時だろう。患者には夫が死んだことを言いたくなかったし、わたしは旧姓を名乗っているので、ローカルニュースのあの感動的な特集をだれかが見ていたとしても、わたしと関連づけることはないはずだ。ジェイソンの死はわたしの人生に起きた、きわめて個人的なできごとであって、患者と分かち合うことではない。そんなことをすれば、カウンセリングの振り子が一気にわたしのほうへ振れ、患者は自分の問題を口にしづらくなる。カンガルーの死は別だった。いつもわたしといっしょにオフィスへ来ていたから、急にいなくなった理由を説明しなければならなかった。だがわたしの患者はジェイソンと面識がなく、もう地上に存在しないことを伝える必要もない。わたしはいまでも婚約指輪と結婚指輪をしていた。だれかに訊《き》かれてもまだ答える勇気がないし、何もない薬指を見る覚悟もできていない。それに、自分がまだだれかと特別な絆《きずな》で結ばれているという感覚を、手放す準備もできていなかった。

仕事にもどった初日、わたしは駐車場の自分の区画に車をとめ、シフトレバーをパーキングに入れて外へ出たが、エンジンを切るのを忘れていた。習慣的な行動ができなかった。クライアントの話を聞いてうなずき、ありきたりの質問をしているうちに、ランチの時間になった。わたしは蓋《ふた》をあけないまま、ラズベリーヨーグルトをただながめていた。その夜、歯を磨きながら、考えごとに気をとられ、歯磨き粉をヘアブラシの場所へもどした。頭の中で、ジェイソンが死ぬまでの一連のできごとを、何度も繰り返し再現した。わたしがあのリゾートホテルに行かなかったら、警告音が鳴っているのに気づかないなんてことはなかった。どうしてあんなくだらない調査に参加したのだろう。そもそもわたしは気が進まなかったのに。自分の内なる声に、もっと耳を貸すべきだった。リラックスすることへの恐怖は、ちゃんと理由があってわたしの中に存在する。不安とストレスは生き残るために必要な道具だ。わたしの用心深さは、自分自身と愛する人たちをずっと守ってきた。ところが科学のためだと言われて、わたしは油断してしまった。安らぎを見いだそうなどという口車に乗せられた。人間であることは、弱くて平凡であることそのものだと、巧みに思いこまされた。その結果どうなったか。夫が死んでしまった。

これまでのカウンセリングで、わたしはガブリエルに、タイ料理店で自分を銃弾から守ろうとしてデリックが死んだときのことを、頭の中で再現しないようにと言ってきた。彼が死んだのはあなたのせいじゃない、と言った。それはまちがっていない。けれどわたしは自分を責め、ジェイソンの冷たくなった口にグレープ味の砂糖菓子を詰めこむにいたるまでにくだした判断の数々を、何度も思い返さずにはいられなかった。わたしは怒りを感じていた。強い怒りだ。憤怒という表現がふさわしい。やけどしそうなほど熱い火の粉が全身を包んでいる。悲嘆のプロセスには憤怒の段階が含まれる。弱い怒りではだめなのだ。

カウンセリングで怒りをぶちまけ、人生は不公平だと嘆いていると、アリーシャはその感情は明るい兆候だと指摘した。「ルビー、怒りでも憤怒でもいいけど、それを感じるのは健全なことよ。あなたはつぎの段階へ進んでいる。否認の段階を過ぎたの。悲嘆のプロセスを進んでいるのよ。順調に」

わたしは噛《か》みつくように言った。「明るい兆候なんて言わないで。ぜんぶあなたのせいよ！　なんでまだあなたと話さなくちゃいけないの？　あのくだらない調査に参加するよう勧めたのは、あなたじゃないの！　あんなところに行かなかったら、警告音がちゃんと聞こえてたはず。きっといつものように目が覚めてた。そうしたらジェイソンはまだ生きていたのに！」

アリーシャはわたしの暴言を黙って聞き、わたしはその顔を観察した。かすかに眉根《まゆね》を寄せている。心配はしているが、傷ついてはいない。わたしのことばを個人的に受け取っていないのだ。プロのカウンセラーのあかしだ。そのことでよけいに腹が立った。「なんでわたしはまだこんなところにいるんだろう。ソファなんかにすわって。これになんの意味があるの？　もう帰る」わたしは立ちあがって部屋を出ていくつもりだった。そうしようとしたけれど、体が言うことを聞かず動けなかった。脚に力がはいらずに立てない。

アリーシャが身を乗りだした。「あなたがまだここにいて、わたしに話をしているのは、ジェイソンの死がわたしの責任じゃないとわかっているからよ。あなたの責任じゃないこともね」

わたしは首をふり、暴風に逆らって頭をあげる馬のように、勢いよくクッションに背を預けた。話すのにも聞くのにも感じるのにも疲れた。だが、わたしの知るかぎり最高のカウンセラーであるアリーシャは、根気よくつづけた。「ルビー。あなたは自分の鋭い感覚が、自分自身や愛する人たちを危険から守るという信念を抱いている。そのことについて話しましょう。世界が自分の肩にかかっているみたいに感じてるよね。あなたはアトラスが受けた究極の罰を進んで引き受けようとしている――世界を背負うことを。でもあなたが罰を受ける必要はないのよ。あなたはタイタンでもない。人間なの」

わたしは何も言わなかった。何もことばが出てこなかった。なぜなら自分の小さな手が、ダンカンの足首をつかんでいる感触がよみがえってきたからだ。口の中にピーナッツと安っぽいミルクチョコレートの味がする。イヴリンを道路におびき出したときの、激しい雨音が聞こえる。わたしが用心するだけで、自分も愛する人たちも守られて、世界をよりよい場所にできるのだ。

アリーシャはことばを継いだ。「それはゆがんだ信念よ。悲劇も悲しみも、人生の一部なの。避けることはできない。どれだけ賢くて強くて勇気があって注意深くてもね。わたしたちにできるのは、悲しみへの反応をコントロール……ルビー？　どうしたの？　聞いてる？」

わたしはほとんど聞いていなかった。アリーシャがジェイソンの死に関してわたしに言っていることは、わたしがデリックの死に関してガブリエルに言っていることとまったく同じだ。いらいらして、息が詰まりそうだった。まだ受け入れられなかったけれど、それが正しいことはわたしにもわかっていた。

翌日、ガブリエルがわたしの向かいにすわっていた。新しい黒のタイトなジャンプスーツが青白い肌を完全に隠している。深紅に塗った唇を少し開いては閉じている。何度もやっているので、わたしは水から出された金魚を連想した。

わたしは言った。「何か話したいことがあるのね。でもまだ切りだせずにいる」

ガブリエルはうなずき、赤い唇を引き結んだ。「けさハンナの店に行ったの。この〝ヴァンパイア・イン・ザ・サン〟の服を買ったのよ」

わたしはつぎのことばをおそれた。「よく似合ってる」

「ありがとう。あの、それでね。ご主人が亡くなったと聞いたんだけど。ほんとうなの？　だいじょうぶ？」

わたしの世界のバランスがまたしても崩れた。だれが、わたしの人生の何を知っているかを、頭の中で計算した。ハンナはダンカンのこと、もちろん父親のこと、そしてジェイソンのことを知っている。ガブリエルはジェイソンのことを知った。わたしの家族はダンカンとリチャードのことを知っている。ジェイソンのことも。でもイヴリン・Wのことは知らない。ドン博士をはじめ、何人かの同僚とアリーシャは、イヴリン・Wが死んだこととジェイソンのことを知っているが、ダンカンとリチャードのことは知らない。アミーナはマイアミへ来たとき、リチャードのことを知った。そしてジェイソンのことも知っている。仲のいい友達だから葬儀に来てもらったのだ。けれどダンカンとイヴリン・Wのことは知らない。わたしは計算しながらぞっとした。おそろしい考えが浮かび、頭をがんと殴られた気がした。ジェイソン殺害の容疑で逮捕されるばかりか、万が一、有罪判決でも受けたら、わたしの頭の中の象たちはみんな表に引きずりだされるだろう。子どものころ、ぜったいに行かなかった邪悪なサーカスのように、通りをパレードさせられるのだ。家族も、友人も、同僚も、近所の人たちも、患者も、通りの先にある店でわたしのカフェラテを完璧《かんぺき》に作ってくれる男の店員も、だれもが四人の死者のことを知る。背筋を冷たいものが走り、わたしはつかのま、ジェイソンと、ふたりで過ごすはずの人生を失った激しい怒りを忘れた。

ガブリエルがわたしのようすをうかがっている。自分の質問が、わたしをひどく落ちこませたと心配しているのだ。たしかにそうだけれど、彼女が思っている理由とはちがう。

わたしは言った。「ええ。夫は亡くなったの」

つぎに来る質問は、〝どうして亡くなったの？〟だ。そのつぎが〝いくつだったの？〟。そしてそのつぎは〝お子さんは？〟。子どもがいたら、わたしだけが残されるよりも、もっと悲劇だというように。ガブリエルがつぎの質問をするまえに、わたしはジェイソンが一型糖尿病を患っていたことを話した。あまりに早すぎる死だったし、悲しくてたまらないけれど、わたしならだいじょうぶだと言った。カンガルーが死んだことを伝えたときとちがって、わたしは平静を保つことができた。たぶんガブリエルが泣かなかったからだと思う。わたしに同情はしているけど、ジェイソンと感情的なつながりがあったわけではないからだ。ガブリエルは言った。「わたしの話をするのが申し訳ないみたい。つまらないことなのに。あなたが経験したことにくらべたら」

わたしはうなずいた。「それがふつうの感情よ。つまりあなたは、誠実で思いやりがある善良な人だということ。わたしが夫のことをクライアントに話さなかったのは、そんな感情を抱いてほしくなかったからなの。ハンナも黙っていればよかったのに。でももう言ってしまったものはしかたないから、もしあなたがそうしたければ、もう少しこの話をしましょうか。それとも本題にはいる？　ただ、自分の問題をつまらないことだなんて、ぜったいに思わないで。あなたの問題も、ほかの人の問題と同じように重要なことなのよ。とくにわたしの問題と同じようにね」

ガブリエルのカウンセリングを担当するのは楽しかった。もしちがう出会いかたをしていたら、友達になっていたかもしれない。聡明《そうめい》でユーモアのセンスがあり、皮肉を理解して、心の内側を進んで探ろうとする、すぐれたストーリーテラーだ。退屈な人たちの話に何時間も耳を傾けたあと、もうすぐガブリエルがやってくると思うとほっとした。二人がけのソファにすわり、なんでもないできごとを生き生きと表現しながら、自分の人生や感情について語るのを聞くのだ。わたしはガブリエルの書いた記事をすべて読み、そのことを本人に伝えた。キャリアの面でも、そして何より自己成長の面でも、大きく前進している彼女を誇りに思った。ガブリエルが自分の心を深く探るにつれ、書く文章に深みが増していく。カウンセリングの思わぬ効果だ。カウンセラーにも親と同じように好き嫌いがある。顔には出さなくても、それは無理のないことだ。結局のところ、わたしたちは人間なのだから。わたしはガブリエルが大のお気に入りだった。わたしは逆の立場でカウンセリングルームのソファにすわりながら、アリーシャもわたしに対して同じように感じていてくれたらと、よく思った。

そういうわけで、わたしはガブリエルに本心を打ち明けることにした。もちろんカウンセラーとして、越えてはいけない一線を越えないように気をつけた。ガブリエルなら、ちゃんと自分の中で処理してくれると思った。アリーシャが、わたしの影響を受けてマイアミへ引っ越した事実を、わたしがちゃんと処理できると考えたように。わたしはガブリエルの苦しみを、いまは自分のことのように感じていると言った。わたしも自分のくだした判断を何度も反芻《はんすう》していること、ジェイソンの死の責任が自分にあると思わないようにしていることを話した。わたしは洗いざらい自分の気持ちを打ち明け、ガブリエルの問題に話をもどして、デリックの死の責任が自分にあるという考えはまちがっていること、ひとりぼっちでこの苦しい旅をしているのではないことをわかってほしいと言った。わたしたちはいま、同じ苦しみを分かち合い、不合理な罪悪感と闘っているのだ。

　カウンセリングを受けるうちに、ガブリエルの精神状態は上向いてきていたが、あの悲劇の夜以来、だれとも付き合おうとしなかった。かつてセックスやデートを楽しんでいた二十代前半の魅力的な女性にとって、これは健全なことではない。だがわたしがそれについて尋ねると、いつも同じ答が返ってきた。

「なんの意味があるの？　まだほとんど知らない相手だったのに、文字どおりわたしのために死んだ男性を超える人なんていると思う？　わたしを助けるために命を投げだした人を？『まあ、高級チョコレートをありがとう、ボブ。ところで、わたしのために銃のまえに飛びだしてくれる？　デリックはやってくれたんだけど』」

　ほとんど知らない相手だったからこそ、ガブリエルの心の中でデリックは欠点のない完璧なヒーローになった。子どもだったジェイソンが、遠くにいるガートルードを完璧な母親に仕立てたのと同じだ。そしてデリックの神話は、ガブリエルがだれかに恋愛感情を抱くのを妨げていた。

　わたしは言った。「わたしたちがつぎに取り組むのは、ほかの男性をデリックと比較するのをやめることよ。別の視点から、その人自身のいいところを見るの」だがそのことばが口から出たとたん、わたしはこれがいかに非現実的な提案であるかに思いいたった。相変わらず頭が切れて勘のいいガブリエルは、わたしの心の動きに気づいていた。「なるほど。じゃあ、あなたもまただれかに恋をして、ジェイソンとくらべないようにするのね」

　患者に私生活を知られすぎて困る問題のひとつはこれだ。わたしの言ったことをそのまま投げ返してくる。わたしは慎重に言った。「いつかそのときが来たら」そのときふと、ローマンにジェイソンとの結婚生活について訊《き》かれたときのことを思い出した。いいことも悪いことも含めて、たくさんの思い出が胸にあふれた。わたしはジェイソンを愛していたが、彼は完璧な人間じゃなかった。完璧な人間などいない。ひとつの考えが徐々に形を取りはじめた。これでガブリエルを救えるかもしれない。

わたしは言った。「あなたがまえに進めないのは、デリックについてはっきりわかっているのが、自分の命を助けてくれたということだけだからよ。あなたの心の中で、彼は完璧な存在になっているの。いまからでも遅くないから、デリックのことをもっと知ったら？　ご両親やきょうだいに連絡するとか。きょうだいはいた？」

ガブリエルは言った。「わからない。『兄弟や姉妹はいる？』なんてことを訊く雰囲気にさえならなかったから」

わたしは最初のデートでするような質問をしなかった、宇宙人みたいなジェイソンのことを思い出した。思わず笑みがこぼれそうになるのをこらえた。ジェイソンの思い出の中には、わたしを幸せな気分にしてくれるものがたくさんある。でもすぐに現在へ引きもどされ、彼はもういないという現実に打ちのめされる。新しい思い出が増えることもない。わたしはガブリエルに焦点をもどし、これからやることを伝えた。デリックの人生を調べてみるのだ。「ご家族や友達、同僚、それから昔の恋人にも連絡をとって。その人たちを通して彼を知るの。きっとすばらしい人だったと思う。勇気があって無私無欲で、あなたの命を助けてくれた。それでも三次元の人間であることに変わりはない。欠点だってあったはずよ」

ガブリエルは理解した。物書きとしての脳にすぐ、記事を書いている自分の姿が浮かんできた。デリックの人生にいた人々と接触し、ほとんど何も知らないまま恋に落ちた相手から卒業するまでの旅を、カタルシスとして文章にするそうだ。

ガブリエルが出ていったあと、わたしの怒りは少しおさまっていた。アリーシャは正しかった。わたしは悲嘆のプロセスを進んでいる。仕事をしたり患者に会ったり他者を助けたりすることは、この深い悲しみと孤独に溺《おぼ》れそうな時期にあって、わたしに目的意識と平穏を与えてくれた。わたしは受容の段階へ少し近づいた。だが、殺人課のキース・ジャクソン刑事はそうではなかった。

37　証拠

近所の人々が窓や玄関ドアから外をのぞき、この騒動を見逃すまいと車寄せへ出てくる。みんながわたしの叫び声を聞いたにちがいない。「持っていかないで！　うちの猫のよ！　それがないとだめなの！」

簡素な白いつなぎを着た男が、インスリンの容器がはいったビニール袋を持ち、わたしを無視して歩きつづける。すべてを指揮しているジャクソン刑事が、わたしに近づいてきて言った。

「申し訳ないがお預かりします。証拠品かもしれませんので。ホランダーさんは低血糖で亡くなりました。インスリンの過剰投与が原因で」わたしはさらに叫びたかった。〝ジェイソンが一型糖尿病だったことを知っているくせに、ばかじゃないの！〟腹を殴ってもやりたかった。頭で考えるより先に体が動きだし、わたしは巨体の刑事に飛びかかろうとした。ローマンが腕をつかみ、わたしを引きもどした。「よせ」ローマンは言った。「そんなことをしても意味がない。逆上するなんてきみらしくないぞ」

ジャクソン刑事は、同情したようなこばかにしたような顔で、わたしを見おろして言った。「インスリンのことならだいじょうぶでしょう。ハミルトン博士が喜んで新しい処方箋《しょほうせん》を書いてくれますよ」刑事はわたしをまた怒らせようと挑発している。わたしが手をあげれば警察官への暴力で現行犯逮捕できるし、そうでなくても、証拠になりそうなことをうっかり口走るかもしれないと思ったのだろう。だがわたしにはローマンがついているのだから、そんな罠《わな》にはひっかからない。わたしはプライドを捨て、こちらを見ながらひそひそ話している近所の人々と目を合わせないようにした。けれどわたしは何も悪いことをしていない、と思いなおした。わたしは夫を殺してなどいない。そこで背筋を伸ばし、近所の人々の目をまっすぐ見た。隠していることなど何もないと示すために。

警察署でジャクソン刑事と話してから、二カ月が経っていた。わたしがおそれ、ローマンが予想したとおり、刑事はわたしの容疑を固めるためにひそかに捜査をつづけていた。そしてとうとう家宅捜索令状をとるにいたった。ローマンはこうなることを予期し、数週間まえからマイアミに滞在して、リモートで仕事をしていた。警察がいつやってきても、わたしのそばにいられるように。

家の捜索がつづいているあいだ、ローマンとわたしは車寄せにとめた車の座席にすわっていた。頭と体を冷やせるように、エンジンをかけっぱなしにしてエアコンをつけている。ミスター・キャットはキャリーケースにはいって後部座席にいる。こうしておかなければ、おおぜいの人が押しかけて家じゅうをひっくり返している光景にパニックに陥り、外へ逃げてしまって、二度と見つからないかもしれないからだ。ミスター・キャットはこの状況が気に入らないらしく、大きな声で鳴いている。わたしは声をかけた。「わかってる。ごめんね、そうだよね」

ローマンが部下に命令をくだすジャクソン刑事をちらりと見て言った。「きみがやったと確信しているな。ぜったいに逮捕する気だ」

「わたしはやってない」

「もしきょう証拠が見つからなくても、ずっと探しつづけるだろう。たまにお目にかかるよ。本気で仕事に取り組み、時間外労働の限度を超えても無給で働くいい警官だ。自分がすでに確信していることを証明しようとしてるんだ。ぼくらの業界では、ああいう人物を〝熱狂的信者〟と呼んでいる。情け容赦ない」

皮肉なのは、いつものわたしなら、そういう人物に敬意を抱いていたことだ。自分も同じタイプだから。捜索が終わるのを車で待ちながら、わたしはローマンの腕時計が時を刻む音が聞こえるような気がした。でも彼がつけているのは、音を立てない超高級時計だ。かちかちという音は、わたしの頭の中で鳴っていた。

そのとき、わたしのラップトップが証拠品用のビニール袋に入れられ、家から運びだされるのが見えた。おそらく技術班が〝殺人〟〝完全犯罪〟などの不穏なワードで検索した履歴を調べるのだろう。わたしが何かを隠すため、メールのほとんどを削除したとあやしむかもしれない。警察はわたしが机の引き出しと同じように、パソコンの中身を常にきれいに整理していることを知らないのだ。がらくただと思ったものはすぐに削除する。証拠を消すためではない。神経質で几帳面《きちょうめん》な性格だからだ。

警察はすでに通信記録を入手する許可も得ているはずだ。ミスター・キャットの処方箋を書くハミルトン博士のことを調べるために。取調室でしたように、わたしを動揺させる目的で、博士と連絡をとっている芝居を打つ必要はない。この時点で警察はもう博士に連絡していた。この数年、エリーとジェイソン以外で、わたしが電話やメールでたびたび連絡をとっていたのは、やや長い漆黒の髪と黒い瞳《ひとみ》を持つ、おそろしくハンサムな四十数歳の獣医師だ。おまけに最近、離婚までしている。熱狂的信者なら、浮気を疑うのも無理はない。夫殺しのもうひとつの動機だ。

最初の診察以来、ハミルトン博士とはずっと付き合いがあった。わたしは野良犬を治療する博士の活動に寄付をした。博士はわたしの少年院でのボランティア活動に寄付をした。ミスター・キャットの定期健診で年に二回は会っていたし、それ以外にも、脚をけがしたり歯石がたまったりしたときに診せていた。カンガルーが来てからは、通院の回数がさらに増えた。カンガルーはわたしの化粧落とし用シートを三枚食べ、腹痛を起こした。とがった岩にすわり、脚を切ったこともある。また、羽毛アレルギーを発症したので、特別なシャンプーも必要になった。ペットが二匹いれば、しょっちゅう何かあるものだ。発疹《はっしん》が出たり、切り傷を創ったり、鼻がいつもより乾いていたり。

カンガルーが死んだとき、ハミルトン博士は美しい花束を贈ってくれた。添えられたわたしとジェイソン宛てのカードには、お悔やみのことばとともに、博士自身もカンガルーがいなくなって悲しいと綴《つづ》られていた。何かあったら遠慮なく連絡してほしいと、携帯の番号も書き添えられていた。わたしはテキストメッセージでお礼を送った。やがてミスター・キャットが糖尿病を発症し、毎日のインスリン注射と食餌《しょくじ》管理が必要になったとき、メッセージを送る回数が一気に増えた。ときには夜遅くなることもあったが、内容はほとんどミスター・キャットのことだった。

当然ながら、ハミルトン博士ことマルコ（付き合いが長いのでもうこう呼ぶようになっていた）も不倫を否定した。ジャクソン刑事がクリニックにあらわれるとすぐに、わたしに電話してきた。根掘り葉掘り訊《き》く刑事に、わたしが長年のクライアントであると説明したそうだ。マルコはわたしのペットを診る獣医師であり、いまでは知人から友人になっているけれど、断じて不倫相手ではない。裸の写真も、きわどいメッセージも送っていない。わたしたちがカフェのテーブルの下で手を握りあっているのを目撃した人もいない。ただローマンは、〝ない〟ことを証明するのは不可能だと言った。ジャクソン刑事はわたしがマルコに惹《ひ》かれていると決めつけている。何しろ愛猫の命の恩人なのだ。それにこの種の専門スキルは、とてもかっこよくてセクシーだ。女ならだれでもぐっとくるだろう。

　刑事の考えていることは完全に的外れだ。わたしは浮気などしていない。でも彼が愚か者だとも言えない。マルコが動物の気持ちを思いやりながら、自信を持った手つきで処置をするのを見ているとき、とりとめのない空想を描いたことの一度や二度はたしかにある。マルコはやさしくて強い。おだやかで堂々としている。わたしは彼にベッドで指示される場面を思い浮かべた。

「さあ、仰向けになって」「さあ、キスして」「さあ、脚を開いて。いい子だ」

　でもジェイソンの死をときどき想像したのと同じように、マルコについてのこうした想像も、他愛なく健全なものだ。わたしは臨床心理士だからわかっている。気まぐれな空想をすることと、実際に行動に移すことはちがう。ローマンに嘘はついていない。ジェイソンを裏切ったことはない。一度もない。肉体的にも、精神的にも。問題は、ジャクソン刑事がしかるべき先に何本か電話をかけたら、〝あった〟ことをいずれ証明するだろうということだ。

　野次馬がさらに増えてこちらを見物している。同じブロックの端に住んでいる女性が、アイスコーヒーを飲みながら首を伸ばしている。わたしの人生が崩れるようすが、見世物であるかのように。警察は同じ通りの住民全員に聞き取りをするのではないだろうか。あるいはもうすませているかもしれない。リチャードの死体が発見された朝、ヴェイル家の近隣住民にしたのと同じ質問をするのだ。ホランダーさんの家から怒鳴り声のようなものが聞こえたことはありますか。夫妻が殴り合いのけんかをしているのを見たことは？　ジェイソン以外の男性が、妙な時間に家に出入りするのを見たことは？　または女性が？　住民の記憶を呼び起こすことを期待して、マルコの写真を見せさえするかもしれない。

わたしはかつて親切だった近所の人々を見まわした。ほんの数週間前まで、ベーグルやお悔やみのカードを玄関先に置いてくれていた人たちだ。だがいまは興奮した面持ちで、あれが夫を殺した女かという目でわたしを見ている。そのとき、見覚えのある女性の顔が目にはいった。ターコイズのイヤリングがちらりと見えた。とめた車の座席にすわり、わたしの家で繰り広げられている騒動をじっとながめている。でもこのへんの人ではない。つぎの瞬間、パズルのピースがすべてはまった気がした。そもそもなぜ、わたしが疑われているのか。なぜジャクソン刑事が、義理の母親を、結婚式にも実の息子の葬儀にも招かなかったことに触れたのか。

わたしはローマンのほうを向き、以前受けた質問の答を訂正することにした。「ローマン」わたしは言った。

「どうした、ルビー」

「わたしには敵がいるのを忘れてた。強敵よ。その女がいま、あそこにとまったベージュの車にすわってる。名前はガートルード・ホランダー。ジェイソンの母親よ」

38　ゴシップ

わたしはもともと、ものごとの交通整理がうまかった。しかし、信号が機能しなくなったいま、わたしは私生活に関する情報の流れをコントロールできなくなりつつあった。賑《にぎ》やかな大都市に思えるマイアミだが、ある意味では小さい町だ。警察の家宅捜索を受けたことを近隣の人々に知られた以上、家族に打ち明けないわけにはいかない。せめて自分の口から伝えたい。でもわたしは怖かった。

実家の居間で、ローマンと両親と集まった。言わなければならないことも、言ってはならないこともたくさんあった。壁が塗り替えられ、母は最近、椅子を張り替えていた。だがそれ以外は、幼いわたしが傷ついたミスター・バードの鳴き声を聞いたころから変わっていなかった。

わたしは最初から順を追って説明した。ジャクソン刑事がある日とつぜん訪ねてきたことから。わたしがジェイソンを殺したと疑われていることを、父と母に話すのはつらかった。ふたりは愕《がく》然《ぜん》とした表情を浮かべた。ことばを失い、この話にはきっと落ちがあると信じたいようだった。でもそうではなかった。わたしがたちの悪い冗談を言っているのではないとわかると、両親のショックは激しい憤りに変わった。親ならみんなそうであるように、ふたりともわたしの無実を信じていた。

わたしは義母のしわざにちがいないと言った。わたしを憎むあまり、警察へ出向いて、わたしが愛する人を殺したと告発したのだ。ガートルード自身、わたしの犯行だと信じているわけではないだろうが、これが息子を自分から引き離したわたしへの復讐《ふくしゅう》なのだろう。がたがたの正義の歯車を動かし、警察に調査を求めた。ローマンはコネを駆使し、ガートルードがジェイソンの死の翌日に、マイアミビーチ警察に連絡をとって面会したことを突きとめた。それればかりか、過去にわたしとつながりのあった人たちがとつぜん表に出てきて、わたしの悪口を言いはじめた。なかには、ほくそ笑んでいる者もいる。昔のボーイフレンドのセスもそのひとりだ。

ジャクソン刑事はわたしのことを調べあげ、タンパに住んでいるセスにたどり着いた。セスは嬉々《きき》として、付き合いはじめて一周年の記念日にわたしにプロポーズしたときのことを話した。わたしはセスに、愛しているけど若すぎて結婚は考えられないと言った。まだ若すぎて永遠の誓いはできない、と。そこへどういう運命のめぐりあわせか、イェール大学のマックスが、家族との退屈なクルーズ旅行でカリブ海へ行くため、マイアミに前泊することになった。マックスは船積場の近くの安モーテルに部屋をとった。軽くお酒を飲むつもりだったのに、七〇年代後半の黄緑色の下品なカーテンをよく見る暇もなく、気がつくとわたしたちは互いの服をはぎ取っていた。ことが終わったあと、わたしはセスを裏切ったことをひどく後悔したが、一方でどこか吹っ切れてもいた。やはりわたしはまだ結婚するには早いのだ。セスとは別れたほうがいい。別れを切り出すのは悲しくて、わたしは涙が止まらなかったけど、あることに思いいたって内心でにやりとした。元カレと寝てもリストの人数は増えない。

わたしの言いぶんと、セスが刑事に話したことが大きく食いちがっているのはまちがいない。セスから見れば、わたしは浮気者で嘘つきで、どんな悪事も巧みにやってのける腹黒い女だ。ジャクソン刑事にとって、わたしの人間性に関する証人としてこの上ない相手だろう。刑事の第一の目標は、わたしの人格を貶《おとし》めて殺人犯として逮捕することなのだから。

母はなんとかならないかと必死だった。「ガートルードという人を訴えられない？　ルビーがジェイソンを殺したなどと警察にでたらめを言ったのよ。名誉毀損《きそん》じゃないの！」ローマンは答えた。「無理でしょうね。ルビーが息子を殺したとあの人がほんとうに考えていないのかどうか、われわれに証明する手立てはありませんから。それに悲しみに暮れる母親を訴えるのは、世間受けがよくありません。たとえ訴えを起こすのが、悲しみに暮れる未亡人だとしても。そんなことをすれば、ルビーは完全に悪人になってしまいます」母は鋭く言った。「ルビーは悪人なんかじゃない！　どうしてこんなことになったの。あまりにひどすぎる……」消え入るような声で言い、張り替えたばかりの椅子に身を沈めた。打ちのめされた目が、明るい緑のペイズリー柄の生地に悲しいほど美しく映えている。母の気持ちはよくわかる。わたし自身も、どうすればいいのか途方に暮れていた。

自宅の近所にガートルードが車をとめているのを見たとき、わたしはローマンに、反撃に出られないかと訊《き》いた。実の息子を捨てたくせに、その子が大人になったら自分の都合のいいようにあやつっていたことを、マスコミに暴露すればいい。あの女はわが子の好きなケーキの種類さえ知らなかったのだ。ローマンは、だれかがガートルードの本性を暴いてくれたらそれに越したことはない、と言った。だがジェイソンの父親は死んでしまったし、友人たちも複雑な夫婦関係の細かいところまでは知らないだろう。ガートルードのほんとうの姿を見た人は、ほかにだれもいない。

わたしは椅子の肘《ひじ》掛けにすわり、母のほうへ少し身を乗りだした。父はペイズリー柄を背景にした慰め会にはまだ参加する気がないらしく、別の考えを口にした。「記者をしている古い友人たちに頼んで、その刑事のスキャンダルを調べてもらおうか。それでこの騒動を終わらせよう」ローマンが父を止めた。「もう私立探偵を雇って調べさせています。国内屈指の優秀な探偵ですよ。ルビーのことは安心してまかせてください。いまは何もしないことが大切です。おふたりはただルビーの支えになって、だれにも電話をかけないでください。だれにも、です。炎を煽《あお》りたてないために」父は納得し、ローマンの腕を力強くたたいて感謝の意を伝えた。「きみがもどってきてくれてよかったよ、ローマン」

両親が何もしなくても、炎は勝手に煽りたてられた。詮索《せんさく》好きな近所の住民が別の住民に電話をかけ、その住民が何年も話していない友達に電話をかけた。その伝わりかたは、まるでマルチ商法のようだった。〝ルビー・サイモンのことを聞いた？　そう、ご主人が夜中に亡くなったの。でも警察は彼女がやったと思っているみたい！　逮捕はまだだけど、家宅捜索したのよ！〟

炎は明るく燃えあがってあらゆる方向へ広がり、ハンナのもとにも届いた。その週、彼女から電話がかかってきた。「どうも、ルビー。いま話せるかな」ローマンからは、警察に盗聴されている可能性があるので、ジェイソンやそれ以外の三人に関することをいっさい電話で話さないように言われていた。けれどわたしは、警察に盗聴されている可能性があるなら、疑念を持たれるようなことをしたくなかった。

「あら、ハンナ。これから出かけるところなの。いまどこ？　もしかしたら行けるかも」

「店にいる」

「ちょうどよかった。近くに行く予定だから、あとで寄るね」

わたしはハンナの店へ足を踏み入れ、その広さに目を瞠《みは》った。しばらく来ていなかったので、ハンナがもともとの店舗の両隣のスペースも借りていたことを知らなかった。壁の一部を取り壊し、いまやすべての空間をオリジナル・ブランド〝ヴァンパイア・イン・ザ・サン〟の商品が占めている。わたしは自分が置かれた状況を一瞬忘れ、心からうれしくなった。

感嘆の声をあげた。「すごいじゃない！」

「ありがとう。できたらビルごと借りあげたいと思ってる。デパートとライフスタイル・ストアを造るの」

わたしが店内を見まわすと、ハンナはわたしから一歩遠ざかった。いつものようにぎゅっとハグすることも、「これを着てみて」と服を薦めることもしなかった。わたしはラックにかかった服をざっと見てまわることにした。だが適当に服に触れながらも、ほとんど見ていなかった。ハンナはわたしから離れたところで、ヴィンテージ加工のTシャツをたたんでいる。「あのね、ちょっと思ったんだけど。というか、思い出したの。ええと、つまり、あの夜のこと。わかるよね。うちの父が死んだ夜。あなたはまったく起きなかったの？　何か物音を聞かなかった？　帰ってきたあとに父を見なかった？」

〝ああ、なんてこと〟

わたしは無造作に服から手を離し、ハンナのほうを見た。向こうがわたしと目を合わせなくても、慎重かつ丁寧に答えなくてはならない。

「ううん。あなたとエリカを二階へ連れていったあと、三人とも気を失ったから」

「そうかな、あなたは気を失ってないでしょう。厳密には。だってしらふだったもの」

「そうだけど、あっという間に寝ちゃったのよ。へとへとに疲れてて。あの夜は踊りまくったし。そのあと甘いものを食べすぎて、血糖値が急激にさがったみたい」

ふたりのあいだの緊張がさらに高まった気がした。「いったいどうしたの。だいじょうぶ？

いままであの夜のことは何も言わなかったのに」

ハンナは高価なTシャツをたたみ終え、小さな山を作っていた。「だいじょうぶじゃないと思う。ジャクソン刑事が訪ねてきたよ」

わたしは流行最先端の深紅のセメントの床に、体が沈みこんでいく気がした。ここは正直に答えるのがいちばんだろう。「あの人はわたしがジェイソンを殺したと思ってるの。ジェイソンの母親が警察署へ行ってわたしを告発したのよ。ジェイソンが母親と疎遠になっていたことは知ってるよね。そのことを彼女は、ずっとわたしのせいにしていたの。でも、ジャクソン刑事はあの人の言うことを真に受けた。それでわたしが犯人だと思ってる」

ハンナはむっとした顔をした。「なるほど。そういえば、うちの母も父を殺したと疑われてたいへんだったのを思い出した。配偶者はかならず疑われるものなのね」

「ええ。ほんとうにたいへんよ」

わたしは慰めのことばを待った。だがハンナはこちらを見もしなければ、顔に同情の色を浮かべもしなかった。また別の服の山に近づく。こんどはなめらかでやわらかそうなレギンスで、ふたたびたたみはじめた。

ハンナは言った。「ジェイソンのことはひと言も言ってなかったけど」顔をあげてわたしを見た。まっすぐ切りそろえた前髪が、アイラインを完璧《かんぺき》に引き立てている。「刑事は父が亡くなった夜のことを知りたがってた。質問攻めにあったよ。あの夜は何時に家に帰ったか、どれくらい酔ってたか、それから、あなたが翌朝どんなようすだったか」

理由はわかっていたが、わたしはとぼけた。「どうしてそんなことを？」

ハンナもとぼけて肩をすくめてみせた。それから言った。「わたしはほとんど覚えてなかったんだけど、父が死んだとき、おでこに傷かなんかがあったみたい。キッチンから何かなくなったものはないか、しつこく訊《き》かれたよ。たとえば小型ナイフとか、何か凶器になりそうなものが。父の写真まで見せられちゃった。死に顔のね。おでこの部分を拡大したやつ」

わたしは大切な友達にそんなことをしたジャクソン刑事に、心底腹が立った。「ひどい！」わたしは言った。「あなたに死に顔の写真を見せるなんて」

「刑事が悪いんじゃない。あの人はただ、真実にたどり着こうとしているだけ」

〝まずい、まずい、まずい〟

ハンナはことばを継いだ。「わたしは覚えていないと答えた。あのころは、はちゃめちゃな生活をしてたしね。でも母に訊いてみたらと言っといた。母なら覚えているかもしれないからって」

「それが賢明ね」

「このわたしも、ときどき賢明になることがあるのよ」

「ハンナ、あなたは昔から賢明だった」

わたしたちはその場に立ちつくした。友情も選択も嘘も、もはやこれまでだ。

ハンナは言った。「いちばん奇妙だったことを聞きたい？」

わたしはうなずいた。話の展開がまったく読めなくなっていた。

「刑事はあの夜のエリカのことについて、まったく尋ねなかった。あなたのことだけよ」

わたしは平静を保ちつつ、怒りを含んだ口調で言った。「ええ、だってあの人はわたしを追いつめるつもりだもの」いまの時点では、ハンナも母親も、キーホルダーのチャームがなくなったことを覚えていないはずだ。かりに思い出したとしても、ジャクソン刑事がそれを見つけることはない。わたしの自宅にも、車にも、両親の家にも、オフィスにも。好きなだけ令状をとって、捜したいだけ捜せばいい。リチャード・ヴェイルが死んだ数日後、いつものボランティアの時間に、わたしはそのチャームを血まみれの五本のフラミンゴの羽根とともに、野鳥保護施設の土中深くに埋めた。木々の下、ほかの何百もの羽根が埋まった、湿った土と腐った有機物の中に。

ハンナはわたしを見た。まるではじめてわたしをはっきり認識したかのようだった。目をすがめ、ぶっきらぼうに言った。「店をうろつかないでもらえますか」わたしにここを出ていき、二度と来るなと言っている。でもわたしはまだ彼女の力になりたいと思っていることを、どうしても示したかった。ラックにかかっていたオリジナルの黒いペンシルスカートを手にとり、試着せずに買った。サイズが合うかどうかなど、いまさらどうでもよかった。

39　アンモニア

ジェイソンの死はわたしの人生で最悪のできごとだった。その想像を絶する苦痛に追い打ちをかけるように、わたしは彼を殺した疑いをかけられている。まるでガートルードがわたしの犯行を疑う人たちのコンガライン（前の人の肩に手をかけて一列になって踊るダンス）をはじめて、その列がどんどん伸びているかのようだ。まず、評判の高いジャクソン刑事。二番目がわたしの家や通信記録を調べる許可を出した判事。それからハンナ・ヴェイル。つぎに加わるのは、夫殺しの罪でわたしに戦いを仕掛ける野心家の検事だ。さらに多くの人をかき集めて、わたしが合理的な疑いの余地なく第一級殺人罪で有罪であることを、証明しようとするだろう。

ジャクソン刑事があの四枚の写真を使ったクイズ番組のトリックで、司法関係者の関心を惹《ひ》きつけ、わたしがとてものんびりしたタイプのシリアルキラーだと訴えるのはまちがいない。被害者が三十年間で四人？

ばかばかしい。もしわたしがほんとうにシリアルキラーなら、もっとたくさん殺している。ところが驚いたことに、ダンカンとリチャードとイヴリン・Wが死んだ現場にわたしがいた事実は、それほど重く受けとめられていないようだった。夫殺しにいたるまでのわたしの人生に起きた、ささやかなできごととしてあつかわれている。わたしが毎朝、ベッドから這《は》い出て仕事へ行き、よりよい人生を送れるように人を助けているあいだも、警察はわたしを冷血な殺人犯と断定するため、動機と状況証拠をかき集めていた。

形式上は内密のはずだが、ローマンは裁判所の噂を聞きつけていた。ローマンの説明によると、つぎは事件を引き受けた地区検事補が、大陪審のまえでわたしの犯罪の証拠をならびたてるという。有罪かどうかを決める裁判ではないけれど、正式起訴状を得るためのうさんくさい手続きだ。そこで起訴が決まれば、ジャクソン刑事がわたしを正式に逮捕する。そして裁判がはじまる。その結果、超厳重警備の刑務所で死ぬまで過ごす人生が待っているかもしれない。静かな家でひとりきり、これから先のことを考えていると、わたしはミスター・キャットのふわふわの体に顔を埋めて泣かずにはいられなかった。最後まで面倒を見られなくてごめんねと、何度も何度もあやまった。

ローマンから地区検事補と大陪審のことを聞いたのは、自宅のキッチンで二杯目の朝のコーヒーを飲んでいるときだった。ローマンは地中海風の冷たいタイルの上で腕立て伏せをしながら、今後わたしを待ち受けていることを説明した。彼が話しながらトレーニングをするのは、よくあることだった。やる気にあふれているのと同時に、緊張していることのあかしだ。それに、身体機能の高さを示すものでもある。複雑な法律の話をする合間に深く息を吸って、あらゆる筋肉に負荷をかけている。ローマンは、大陪審は長い道のりの最初の一歩にすぎないだろうと言った。

わたしは少しむっとした。ローマンほど優秀な弁護士がついているのに、なぜそんなことになるのだろうか。「でも大陪審は正式起訴を決めないかもしれないでしょう。そしたらそこで終わりよね？」

ローマンは跳ねるように立ちあがり、運動で紅潮した顔でわたしのほうへ歩いてきた。筋肉に見とれていないで、これから言うことをちゃんと聞いてほしいというように。「大陪審は、ほぼまちがいなく正式起訴状を発付する。完全に一方的なんだ。検事補が証人を指名して呼ぶんだが、もし拒否したら法廷侮辱罪に問われる。事件の内容を明らかにするときも、事実を都合のいいようにねじ曲げる。おまけに証拠もたいして求められない。きみを守る被告側弁護士もいなければ、手続きを順当に進める判事もいない」

「ちょっと待って。あなたはその場にいられないの？」

「ああ、いられない」

わたしはコーヒーを落とした。カップがアイランドキッチンのカウンターにあたって割れ、コーヒーが床にこぼれた。でもわたしにそれを気にする余裕はなかった。意識が遠くなっていく。乗っている救命用のゴムボートに穴があき、わたしは深海へ沈んでいった。深く、暗い場所へ。黒い斑点《はんてん》がまぶたの裏に広がり、やがて暗黒の空しか見えなくなった。わたしがスツールから落ちるまえに、ローマンが肩を抱きとめた。そしてわたしの体をふたつに折るかたちで、スツールにすわりなおさせた。

　そのとき玄関からジェスラがはいってきた。スペアキーを持っているのだ。きょうは週に二回の掃除の日だった。ジェイソンがいなくなり、そんなに散らかることはなくなったけど、わたしはもちろん彼女を雇いつづけていた。ジェスラは上半身裸のローマンが、背中を汗で光らせてキッチンに立っている光景を目にした。わたしが頭をかがめた状態で、かろうじてスツールに腰かけているところも。そのときわたしは意識がなかったけれど、あとから考えて、ジェスラが見てはいけないものを見てしまったと勘違いし、わたしへの尊敬を失ったのではないかと不安になった。

　ローマンはジェスラを見て言った。「気を失ったんだ」ジェスラは急いでわたしに駆けよった。床に膝《ひざ》をつき、シンクの下から掃除用品をいくつか取りだした。そのうちの一本の蓋《ふた》をあけ、わたしの真下の床にスプレーすると、強いアンモニアのにおいが立ちのぼった。わたしの顔に血色がもどり、じっとり冷たい肌がいつもの感触にもどった。黒い斑点も消えていく。わたしは顔をあげ、ジェスラを見て弱々しく微笑んだ。「ありがとう」ジェスラはうなずき、こぼれたコーヒーに目をやった。「ここはわたしが片づけておくから、あっちで横になって」

　ローマンが何も言わず、軽々とやさしくわたしをスツールから抱きあげた。傍目にはロマンティックな場面に見えただろう。恋のはじまりの場面だ。フィクションの世界にしかないような、めくるめくセックス。一九四〇年代のバーで、ハンサムな紳士がさっと身を乗りだし、美しい女性のたばこに火をつけるのに勝るとも劣らない優雅な身のこなし。でもそのたばこは、のちに癌《がん》を引き起こす。それにわたしはローマンの腕に抱かれても、セクシーな気分にならなかった。ぬいぐるみの人形にでもなった気分だ。それから、この感じは新郎が新婦を抱えて運んでいるようだと思った。

「おろして」

ローマンはすぐにわたしをおろした。

「自分でソファまで行けるから」

わたしはリビングルームのソファへ歩いていき、背筋を伸ばしてすわった。やっと自分らしさがもどってきた気がした。力と怒りが湧きあがってくる。「どういうこと？　どうして大陪審の場にいられないの？」

「裁判じゃないからだ。警察の取り調べでもない。きみ自身も行けないんだよ。だからきみを擁護する者はいないし、きみも何もできない」

わたしは事態を呑《の》みこんだ。地区検事補は善意の市民の一団に向かって、わたしの悪口を吹きこむつもりなのだ。わたしの過去から証人をひっぱりだしてきて。これほどの無力感はいままで覚えたことがない。ローマンがわたしを慰めようとした。ソファの隣にすわり、わたしをそっと引き寄せる。わたしはまだ裸のままの上半身の側面に寄りかかった。

ローマンは言った。「ぼくたちは優位に立っているんだよ。ふつう大陪審の標的は、自分の審理がおこなわれることさえ知らされない」

「標的？」

「ああ。被告人をそう呼ぶんだ」

「身も蓋もない呼びかたね」

「そうだね。でもぼくには知識と経験がある。いまはとにかく耐えてほしい。ぼくを信じてくれ」

わたしはドアのガラス越しに、こぼれたコーヒーをふくジェスラをながめた。そして自分の選択肢について考えた。何もない。大陪審は招集される。正式起訴はまず避けられない。わたしはいまや標的と呼ばれる身だ。ローマンとその手腕を信じるしかない。

40
煙

大陪審の手続きを見ることはできなかったが、わたしはそこでの話を断片的に聞き、頭の中の空白部分を最悪の予想で埋めた。それができたのは、標的の多くとはちがって、地区検事補が召喚したたくさんの証人の中に、まだわたしの味方がいたからだ。たとえばドン博士やマルコ・ハミルトンやエリー。結婚式が天国で、大好きな人たちがわたしを愛とサポートの繭《まゆ》で包んでくれていたとするなら、大陪審の審理は地獄そのものだ。その大好きな人たちがいま、望まない質問を容赦なく浴びせられ、その証言がわたしに不利に働くようにねじ曲げられている。質問の内容は口外しないよう警告されているものの、みんな召喚状を送りつけられて審理に引きずりだされたことに激怒していた。そして覚えていることをすべてわたしとローマンに喜んで教えてくれた。ローマンは、その情報が役に立つのはもう少し先のことだと言った。でもわたしはできるだけくわしいことを知り、最悪の事態に備えて心の準備をしておきたかった。

まずわかったのは、ジャクソン刑事が示した証拠とガートルードの証言をもとに、地区検事補がジェイソン殺害は衝動的な犯行ではなく、計画的な第一級殺人だと考えていることだった。検事補はわたしが今回の犯行に使われた方法に慣れていること、ミスター・キャットが共犯者であることを証明するつもりらしい。いわく、愛猫が糖尿病と診断されてから、わたしが完全犯罪を実行する方法を思いついたという。毎日二回、猫に注射をしていたから、針をあつかうのに慣れていた。そしてわたし自身も〝三型糖尿病患者〟（一型糖尿病患者といっしょに生活して世話をしている人をこう呼ぶ）であるため、インスリンが血糖値に与える影響を熟知していた。

検事補はわたしが猫用の極細の針を使い、ジェイソンかミスター・キャットの予備のインスリンを注射器に入れ、ジェイソンが寝ているあいだに検死で見落とされやすい場所に注射したと考えていて、善良な大陪審にもそう説明するつもりだった。たとえば古い注射痕《こん》とかに。しかもなんとも都合のいいことに、遺体は夫人の意向で火葬されてしまったので、疑わしい注射痕を調べたくても、再度検死をおこなうことは不可能だ。

わたしはこのやりかたで、夫のジェイソン・ホランダーに大量のインスリンを注射したということにされた。その結果、ジェイソンの血糖値は著しく低下した。ＣＧＭの警告音が鳴りはじめたが、ジェイソンはすでに意識が朦朧《もうろう》としていて、どうすることもできなかった。わたしは平然とそばに立ち、ジェイソンが死ぬのを待った。それから九一一番に電話をかけ、もう助からないとわかってから砂糖を口に押しこみ、取り乱した妻を演じた。糖尿病という、慢性疾患だがコントロールできる病は、わたしにとってジェイソンの死の格好の口実になった。わたしは死亡保険金を受け取り、ジェイソンが父親から相続した財産とコンドミニアムも手に入れ、愛人である獣医師のマルコ・ハミルトンと駆け落ちする予定だった。それからもうひとつ、あの日の朝、到着した警官による報告書に、わたしがショックで茫然《ぼうぜん》としていたものの、「そのふりをしていただけの可能性もある」と書かれていることも、検事補は大陪審に披露するはずだ。

ローマンはいざ裁判がはじまったら、ジェイソンの遺言書に火葬を希望するとはっきり書いてあるので、わたしの意向などではないことを指摘すると言った。そもそもわたしへの疑い自体が、荒唐無稽《むけい》な状況証拠をこじつけたものであるとも。そしてジェイソンと母親が疎遠になっていたこと、記録によるとその母親こそが警察に連絡してわたしを殺人で告発し、みずからのつまらない復讐《ふくしゅう》をはたすために司法システムを平然と悪用して、勤勉な納税者がおさめた税金を筋違いの怒りで無駄遣いしていると訴えるそうだ。

わたしは一変した生活となんとか折り合いをつけようとしていた。毎朝起きあがり、待合室じゅうの人がわたしに関するくだらないニュースに耳を傾けていることを知りながら、やるべきことをやった。ある日、ローマンから電話がかかってきた。わたしが仕事中だと知っているはずなので、急ぎの用件にちがいない。わたしはいつも予定さえ許せば、五分か十分カウンセリングを延長していたけれど、厳密には臨床心理士との面接は五十分と決まっていた。そこでもう五十分を過ぎたからと言って患者を帰し、ローマンに電話をかけなおそうと考えた。ところが待合室にローマンがいるのを見て驚いた。わたしのオフィスへ来たのはこれがはじめてだ。彼がいると待合室が狭くなったように見える。わたしはローマンをオフィスへ招き入れてドアを閉めるまで、ひと言もしゃべらなかった。廊下にいるだれかに話を盗み聞きされないともかぎらないからだ。わたしは自分が聞き耳を立てるのが好きだったので、ほかの人も同じだと思っていた。

ローマンはサイドテーブルにラップトップを置き、わたしにすわるように言った。太い指で再生ボタンを押す。最初は何を見せられているのかわからなかったが、やがてその画質の粗い映像が四十一番ストリートとロイヤル・パーム・アヴェニューの交差点をとらえたものだとわかった。防犯カメラに雨があたっているせいで視界が悪いけど、まったく見えないわけではない。そのときスマホに目を落とした魔女の姿が映った。わたしははっとした。これは荒唐無稽な状況証拠とは言えない。

　魔女の隣に自分が映っている。肩が触れそうなほど近いので、わたしが動けばすぐにわかるだろう。一部始終が再生される。わたしが横断歩道へ一歩踏みだし、魔女がつられて道路に出る。わたしがさっと安全地帯へもどり、魔女が巨大なトラックに轢《ひ》かれる。画質が悪くて表情までは見えないが、あのとき自分がパニックを装い、大惨事から急いで目をそらしたことは覚えている。

　ローマンに何か言われるまえに、わたしは弁解した。「あの人はぜんぜん見てなかった。わたしのせいじゃない……それに、もしわたしのせいだとしても、法的には〝黙示の犯意〟でしょう。第二級殺人や故殺よりも証明がむずかしい。現実的にはほぼ不可能よね」

　ローマンの深刻な表情が一瞬、満足げな表情に変わった。感心しているのだ。わたしはLSATの勉強を手伝っているときに覚えたと教えた。でも知識を披露する時間はそこで終わり、わたしは猛烈な不安に襲われた。ローマンも深刻な表情にもどった。「きみがあの交差点にいたことをジャクソン刑事が知っていたのは、この映像を見たからだ。ぼくたちが警察署へ行くずっとまえから、このことを知っていた」

　わたしはさらに不安になった。「まずいわね」

「ああ、よくない状況だ」

「これをどうやって手に入れたの？」

「ぼくは仕事のやりかたを心得ている。きみが交差点のことを疑問に思っていたから、私立探偵に徹底的に調べさせたんだ。あのブロックには犯罪抑止のために防犯カメラが設置されている。マイアミビーチ市は古い映像の保存を、ずっとまえに廃止した。だがあの大型食料品店チェーンは、万が一イヴリン・Wの遠い親戚《しんせき》があらわれて和解金を要求したときに備え、トラック運転手に非がないことの証拠として、この映像を保存していた」

この映像によって自分が刑務所に入れられることはないとわかっていた。でもこれがマスコミにリークされ、ネットに投稿され、血なまぐさいＧＩＦの素材にでもなったら、わたしの人生は確実に崩壊する。人がわかった気になっていることと、自分の目で実際に見ることは、まったくの別物なのだ。わたしは社会的に抹殺されるだろう。

わたしはローマンを見た。心配で胸が詰まりそうだった。「それで、これからどうするの」

ローマンは言った。「食料品店チェーン内でこの映像にアクセスできるのは、ごく少数の人間にかぎられている。ぜったいに表に出さないよう、手を打っておいた。警察はともかくとして」

「手を打った？　どうやって？」

「ぼくの事務所は説得がうまいんだよ。それから、警察署内のだれかがマスコミにリークしたり、捜査関係者以外の人間にこれを見せたりした場合は、ジェイソン殺害容疑できみを逮捕するまえに、訴訟を起こして審理無効を主張すると言いわたしておいた。ジェイソンは正しいやりかたを望んでいるはずだ。そしてこれをニュース番組に渡すのは、正しいことじゃない」

わたしは少しほっとしてうなずいた。

ローマンは言った。「防犯カメラの映像がこれ以上、出てこないことを願うよ」棘《とげ》のあることばだった。わたしは不安の嵐に巻きこまれそうになった。さらわれるのが先か、台風の目にはいるのが先か。そのときオフィスのライトが光り、つぎの患者が待っていることを告げた。自分が途方もない問題を抱えているからといって、ほかの人の問題が消えてなくなるわけではないのだ。

それからの二、三週間、地区検事補が「火のないところに煙は立たない」と口癖のように言っていることを聞かされた。検事補が陪審員にイヴリン・Ｗについて語る姿が目に浮かぶようだ。

ええ、たしかに若干問題のある女性だったかもしれません。でも時間を作ってカウンセリングに通い、自分の問題に取り組んでいたのです。毎回五十分間、怒りの問題と向き合った勇気ある女性でした。ドン博士は宣誓のもと、わたしがイヴリン・Wを〝魔女〟と何度も呼んでいたことを認めるしかなかった。検事補はわたしがカウンセラーであり、だからこそイヴリン・Wにしたことはきわめて悪質で、弁解の余地はないと力説した。彼女を助けるべき立場にありながら、悪意あるあだ名で呼び、巨大なトラックで轢かれるように誘導したのだと。当然ながら、防犯カメラの映像を繰り返し陪審員に見せただろう。人は視覚に訴えられると弱い。

もうひとつ、ダンカン・リースという無垢《むく》で幼い七歳の少年が、悲劇的な〝事故〟により海で溺死《できし》したことも話しているにちがいない。その日わたしが同じ海にいたことも。そう、たしかにわたしはまだ五歳だった。だがすでに小学校のギフテッド教育を受けていた。狡猾《こうかつ》で知能が高く、人の話を盗み聞きすること、むずかしいことばを知っていることで有名だった。そしてその亡くなった少年こそ、わたしが世界でいちばん愛していると公言してはばからない姉をいじめていた張本人だった。家族を守るというのは殺人の強い動機になる。大陪審に召喚されたエリーは古傷をえぐられ、ダンカン・リースにひどいいじめを受けていたことも、髪をひきちぎられたことも、すでに立証されているとおり、ダンカンが溺死した日にわたしが海にいたことも、すべて事実だと認めざるをえなかった。「でも海はとても広いんですよ！」エリーはわたしの運命を決定する匿名の陪審員たちに向かって叫んだ。「ルビーはとても小さかったんです！」

エリーはそこで退席になった。役目が終わったのだ。そして建物を出るとき、ハンナ・ヴェイルが大股《おおまた》で中へはいっていくのを目撃した。頭を高くあげていたそうだ。そのあとの展開は容易に想像がついた。地区検事補はこう言っただろう。「家族といえば、ルビー・サイモンの親友の父親のリチャード・ヴェイルも、彼女が近くにいるときにとつぜんの死を迎えています。そう、ヴェイル氏はピーナッツアレルギーでした。喉《のど》が腫《は》れあがり、生きるために必要な酸素を吸えなくなったのもおそろしいことですが、眉《まゆ》のあたりに深い切り傷があって、当時は原因がはっきりしませんでした。ですがいま、ちがう視点から振り返ってみると、その傷は犯罪がおこなわれた証拠だったのです。何か先端がとがったものを持った、殺人癖のあるティーンエイジャーの少女と、もみあったときについたのでしょう」

先日、店を訪ねたときの氷のように冷たい対応を考えると、ハンナが検事補の言うことを進んで認めるのはまちがいなかった。ハンナの父親が死んだ夜、わたしはその家に泊まっていた。ハンナは泥酔して記憶がなかった。だから理屈の上では、何が起きていたとしてもおかしくない。わたしはハンナの寝室にずっといなかったかもしれない。こっそり一階へおりていき、父親を殺したかもしれない。動機？　これは大陪審なのだ——動機はまったく必要ない。サンデーの上に載せるチェリー程度のものだ。

それからマルコ・ハミルトン博士が呼ばれたが、検事補の目的はふたつあった。マルコはわたしとの情事をきっぱり否定した。ところが、大陪審に召喚され、わたしとの関係がプラトニックであると証言させられる状況に動揺していたため、ことばがしどろもどろになった。マルコはわたしがインスリンの使用方法を理解していたことについても、容赦ない質問を浴びた。また、ミスター・キャットにインスリンを注射するやりかたをわたしに教えたこと、わたしが注射器のあつかいに慣れていたことも証言させられた。

これらの証人の証言がすべて終わると、地区検事補はジャクソン刑事のことばを引用し、十六人の公平な陪審員に如才なく訊《き》いた。これまでみなさんのすぐそばで、とつぜんだれかが亡くなった経験はありますか。おそらくないでしょう。あったとしても、せいぜい一度ではないですか。

わたしとローマンは、密室の大陪審で何が起きているかを日々推量した。ローマンは実際の裁判になったら、これらの証言はひとつも証拠能力を持たず、わたしがほかの三人を殺害した罪で正式に起訴されることはおそらくないと言った。それでもガートルードが息子を殺害したとしてわたしを告発したうえ、ジャクソン刑事がわたしとはじめて会ったときに首筋の毛が逆立ったなどと言ったため、地区検事補はこれまでわたしの目のまえで三人がいわゆる不慮の事故で亡くなり、いまや亡き夫が四人目に加わったことを、陪審員に知らせるべきだと考えたようだ。四人という数は偶然を超えている。四人は不運なめぐりあわせではすまされない。四人はわたしがその中心にいて、彼らが太陽の周りをまわる惑星のように、わたしの周りをまわっていることを意味する。具体的な証拠がなくても、死者がこれだけいるという事実は、大陪審がわたしをジェイソン・ホランダー殺害の罪で正式起訴するかどうかを決定する材料のひとつになるだろう。「火のないところに煙は立ちません。そしてルビー・サイモンのまわりには、大量の煙があります」

41
告白

ひとり静かに椅子にすわり、自分の置かれた状況について考えていると、ふいに激しい怒りが湧いてきた。ジャクソン刑事はまったくまちがっているわけではない。漠然と歯痛を覚えた人間が、どこかに虫歯があることに気づいたのと同じだ。虫歯菌に侵された歯を勘違いしたとしても、口腔《こうくう》内に問題が生じたこと自体はまちがっていない。わたしはジャクソン刑事に一目置いているし、疑われたことに怒るのは筋違いだとわかっているが、それでも激しい怒りの感情を抑えられなかった。何よりも心を鋭くえぐるのは、わたしがジェイソンをほんとうに愛していたということだ。ジェイソンは善良な人で、わたしのいいところを引きだしてくれた。わたしは彼の子どもを産みたかった。マイアミで育っても、ジェイソンのかわいい南部訛《なま》りをほんの少しだけ受け継いでくれたら、と思っていた。ふたりでいっしょに歳をとり、かさかさしたしわだらけの手をつないで、ビーチ沿いのベンチで夕陽をながめたかった。

わたしの胸にも肩にも心にも、罪悪感はのしかかっていなかった。ダンカンとリチャードとイヴリンは死んで当然の人間だった。わたしは心のどこかで、わたしがジェイソンを殺していないと信じてもらえるなら、ほかの三人を殺したことをみんなに知られてもいいと思っていた。すべてを告白したい衝動に駆られることもあった。でもそれだけはだめだ。真実を打ち明けても、わたしの思うような結果にはけっしてならない。三人の殺害を認めれば、ジェイソンの死についても疑いが強まるだけだろう。世間に取引を持ちかけても無駄だ。〝お願いです。自分がしたことの責任はとります。だから信じてください。わたしは夫を殺してなどいません〟この選択肢はない。

それにエリーに知られるわけにはいかない。もしわたしがダンカンを殺したことを告白したら、自分のためにやったとわかるはずだ。そして最初の殺人をきっかけに、わたしがサイコパスへと変わっていったと思うだろう。わたしのやった犯罪すべてに責任と罪の意識を感じ、そのために人生が狂ってしまうにちがいない。そもそもわたしがダンカンを殺したのは、エリーの人生をよりよくするためだったのだから。いま真実を打ち明けたら、エリーの世界観も現実も、わたしがはるか昔に望んだものとは真逆になってしまう。

わたしはカウンセリングの経験から、人がつらい秘密を打ち明けるのは、自分の苦しみをだれかに手渡して楽になりたい一心からであることを知っていた。熱々のポテトみたいなものだ。〝ほら、早く、この熱すぎる秘密を受け取って。これ以上ひとりで持てないから〟これは身勝手で、本人のためにもならず、ただやけどする人を増やすだけの行為だ。わたしは自分の中の悪魔をだれかに押しつけたくはない。とくにエリーには。

カンガルーが死んだときの悲しみは、息もできなくなるほどだと思っていたけれど、あのときのわたしにはジェイソンがいて、いっしょに乗り越えることができた。ジェイソンがいなくなって何よりもつらいのは、夫を失った悲しみを彼に聞いてほしくてたまらないのに、そう思うたびに、もう話すことはできない現実を突きつけられることだった。もう二度と話せない。ジェイソンはわたしのまえから消え、永遠に手の届かないところへ行ったのだ。そしてわたしはこれからも悲しみつづけ、彼に会いたいと願いつづける。堂々めぐりでどこへも行きつかない願いだ。

わたしは孤独だった。打ちひしがれていた。ベッドはあまりに大きく、日常はあまりに空虚だった。これから帰ると電話をかけることも、かかってくることもない。どの幹線道路を使うかで口論することも。それですら、いまでは懐かしい思い出だ。失礼にならないようにディナーパーティを抜けるときのサインも決めていた。わたしが小さくあくびをする。するとジェイソンが主催者に、明日はルビーにとって重要な一日だと言う。そこでわたしが抗議する。「やめてちょうだい、せっかく楽しんでいるのに」これで根回しがすみ、ふたりで少しずつ出口に近づく。わたしたちはチームだった。あの人がいない人生はさびしすぎる。

テロメアの研究に一週間参加して得たリラックスの感覚は、とっくに消えていた。わたしは人生のコントロールを失った煉獄《れんごく》の中で、不安でいっぱいになっている。授業計画表もない。自分が法執行機関に調べられていて、いつ逮捕されてもおかしくないという事実は、ジェイソンの死の衝撃からわたしの気をそらしているところもあった。わたしは絶望的な悲しみから一時的に逃れ、不確実な未来への恐怖とパニックを覚えている。それでもさびしさと悲しみはまだ心の奥深くにあり、外へ出る機会を待っている。わたしの運命が決定するときを。わたしはただ、それが終身刑を言いわたされるときでないことを祈るしかない。

42 藁

ジェスラが掃除に来なくなった。ある日、姿を見せなかった。テキストメッセージを送ってみた。電話もかけた。返事はなかった。その週のうちにもう一度来る日があったけれど、やはり姿を見せず、連絡もなかった。まったく彼女らしくない。わたしは何度も電話したが、毎回、留守番電話につながった。車を運転して部屋までようすを見に行った。それまで二、三回しか行ったことはなかったけど、わたしは明るい青に塗装されたリトルハイチの建物を覚えていた。その地域の家賃は、マイアミビーチの水位と同様に上昇しつつあった。富裕層は内陸のほうへ引っ越し、下層階級の人々は外へ追いやられている。ドアをノックした。ジェスラは留守のようだ。わたしは彼女の息子が通っている中学校を知っていた。その子に話を聞こうかと考えた。ジェスラの身に何か起きたのではと心配だった。その午後、ローマンに電話した。ローマンは別の仕事でワシントンDCへ帰っていたが、一日に一度はこちらの状況を報告することになっていた。ジェスラが姿を消したことを伝えると、電話の向こうでローマンが目をすがめて、口をつぐむのが伝わってきた。何か知っているのだ。

「息子さんに連絡しないように。本人にも」

「でも――」

「ルビー。一日だけ待ってくれ」

その一日でローマンは、ジェスラが大陪審に証人として呼ばれたことを突きとめ、証言内容のコピーを裏ルートから入手した。マイアミへ飛んできて、作戦会議室の壁にもたれかかったまま、背中を下へずらして床にすわった。ローマンは飛行機の旅のあと、こうしてストレッチをする。それからわたしに紙の束を手渡した。わたしもローマンに向かい合って床にすわっていた。コピーを読みながら、悲しみに底はないことを思い知らされた。

イヴリン・Wの防犯カメラ映像やわたしのインスリンの知識よりも、ジェスラの証言ははるかに決定的だった。彼女が大陪審で言ったことは、わたしを精神的にも法的にも傷つけた。最悪なのは、わたしがそれを予期できなかったことだ。ジェスラとはわたしが十五歳のころからの付き合いで、わたしにとっては友達であり、母親のような存在でもあった。

ジェスラはわたしのことを大切に思ってくれていると信じていた。最低でも、好意は持ってくれてると思っていた。外出しようとすると、よくセーターを持っていくように言われた。映画館やショッピングモール、それに食料品店はとくに体が冷えるからだ。わたしが仕事でストレスを抱え、忙しくてまともに食事もとれないとき、バナナ一本とひとつかみのアーモンドを差しだして、それを食べてから出かけるよう念押しした。ティーンエイジャーのころのパーティ三昧《ざんまい》の日々から、断酒、セスとの別れ、ジェイソンとの同棲まで、ジェスラはわたしの人生の多くを知っていた。祖母の形見の小さなアンティーク時計の置きかたまで熟知していて、埃《ほこり》を払ったあとも、きっちりもとの位置にもどしていた。しかも、わたしたちは一方通行の関係ではなかった。わたしはジェスラの近親者がまだハイチにいることを知っていたし、内気でかわいい十二歳の息子が、それまで通っていた認定学校よりもずっといい人気のチャータースクール（教師や親、地域が地方自治体や国の許可を受けて設立し、公的資金によって運営される独立学校）に転校するのも手伝った。それで息子に連絡する手段も知っていたけれど、ローマンに止められた。

だがそれほど親しくても、わたしたちのあいだにはやはり溝があった。わたしはジェスラよりも立場が上だった。証言のコピーを読み、その事実に頭をがんと殴られた。ジェスラはわたしが用を足すトイレを掃除していた。本物の友情が芽生えたことなど、いままで一度もなかったのかもしれない。これはジェスラが、絶対的な力を持っていると感じる相手に対して、立場を逆転する絶好の機会だったにちがいない。わたしが〈クレムリン〉のトイレにはいってきて棒付きキャンディを買った瞬間から、ずっとわたしのことが気に入らなかったのだろう。そう思うと悔しくてたまらなかった。自分をひそかに憎んでいる相手を週に二度も家に招き入れるほど、わたしは人を見る目がなかったのだ。

ジェスラがどういう口調で証言したか、紙面からはっきり伝わってきた。立ち聞きしたわたしとジェイソンの口論をこと細かに、嬉々《きき》として大陪審に報告していた。ジェスラは数えきれないほどたくさんわが家へやってきた。わたしたちが朝、出勤の準備をするところを見ていた。カンガルーの死を嘆き悲しんでいるところも見た。どちらかが残業し、どちらかがキッチンで行ったり来たりしながら、電話で話すところも見ていた。子どもについて話し合っているのも聞いていたし、もし助けが必要なら、自分がベビーシッターになるとわたしに言ったこともあった。

どんな夫婦にもあるように、ジェイソンとわたしが声を荒らげたり、互いへの不満を爆発させたりする場面を、ジェスラは目にしていた。そしてこのときのためにメモでもとっていたかのように、わたしたちが互いに投げつけた辛辣《しんらつ》なことばを、ひとつ残らず思い出して詳述した。わたしが怒りの問題を抱えていて、ジェイソンに中指を立てているのを目撃したこともあると証言した。わたしが不機嫌そのものの顔で寝室へ行き、壁越しに中指を立てていたことを。ジェスラは悪いことばかりを拾いあげ、わたしとジェイソンの幸せな結婚生活を対立と罵倒《ばとう》の寄せ集めに作りあげた。わたしがジェイソンに殺意を抱いていたとしてもおかしくないと印象づける証言だった。しかもわたしがタイプAであり、願望を行動に移したのではないかと匂わせていた。ジェスラは実際、わたしが典型的なタイプAで、目標指向型の人々に関する科学的調査に参加したことも、進んで証言していた。

これらはすべて、ピカソの絵のように事実の相貌《そうぼう》をゆがめたものだったけれど、どれも嘘ではなかった。わたしは証言を読み進めた。ジェスラはわたしの悲嘆のプロセスについて多くを語っていた。愛犬が死んだとき、わたしがそのおもちゃに執着し、ひとつも手放そうとしなかったと言っていた。愛犬の毛が家からなくなるのがいやで、床の掃除さえ認めなかったと証言した。水入れも犬が生きていたときのまま置いてあり、やがて水が蒸発してなくなったと言った。犬のベッドやおやつやリードはそのままにしてあったとも。そのこと自体に違和感はなかった、とジェスラは述べていた。ただ、夫が亡くなったとき、一日ですべてを処分していたと言った。クロゼットを空にし、サーフボードを人に譲り、故人が好きだったダイエットソーダのグラスを箱詰めして寄付した、と。愛犬が死んだときと夫が死んだときのわたしの態度のちがいにジェスラはぞっとし、異常だと感じたそうだ。

この部分はまったくの嘘だ。カンガルーのときもジェイソンのときも、ジェスラはその場にいた。わたしがどちらのときもまったく同じように、いなくなった大切な存在を思い起こさせるものをすべて処分しようとしたことを、彼女はその目で見て知っている。わたしを陥れてジェイソンを殺害したと思わせるため、ジェスラは越えてはいけない線をためらうことなく越えたのだ。たとえば地区検事補がつかんでいた証拠が藁《わら》だとしたら、ジェスラの証言はラクダの背を折る最後の一本だった。そしてローマンが言っていたとおり、三週間の証言と一日の審理のあと、わたしはジェイソン殺害の罪で正式起訴された。

43　手錠

ガブリエルはわたしにひどく腹を立てていた。青白い顔にはっきりそう書いてあった。ワインレッドの二人がけソファにすわり、こちらをにらんでいる。命の恩人の家族や友達を見つけて話を聞くというわたしの提案が、最悪の結果をもたらしたからだ。デリック・ロバーツの記録はどこにも見当たらなかった。『マイアミ・ヘラルド』紙が銃撃事件を報じ、デリックの名前も記されていたものの、葬儀の詳細や続報が載ることはなかった。犯人が逮捕されていないのは明白だった。デリックはフェイスブックにもツイッターにもインスタグラムにもアカウントを持っておらず、オンラインに形跡がなかった。

わたしは訊《き》いた。「リンクトインは確認した？　アカウントを持っていても、サインインしない人もいるみたいだし」

ガブリエルはいらだちをあらわにした。「わたしだってそれくらい考えた。リンクトインにも名前がなかったの！」

ガブリエルは徹底的に調べたが、どこにもデリックは見つからなかったそうだ。運転免許証も、出生証明書も、高校の成績証明書も、保険証書もない。親族も友達も見つからず、まるで死ぬまえから幽霊だったかのようだった。ガブリエルは必死に訴えた。「あの人はほんとうに存在していたの？　何もかもわたしの幻覚だった？　もしかして天使だったとか？　それともわたしの頭がどうかしちゃった？　もうおかしくなりそうよ」

そんな姿を見ているのはつらかった。これまでふたりで取り組んできた多くのことが、渦巻く疑念と見えない真実に呑《の》みこまれようとしている。ガブリエルははじめて会ったころの彼女にもどりつつあった。わたしはいま置かれた状況について考えた。乗り越えることはまだたくさんあるけれど、いつかはゴールにたどり着けるはずだ。ガブリエルには自分が正常だと自信を持ってもらわなければ。頭がどうかしてなどいない。それを伝えようと口を開きかけたとき、オフィスのドアを乱暴にたたく音がした。ガブリエルは大きな音にぎくりとした。この部屋はいつも静かなのだ。聞こえるのは、二十三度の完璧《かんぺき》な室温を保つため、ときおり空調が作動したり止まったりする音だけだった。

わたしはガブリエルに小声で言った。「ごめんなさいね」それからドアのほうを向いて叫んだ。「カウンセリング中です！」でも、だれがノックしているかはわかっていた。待合室を突っ切ってやってくる人物など、ほかにいるわけがない。避けられない運命を、わたしはどうして先延ばしにしようとするのだろう。また立てつづけにノックの音がした。わたしは恐怖のあまり、避けられない運命を先延ばしにしている。

よく響く低い声が薄い木のドアの向こうから聞こえてきた。「あけていただけなければ、蹴《け》ってあけますよ」

わたしは何も問題はないとガブリエルを安心させたかった。このまま仕事をつづけたかった。だがいまはそれどころではない。わたしは立ちあがってドアをあける以外になかった。ふたりの制服警官とジャクソン刑事がはいってきた。ジャクソン刑事が口を開く。

「ルビー・サイモン。ジェイソン・ホランダー殺害容疑で逮捕する」

ガブリエルはショックで固まっていた。わたしを見て、まず困惑の表情を、それから傷ついた表情を浮かべた。まるでわたしが彼女を裏切ったかのように。ガブリエルの目は、逮捕という事実だけで、わたしがやったと思いこんでいることを物語っていた。

ガブリエルの反応は、わたしがいちばんおそれていることを突きつけた。わたしがやっていないと否定しても、信じてくれる人はいるだろうか。自信に満ちたおだやかな口調で話せば、潔白だと信じてもらえるのか。それとも冷酷なソシオパスだと思われる？　逆上して「わたしは無実です！」と叫んだほうがいいのか？　みんなはわたしを信じてくれる？　わたしは人間の行動にくわしかったけれど、嘘をごまかすことにすっかり慣れていて、どうすれば今回は真実を話していると周囲に信じてもらえるかわからなかった。

わたしを逮捕するのは自宅でもよかったはずだ。だがジャクソン刑事はすでに近隣住民をわたしの敵にしている。こんどは仕事場へやってきて、わたしのキャリアを壊そうとしているのだ。制服警官の背の低いほうが、わたしの手を背中にまわして手錠をかけた。わたしはガブリエルのほうを向いた。ガブリエルは大きな目でわたしを見つめ、すぐにそらそうとした。何か言わなければ。わたしはなんとかことばを発した。「お願い、ガブリエル。わたしの椅子のそばにあるノートの一ページ目に書かれた番号に電話して。ローマン・ミラーよ。わたしが逮捕されたと伝えて」ガブリエルは何かを言いかけた。きっと「どの口でそんなことが言えるの」とか「いやよ。巻きこまれたくない」とかだろう。でもわたしはそれを制した。「お願い」わたしは繰り返した。「お願い」

44　拘置所

警察署へ向かう車の中で、わたしはひと言も口をきかなかった。いっしょに乗っているのはジャクソン刑事ではなく、ふたりの制服警官だ。警察車両の後部座席は、汗とイチゴ味の風船ガムのにおいがする。シートは古くてくたびれてはいるものの清潔だ。動かないドアハンドルにひっかき傷がついている。以前ここに乗っただれかが、閉じこめられたことを信じたくなくてつけたのだろう。わたしが警察車両に乗るのは、これがはじめてだった。

警察署に到着し、複数の職員に身柄を引き渡された。みな業務がちがうので、微妙に服装が異なっている。わたしは入念にボディチェックされたが、乱暴なあつかいは受けなかった。所持品を袋に入れられ、顔写真を撮られた。あまりにも素早くことが進み、どんな表情をすればいいか考える暇もなかった。結局、無表情な顔で撮られた。それから指紋を採取された。少年院でボランティアをするときに採られていたため、すでにどこかのファイルに記録が残っているはずだ。わたしはお役所的で巨大な司法システムの無駄について考えながら、黙って手の力を抜き、十本の指にインクがつけられて紙に押しつけられるのを見ていた。レーザースキャナーを使っている部署もあるのだろうが、ここは旧態依然としている。

それからすわって待つように命じられた。じきにヴァンがやってきて、わたしを拘置所へ連れていくのだろうが、到着が遅れているようだ。散らかって騒々しい広間の壁いっぱいに沿って、硬い木のベンチが設置されている。天井の蛍光灯がいくつか切れているせいで、部屋全体が薄暗くて落ち着いた雰囲気だ。わたしはベンチの隅に腰をおろし、角の壁にもたれかかった。スマホを取りあげられたので、どれくらい時間が経ったのかわからない。でもわたしは五十分間隔で時間を計るのが得意だった。確実に数時間は待ったと思う。職員が未処理の仕事か何かについて不平をこぼしているのが聞こえた。だれかが病欠したとか、だれかがへまをして全体の予定が狂ったとか。わたしは出入りする人々に注目した。覚醒剤中毒者が引きずりこまれてわめいている。殴られたガールフレンドが、暴力をふるうボーイフレンドを勾留《こうりゅう》しないでと懇願している。盗まれたテスラがまだ見つからないと、主婦が文句を言っている。わたしは耳をすませてながめていた。

ほかにもいろいろ聞こえた。自分が殺人容疑で逮捕され、校長室の外にいる子どものように、こうして静かにしているのが現実のこととは思えなかった。ある意味でわたしは、人の話に聞き耳を立てていた五歳の自分と変わらなかった。そのとき、信じられないことが起こった。異なる色合いの紺のスーツを着たふたりの男が、休憩をとっていた。ふたりはわたしがいる別館をぶらつきながら、いくつかのキーワードを口にした。タイ料理店。銃撃事件。覆面捜査官。偶然耳にしたこれらのことばは、ガブリエルの人生を変えるものだった。わたしはすぐにでもここを出て、カウンセリングのつぎの段階へ進みたいと思った。自分のためではない。ガブリエルに話をしたくてたまらなかった。

　やがてわたしは新車のにおいがするヴァンに乗り、拘置所へ連れていかれた。後部座席にすわっているのは、わたしひとりしかいない。ここでもわたしは口をきかなかった。これから待ち受けていることのために、エネルギーを蓄えておかなければと思った。拘置所に到着するやいなや、雑居房に入れられた。同じ房にいる女たちを見まわし、だれがなんの罪で捕まったのだろうと想像をめぐらせた。だれが薬物で、だれが売春か。あるいは被害者のいないなんらかの犯罪か。わたしと同じように、殺人容疑で捕まった女はいるだろうか。

　わたしはジャクソン刑事がオフィスのドアをたたいたときよりもおびえていた。金属の棒が唯一の出口をふさいだコンクリートの雑居房にいると、自分の本来の居場所からとてつもなく離れたところに置かれた気がした。つぎに何があるかわからず、自由意志を剝奪《はくだつ》され、犯罪者といっしょに閉じこめられている。でもそのとき気づいた。この人たちはわたしと同じだ。わたしも犯罪者なのだから。わたしはゆっくり深呼吸をして神経を静めようとしたが、よどんだ空気が喉《のど》にからみついて、うまくできなかった。

　女たちのうち三人は、すでに生涯の友人どうしのようだった。実際に昔からの友達なのか、この一時間で友情を結んだのかはわからない。質問して会話に加わろうかと思ったけれど、やめておくことにした。そして黙って話に耳を傾けた。こうしておけば、とりあえず問題はない。三人は建設ラッシュでマイアミの交通渋滞がひどくなったと話している。みんなこの世界で生活し、ほかの人々と同じように渋滞を経験しているふつうの女なのだ。

ひとりの女が房の隅で体を前後に揺り動かし、ひとり言をつぶやいている。勾留ではなくメンタルヘルスケアが必要なのは明らかだ。五人目の女がこちらを見ている。拘置所というところは、想像していたのとまったくちがう。悪人でいっぱいの狭い檻《おり》ではなく、陸運局で待っているかのようだ。

わたしを見ていた女が立ちあがった。大柄で太っていて、幼さの残る顔に一生ぶんの苦悩が刻まれている。わたしのほうへ向かってくる。わたしは体をこわばらせ、どうすべきか考えた。これまで本気で人を殴ったことも、殴られたこともない。激しいけんかをした経験はない。人は殺しているかもしれないが、わたしは暴力とは無縁の平和な人生を送ってきた。女が近づいてくる。心臓が激しく鼓動を打った。顔を覆ったほうがいいだろうか。大声を出して看守を呼ぶ？　こっちから先に殴る？　ああ、もう、どうすればいいの。わたしは水球選手のマイキーから、パンチのやりかたを教わったことを思い出した。衝撃で骨折しないように、親指をこぶしの外に出しておくこと。わたしはこぶしを握った。準備はできている。

そのとき大柄な女が言った。「ミス・S？」

緊張が解けてアドレナリンが引き、全身から力が抜けた。わたしはこぶしをほどいた。少年院でインターンをしていたとき、ジョイス・ブロディは子どもたちがわたしをルビーと呼ぶのをよしとしなかった。わたしがある意味で権威側の人間だったからだ。でも〝ミス・サイモン〟では堅苦しい感じがしたので、わたしはみんなに〝ミス・S〟と呼ばせていた。

「ええ」

「あたしよ。レネー」

「ああ、レネー！」

　わたしはしばらくレネーの体を抱きしめた。少年院で働いていたころ、身体的接触は明確な理由で禁止されていた。だがもうわたしは彼女のカウンセラーではないし、彼女も少女ではない。最後に会ったときから体重が増えて身長も伸びていたけれど、名前を呼ばれた瞬間に、その明るい茶色の目に気づいた。それにわたしは人の温《ぬく》もりが恋しかった。

　レネーは言った。「こんなとこで何してんの？　ボランティアかなんか？」

「そうだといいんだけど。残念ながらちがうのよ」

　レネーはわたしがここにいる理由を知りたいようだった。くたびれた顔にたくさんの疑問が浮かんでいる。でも口に出して訊《き》こうとはしなかった。わたしが彼女の立場だったらやはり気になるだろうと思い、話すことにした。

「夫が病気で亡くなったんだけど、警察はわたしが殺したと思ってるの」

「それはやばいね」

「でもわたしは殺してなんかない。無実なのよ」そう言ったとたん、渋滞の話をしていた三人が声をあげて笑いだした。ひとりが言う。「ここにいる全員が無実だよ。そうだよね、みんな」

　そのとき看守がやってきた。「コルティネス、行くぞ」

　レネーはわたしの腕にそっと手をかけて言った。「がんばってね。相手の目を見るんだよ。弱みを見せないように。いい？」

　わたしを励ますように、腕にかけた手に力を入れ、看守といっしょに歩き去った。わたしは小さく笑みを浮かべた——少なくとも、皮肉なめぐりあわせに感謝する気持ちは残っていた。それから自分の名前が呼ばれるのを待った。あと何分待つのか、何日待つのか、見当もつかなかった。

45
壁

一時間後、ローマンがわたしを迎えにやってきた。あと数分で独房へ移動させられ、ひと晩過ごすことになるところだった。その午後に罪状認否手続きがおこなわれ、わたしは判事のまえで無罪を主張した。ローマンはわたしがマイアミで生まれ育ったこと、地域社会と強い絆《きずな》があること、両親がまだマイアミに住んでいること、わたしの仕事が順調であることなどを挙げ、逃亡のおそれはないと主張した。判事は話を聞いたあと、二百万ドルで保釈を決定したが、その金額は殺人事件の相場の倍だった。街じゅうが注目しているので、一種の見せしめだ。そもそも、保釈が認められただけでも幸運だった。

わたしは自宅を担保にし、両親も家を担保にしてくれた。ふたりともわたしがジェイソンを殺したなどと、一瞬でも疑ったことはなかった。父も母もわたしをよく知っている。かりに結婚生活が不幸だったとしても、わたしなら不倫とかなんとかくだらないことをせず、とっとと離婚していたはずだとわかっている。それにわたしが金銭目的でジェイソンを殺したというのが、まったくの的外れであることも。もしわたしの人生最大の目的がお金であるなら、イェール大学を卒業したあと、心理学の博士号をとったりせずにビジネススクールへ行っていただろう。心理学は生計を立てるうえですばらしい分野だし、わたしはこの仕事に情熱を注いでいる。充実感もやりがいもある。キース・ジャクソン刑事やガートルードがなんと言おうと、金の亡者の人殺し呼ばわりされるいわれはない。

両親がわたしの無実を信じていると思うと、心が慰められた。それに生まれ育った家のおかげで、裁判までの数カ月間を拘置所で過ごさなくてすむ。そう考えると実家で過ごした思い出が、よりかけがえのないものに感じられた。あの家の壁に守られてわたしは成長した。そしてその同じ壁が、いまもわたしを精いっぱい守ってくれている。逃亡なんかして、あの壁を両親から取りあげるわけにはいかない。この街にとどまり、何が起ころうと立ち向かおう。

保釈金が支払われ、わたしはローマンとならんで拘置所を出た。わたしにとって大きなできごとのはずなのに、頭の中はガブリエルのことでいっぱいだった。警察署で耳にした話をいますぐにでも伝えたい。ローマンが用意していた車へ向かい、ふたりで歩いているとき、カメラを抱えたおおぜいの人が叫んだ。「こっちを見て！」「ルビー、あなたの犯行ですか」「答弁の内容は？」つぎつぎに写真を撮られ、わたしの思考はガブリエルから引き離された。どこを見て、どこを向けばいいかわからなかった。わたしはローマンを盾にするように身を寄せたが、意気地なしに見られたくはなかった。

ＡＢＣニュースのヴァンが前方にとまっているのが目にはいり、胃のあたりがぞくりとした。条件反射で気持ちが浮き立った。ジェイソンが来ている！　ずっと会いたかった。きっともうすぐ会えるはず。大きなカメラをたくましい肩に抱えたカメラマンのどれかが、ジェイソンにちがいない。そこで現実を思い出した。ここにいるわけがない。あの人は死んだ。だからわたしがここにいるのだ。悲しみが全身を貫いた。カメラのシャッター音が響く。何十人ものカメラマンが、わたしが悲しみに貫かれた瞬間をとらえていた。わたしの支援者はその写真を使うだろう。〝この顔を見てください。演技でできる表情ではありません。ルビー・サイモンはまちがいなく、警察とゴシップ好きな人々に人生をゆがめられた気の毒な女性です〟

だがコインには裏の面もある。わたしの有罪を確信している人々にも、とっておきの写真があり、〝故郷の街の夫殺し〟などという見出しの横にそれを掲載した。同じく拘置所の外で撮られたもので、強い悲しみの波が引いて少し経ったとき、わたしの口もとに苦笑いが浮かんだ瞬間を切りとった写真だ。ローマンが辛辣《しんらつ》な記者の群れをかき分け、わたしを車へと連れていきながら、保釈聴聞会の速記者がばかばかしいほどセクシーだったとささやいたときのことだった。ローマンの軽口にわたしはほっとした。人生がどれだけおかしな方向へ進もうとも、自分を支えてくれる変わらない存在があることを思い出したからだ。たとえば、お調子者のローマン。そしてわたしはかすかに口もとをゆるめた。何カ月も笑っていなかったから、笑みを浮かべるのはいい気分だった。だがわたしのその苦笑いをカメラがとらえ、保釈された冷酷な夫殺しの写真として、あちこちに出まわった。

ローマンは最悪のタイミングで最悪の冗談を言ったことをしきりにあやまったけれど、どのみちマスコミは、自分たちが求める写真をどうにかして手に入れるのだ。あのときではなくても、わたしが一瞬でもうれしそうな表情や、ほっとしている表情を浮かべたら、すかさず撮っていただろう。ローマンのせいではない。

人がいちばん密集しているところを抜け、これ以上ひどいトラウマを抱えなくてすみそうだと思ったとき、聞き覚えのある声がした。肌があわ立った。

「ルビー！」

わたしはざっと見渡した。群衆の端のほうに、地味な黒い喪服に身を包み、襟元にしゃれたカエルのブローチをつけた女がいる。ガートルードだ。わたしは駆けだして車に飛び乗りたい衝動に駆られた。あの女はわたしからたくさんのものを奪った。もう一秒もあの女のために費やしたくない。けれどわたしは立ち止まった。足に根が生えたように動かない。爬虫類《はちゅうるい》の脳が逃げるなと告げている。闘うのだ。わたしは胸を張り、じっと立っていた。わたしが動きを止めたことに気づき、群衆が静まり返った。聞こえるのはカメラのシャッター音だけだ。土埃《つちぼこり》の立つ町の真ん中でにらみ合い、いまにも銃を抜こうとしているふたりのカウボーイを見るように、全員の目がジェイソンの母親と妻に向けられている。

ガートルードは、わたしがわれを忘れてつっかかることを期待しているのだ。そして自分は冷静で正気で傷心の母親のふりをする。マスコミのまえで聖人のようにふるまう。そんなことはさせない。わたしは機先を制することにした。

感情を込めて、心から安堵《あんど》したように言った。「ああ、ガートルード。来てくださったのね！ あなたの応援が何よりもわたしの力になります。ありがとう」

ガートルードが返事をするまえに、わたしは車に乗りこんだ。ローマンもつづいてすぐに乗りこみ、ドアを閉めた。わたしたちは走り去った。どこかのカメラマンが、ガートルードのひきつった表情をカメラにおさめたのはまちがいないだろうが、わたしはその写真を見なかった。そんなことのために時間を使いたくなかった。

保釈後、わたしの〝すぐそばで死んだ〟四人のことがニュースになり、わたしはマイアミでもっともスキャンダラスな話題の人物になった。わたしの記事は、シャンパンルーム（ストリップ劇場で客が料金を払ってダンサーと過ごせる部屋）でストリップダンサーが外来種の爬虫類を違法に販売していた事件を二面へ押しやった。それにもうだれもマイアミ国際空港で起きたギャングの銃撃戦の記事を読まなくなった。市長が男娼《だんしょう》と覚醒剤《かくせいざい》を吸って逮捕された事件も、古いニュースになった。どれも地元の衝撃的なニュースだったが、とくに議論を呼ぶような事件ではなかったので、いつの間にか話題の中心からはずれていた。でもわたしの事件は、マイアミの世論を二分したため、相変わらず盛んに報じられていた。わたしのことを仕事熱心で親切で、愛情深い妻でありカウンセラーであると考える人たちがいる一方で、一紙が称したように〝パープルウィドウ〟だと考える人たちもいる。残酷な黒い未亡人《ブラックウィドウ》の呼び名を、わたしの好きな色でもじったものだ。

記者たちはわたしが紫の服を着ている古い写真を見つけだした。そしてわたしが紫のインクで署名したり書いたりしたものも。わたしのEメールは紫のフォントだった。玄関ドアも窓の飾り枠も、紫に塗装していた。ジェイソンはわたしが紫を愛していることを受け入れ、自宅のアクセントカラーに使うことに異を唱えなかった。

噂は坂を転がるように急速に広がった。〝わかっているだけで四人も死んでいるんだって！〟〝百人単位で殺してるかも！〟〝一本のペンをなくなるまで使いつづけると聞いた。完全なサイコね〟

パープルウィドウというあだ名が広まらないことを願ったけれど、やがてあらゆるメディアがそれを使いだした。ハンナは、ジャクソン刑事が訪ねてきてすべてをぶち壊すまで、わたしが父親を殺したなどと一瞬でも疑ったことはなかったはずなのに、いまでは完全にわたしがやったと確信している。そしてわたしに関するインタビューにいつでも応じ、高校時代の写真を見せ、わたしの悪名をビジネスに利用している。Tシャツに《パープルウィドウの犠牲者》とプリントした〝ヴァンパイア・イン・ザ・サン〟の商品を発売したのだ。初回販売分は一時間以内に売り切れ、全国のデパートでブランドの全商品をあつかうことになったそうだ。わたしは怒りを感じなかった。よかった、と思った。わたしの不幸でハンナが大金を稼ぐのならそれでいい。わたしがレイピストの父親を殺したのは事実なのだから。

　わたしの没落した人生から利益を得ているのは、ハンナだけではなかった。ジェイソンの元職場には内部情報という、ほかのニュース放送局にはない強みがあった。そして故人といっしょに仕事をしていたキャスターらのくわしいインタビューを放送した。わたしとも休日のパーティやバースデーパーティで顔を合わせたことのある人たちで、なかにはキーウエストの結婚式に参列した人もいた。

「ルビー・サイモンがジェイソン殺害事件の容疑者だと聞いて、ショックを受けましたか」

「彼女は冷血な殺人鬼に見えましたか。失礼、冷血な殺人鬼のように見えましたか」

「彼女に何かおかしい点を感じたことはありますか」

「ジェイソンは家にいると身の危険を感じると言っていたことがありますか」

「ジェイソンの身が危険にさらされている兆候のようなものはありましたか」

「さて、視聴者のみなさん、ご自身を守るためにどのような兆候に気をつければいいでしょうか。つづきは天気予報のあとで」

　ガートルードも何度もインタビューを受けていた。理性的で正直で、ひとり息子を喪った悲しみに耐える母親として。こんなことまで話していいのかとためらうふりをするとき、ガートルードは金のカエルのチャームがついたネックレスをいじった。その顔と声と存在にわたしは強い怒りをかき立てられ、車で家まで行って刺し殺すところを想像した。小さな刃物で何百回も刺し、のたうちまわって死んでもらおう。それから血の海の中にすわり、ジャクソン刑事が到着してわたしを拘置所へ連れもどすのを待つ。あの女の死に際のあがきを見られるなら、鉄の棒とコンクリートの壁に囲まれた刑務所で一生を過ごしてもかまわない。ガートルードを殺した罪でわたしジェイソンがわたしを愛しているなら、わたしが殺人を犯したという考えを払いのけて、ガートルードを殺した犯人を逮捕すればいい。ジェイソンの殺害容疑をかけたことをなかったことにしてくれるなら。

でもわたしはガートルードを殺しに行かなかった。エリーとかわいい姪《めい》のことを考えたからだ。わたしの無実と善良さを信じている両親のことも。みんなの人生や心を破壊するわけにはいかない。そこでわたしはガートルードを殺さず、殊勝ぶったインタビューが流れてくるとテレビを消した。

だれにも使用していいと言っていないのに、結婚式の写真も流出した。わたしの結婚に関するあらゆることが、もはやわたしだけのものではなくなったかのようだ。ふたりだけの大切な思い出が、好奇心いっぱいの市民に消費され、わたしはジェイソンをまたはじめから失っているような気がした。ジェイソンがつとめていた放送局は、ごみみたいな特集で、薬物を乱用していたわたしの少女時代を報じている。ほんの数カ月前には、一型糖尿病への理解を啓発するまじめな特集をやっていたくせに。

市民の分断もだんだんなくなってきた。壁は少しずつ壊れて、やがて瓦礫《がれき》の山になった。人々はわたしが有罪だということで意見の一致を見た。なんだかんだ言っても、信じるより憎むほうが楽しいからだ。そしてマイアミの善良な市民は、わたしにたくさんの罪の報いを受けさせたがった。「パープルウィドウを電気椅子に！」保釈の条件として移動を禁止されていたため、わたしは市内にとどまるしかなかった。心から愛する街が、いまやわたしの敵になっている。角のお気に入りのコーヒーショップに行こうとしても、人々の怒りに満ちた視線にさらされる。ビーチへ行こうとしても、疑り深い監視員に囲まれる。家から出ようとすれば、紫の玄関ドアの向こうから、悪意だらけのささやき声が聞こえてくる。わたしは壁の内側に閉じこめられた。

クライアントのほとんどがカウンセリングに来なくなった。残った数少ないクライアントも自分の問題を話さず、わたしにいろいろ訊きたがった。「あなたの犯行？」「どれをやったの？」「拘置所ってどんなところ？」「いいじゃないの。注目されて悪い気はしないでしょう？」

わたしはガブリエルに電話をかけつづけていたが、いまだに応答がなかった。留守番電話に、わたしのカウンセリングに来たくない理由は理解しているし、考えを変えるよう説得するつもりもないとメッセージを残してもだめだった。わたしは訴えた。「どうしても伝えたいことがあるの。留守電には残したくなくて。お願い、五分でいいから話を聞いてちょうだい」それでも折り返しの電話はなかった。

逮捕から一週間も経たないうちに、わたしはいままでと変わらない生活を送るのをあきらめ、カウンセリングルームを畳んだ。パープルウィドウの姿や声を少しでも撮れないかと、マスコミがビルの外で常に待ちかまえていて、ほかのテナントから苦情が出ていた。それにシリアルキラーのすぐ近くで働きたくないという声もあった。ウエッジソールのパンプスを履いたビルの管理責任者が、エレベーターのそばをうろうろしながら、勇気を奮い起こしているのが見えた。ようやくわたしのオフィスのドアをノックして、賃貸契約を打ち切りたいと、申し訳なさそうに言った。

「もちろん差額はお返しします。それから、ご迷惑をおかけするぶんについても。ここの住所が載った名刺の費用など、なんでも弁償します。遠慮なく言ってください」

わたしをひどく怖がっているように見えた。まるでいまこの場で、わたしに殺されるかもしれないとおびえているみたいに。わたしは胸が張り裂けそうだった。そして、あなたの立場はよくわかるから、何も争わずにおとなしく退去する、と告げた。これ以上、自分のせいで罪のない第三者を困らせたくなかった。

わたしは卒業証書を壁からはずした。ワインレッドのごみ箱は残すことにした。二人がけソファと色がぴったりなので、引き離すのは惜しい気がした。どのみちつぎのテナントもごみ箱が必要になる。ランの花をどうしようか考えた。わたしは数カ月ごとにオフィスの花を新しいものに入れ替えていた。患者がパニック発作を起こしかけたとき、注視点として使うのに最適だとわかったからだ。わたしは患者に花を見るように言う。「どんな色をしてる？」「花びらはどんな形？」「茎の形は？」数分間、花を見ることに集中していると、患者の漠然とした不安はかならず消えていった。

わたしはソファにすわり、ランの花をながめた。色はブドウのような紫だ。花の色としては華やかで人目を引くけれど、服やカーテンやソファの張り地には向いていない。五枚の花びらが広がり、プロペラ機のてっぺんに載った象の耳みたいに見える。茎は明るい緑で細くて美しい。

とつぜん涙があふれてきた。わたしは体をこわばらせて激しく泣きじゃくった。ついに鼻水が流れた。これまでの人生で、いや、もしそんなものがあるとすればだけど、前世から堆積《たいせき》した悲しみのタールが、いまようやくはがれて流れだした。わたしはそれが流れるにまかせた。胎児のように体をまるめ、声をあげて泣いた。涙が頬を伝ってソファを濡《ぬ》らし、その部分だけワインレッドの色が濃くなる。わたしは床に横たわった。地面に近づけば近づくほど、安らぎを得られる気がした。下のフロアをすべて突き抜け、水浸しの瓦礫の山に着陸するところを想像する。わたしの壊れた体と魂を、ビスケーン湾の海水が洗っている。

これは罰だろうか。ジェイソンが死んだのは、わたしが邪悪な人間で、幸せになる資格がないからだろうか？　わたしはランに問いかけた。ランは紫の花びらを開き、静かにこちらを見つめ返している。静寂の中でわたしは答を見いだした。ジェイソンはおそろしい病気を患い、膵臓《すいぞう》が機能していないせいで死んだ。それ以上でも、それ以下でもない。ガブリエルがデリックの死に責任がないように、わたしもジェイソンの死に責任はない。世間の勝手な思いこみに引きずられて、自分を信じることをやめてはいけない。わたしは立ちあがって部屋を去った。ランの花を残して。

46
沈黙

足を踏み入れた瞬間に、まずいことになっているのがわかった。夫が死に、キャリアが崩壊し、故郷の街に嫌悪され、数カ月後に殺人事件の裁判を控えている事実以上に、まずいことが起きている。保釈されてから、わたしは待つ以外にやることがなかった。ローマンはわたしの無実を証明するために動いている。わたしの唯一の仕事は、なんとか毎日を乗り切ることだった。これから何が起きるかもわからないまま、じっとしているしかない。

アリーシャが言った。「ずっとあなたのことを考えていたの。いっしょに過ごした年月を振返ってた。教えてほしいんだけど、塩の悪夢の問題に取り組んでいたとき、子どものころに同じ海で男の子が死んだことをどうして黙っていたの」

アリーシャはこの街に住んでいる。もちろん新聞やテレビを見ただろう。ゴシップも耳にしただろう。わたしの長年のカウンセラーだから、ジャクソン刑事も訪ねてきただろう。当然ながら、患者に関する情報はいっさい明かせないと答えたはずだ。とはいえ、事件解決につながる手がかりをアリーシャがつかんでいるわけではない。でもわたしが通りすぎたあとに死体が三つあったことを、刑事から聞いたはずだ。賢明なアリーシャは、わたしが塩と事件を結びつけて考えたことが一度もないなど、ありえないとわかっている。塩辛い海水、少年の溺死《できし》、塩にまつわる悪夢。だから驚いたような顔をして「あら！　そんなふうに考えたことなかった！」なんて言えない。何しろアリーシャは、わたしがあらゆることをさまざまな視点から考えるのが好きだと、よく知っているのだ。人間の精神を掘りさげて考え、隠れた無意識の領域を探って、相手の行動をうながすのが、わたしの仕事であり趣味であると知っている。

「その話はしたくなかったの」わたしは言った。

「どうして？」

自分が塩辛い海水の中でダンカンの足首をつかみ、その体が動かなくなるまで放さなかったことを言うわけにはいかない。大学一年生のときも話せなかったし、いまも話せない。もし打ち明ければ、アリーシャには報告の義務が生じる。殺人は医療者の守秘義務が適用されない数少ないケースのひとつだ。とくに患者が、ふたたび殺人を犯す可能性が高いと思われる場合には。わたしが当時たったの五歳だったことも、それから二十五年以上経っていることも関係ない。殺人は死と同じで、ここまで逃げきったらだいじょうぶという期限がない。

わたしはどう答えるべきか考えた。口にするのもつらいできごとだったので、ナメクジ事件と悪夢の関係がわかってからは、あの晴れた夏の日の恐怖をわざわざよみがえらせることはないと思った、とでも言おうか。それとも、姉をいじめていたダンカンが死んで大喜びした自分が恥ずかしかったから、とか。でもわたしは長年、アリーシャのカウンセリングを受け、多くのことを正直に話してきた。そんな言い訳をしても、すぐに嘘だと見抜かれてしまうだろう。イヴリン・

Wが死んだときに喜んだことも、恥ずかしいとは思わなかったのだ。ダンカンのときとのつじつまが合わない。それにつらすぎて話せなかったというのもおかしい。これまでたくさんのつらい話題について、率直に話してきたのだから。

アリーシャは考えをめぐらせるわたしをじっと見ていた。引きさがるつもりはないようだ。

「あなたが泊まりに行ったときに友達のお父さんが亡くなったことを、どうして言わなかったの」そのことばにわたしは、リチャードの話をはじめて聞いたアミーナが、ひどくショックを受けていたことを思い出した。

やはりここでも、重要なことではないと思ったから話さなかった、という言い訳は通用しない。アリーシャには子ども時代のこと、子ども時代の友達のことをすべて話しているのだ。砂箱でラインストーンを見つけて、魔法の宝石だと思ったことも。わたしが〝お守り〟ということばを知ったのはそのときで、巨大な辞書で調べてわかった。エリカにお気に入りのジーンズを貸したところ、初潮を迎えて汚してしまい、エリカが泣きだしたことも。わたしは気にしないでと慰め、ふたりでいっしょに彼女の家のキッチンのシンクで血の染みを洗った。ハンナの店のことを話し、ゴス好きのガブリエルが上得意客になるなんて最高の気分、みたいなことまで言った。自分が寝ていた場所からカーペット敷きの階段をほんの十二段おりたところで、ハンナの父親が無残に死んでいたことを、わたしがアリーシャに話す必要がないと思うなどありえない。

アリーシャはわたしがこうした人生の大事件を沈黙していたのは、何かを隠しているからだとわかっている。そしてその何かとは、犯罪以外に考えられないと思っている。罪悪感をともなわないとしても、法律上の罪をわたしが犯したのだ、と。そしてダンカンとリチャードのことが明るみに出たいま、アリーシャはイヴリン・Wが通りでトラックのまえに躍りでた件についても、新たな見方をしているにちがいない。ローマンが請け合ったとおり、防犯カメラの映像は流出していないので、わたしがイヴリンを死へ導く場面を見て人々が衝撃を受けることを心配する必要はない。だが、わたしが現場に居合わせていたというニュースは漏れている。わたしは目先のことしか見えてなくて、この事態を予測できなかった。交通整理ができなくなったとたん、何を隠しているのかとアリーシャにいぶかられることも予想していなかった。

わたしはアリーシャを見た。言えることはこれしかなかった。「わたしはジェイソンを殺していない」

アリーシャは言った。「わかってる」

わたしは心の底から安堵《あんど》した。本心から出たことばだと思った。アリーシャは何年にもわたり、わたしがジェイソンとの深い絆《きずな》について語るのを聞いていた。ジェイソンの影響を受け、観光客向けの土産物店で、どうでもいい品物を記念に買うタイプの人間に変わったことも。そう、たしかに買ったあとはラベルを貼った箱にきちんと入れてクロゼットにしまうかもしれないけど、でもずっと持ちつづけているのは個人的な成長だと思う。アリーシャはわたしとジェイソンのセックスがいつもすばらしかったことも知っている。お互いへの愛情と情熱は高まる一方だった。わたしが彼を心から愛していたことは、アリーシャもわかっている。だが、わたしたちのあいだには張りつめた空気がただよっていた。わたしはこの空気が変わることを祈った。

アリーシャは言った。「でもね、ルビー。わたしはあなたがほかの三人の死に関与していると思ってる。理由も方法もわからないけれど、もうあなたを信用することはできない。信用できない以上、あなたのカウンセラーでありつづけることは、わたしの職業倫理に反するの」今回はこう尋ねなかった。「それで、あなたはどう感じる?」アリーシャはその問いを宙に浮かせたままにした。まるで壁に取りつけられた、はずれない棚のように。もし訊《き》かれたら、見捨てられた感じがすると答えただろう。孤独を感じると。ソファにすわって十三年間向き合ってきたのに、アリーシャはわたしを切り捨てようとしている。

その瞬間まで、わたしはアリーシャのことを、自分が知る中で最高のカウンセラーだと思っていた。けれども、わたしはこんなふうにだれかを切り捨てたりしない。彼女よりもいいカウンセラーになろうと、わたしは心に誓った。たとえ本人が聞きたくないとしても、かならずガブリエルをつかまえ、伝えなければならないことを伝えよう。彼女はわたしの番号を着信拒否している。二度と会いたくない、声も聞きたくないという明確な意思表示だ。わたしのことを危険人物だと思っている。だったら、こちらから居場所を見つけて会いに行くしかない。

47　解放

人間の脳は常に関連を見いだそうとする。意味を求めて、原因と結果を関連づけ、混沌《こんとん》の中に秩序を作りだそうとする。それを運命と呼ぶ人がいる。科学や宗教や迷信やカルマと呼ぶ人も。わたしは心理学の専門家としてそのことを理解しているが、自分の人生の計画を探求するうえで、いままで起きたできごとを関連づけて考えずにはいられなかった。ひとつのできごとと別のできごとに関連はないと理屈ではわかっているものの、線の上にならべてみれば、わたしのこれまでの人生の旅は、ガブリエルの苦しみを終わらせるためのものだったのだとわかる。そう考えると、心身を苛《さいな》んでいる不安がやわらぐ気がした。自分の使命がはっきりしたいま、先の見えない将来をあまり心配しなくなった。

ガブリエルの生活パターンはよく知っている。わたしが日々の細々したことをアリーシャに話していたように、ガブリエルもわたしに話していたからだ。一年ほどまえから、ガブリエルは執筆活動だけで生計を立てられるようになり、バーテンダーを辞めていた。いつも十四番ストリートとオーシャン・ドライブの角にある、ワンベッドルームのアパートメントで仕事をしている。だが住所を知っていても、直接訪ねていくのはやりすぎだ。人目のある場所のほうが、ガブリエルを警戒させずにすむ。

そこでベネチアン・コーズウェイのホテル〈ザ・スタンダード〉で開かれているドラァグクイーンのビンゴ大会へ行くことにした。レトロな空間が、最新の流行を作りだす人々で埋めつくされている。毎週月曜の夜に開かれていて、ガブリエルは常連だった。七時にはじまって十時に終わる。確実に会えるように、わたしは六時四十五分にホテルへ行った。野球帽を目深にかぶって二十ドルを支払い、だれにも気づかれないことを祈った。ビンゴカードを手に席につき、周囲に溶けこむようゲームに参加した。ときどき顔をあげてガブリエルを捜した。五マスがそろったけれど手は挙げなかった。よけいな注目を集めたくない。ガブリエルはその夜、あらわれなかった。

また一週間待って、ガブリエルが来ることを願うしかない。わたしはほとんどの時間をミスター・キャットと家に閉じこもって過ごした。証拠品として押収されなかった新しいインスリンを打ち、蛇口をひねって水を流してやった。何度か両親と食事をしたこともあった。レストランへは行かず、毎回家で会った。見知らぬ人や、よそよそしくなった友達や知り合いの目を避けるために。

翌週の月曜日、わたしはふたたびビンゴ大会へ行った。六時五十分、ガブリエルが友達ふたりといっしょにあらわれた。カウンセリングのときに話を聞いていたので、ふたりがだれであるかはすぐにわかった。前髪をまっすぐ切りそろえた背の高いほうがローラで、つい最近、妊娠中絶したばかりだ。同じ週のうちに二人の男と関係を持ち、父親がどちらかわからないまま産む決心がつかなかったという。ガブリエルはそんなのただの言い訳で、子どもなんか欲しくないという本音を認めればいいのに、と言っていた。それはそれで理由としてありなのだから、と。わたしはローラが抱えている事情はローラ本人にしかわからないのだから、あまり批判的にならないほうがいいと、やさしく指摘したものだ。金色の髪をピクシーカット（側頭部と後頭部を短く切った髪型）にした背の低いほうの女性はキャットといい、たぶんお酒の問題を抱えている。でもガブリエルは、自分がそこまで立ち入っていいのかどうか迷っていた。わたしは立場が逆ならどう思うか質問した。お酒との付き合いかたに問題があるのが自分だとしたら、キャットに指摘してほしいと思う？　ガブリエルは言った。「ええ。それが友達というものでしょう。お互いのことを気にかけるのが」それが彼女の出した答だった。

待ち伏せしていたと思われたくないので、ガブリエルが先にこちらを見つけるのは避けたかった。そこでわたしは野球帽を深くかぶり、まっすぐ近づいていった。ガブリエルは困惑の表情を浮かべて茫然《ぼうぜん》としている。気まずそうな顔をしている。子どもが学校の先生に、教室ではなく外でばったり会ったときのように。カウンセラーと外で会うのもそれと同じだ。カウンセラーもひとりの人間なのだが、あらためてそう考えるとひどく妙な感じがするものだ。カウンセラーにも欲求や要求やアレルギーがあり、車やいろんな服を持っている。そのことについてよく考えると、頭がくらくらするのだ。

外出先で患者を見かけても、ふつうカウンセラーは目で合図し、自分から声をかけることはしない。こちらから境界線を踏み越えず、相手の出方にまかせる。患者は「こんにちは」と言うかもしれない。軽く微笑んで手をふることもある。あるいはこちらを完全に無視し、すぐに視界から去ることも。そしてつぎのカウンセリングで、そのときのことをとめどなく話すのだ。なかには過剰に反応し、「うわ！　担当カウンセラーがいる！　なんかすごく変な感じ！」と大声で言う人もいる。患者の反応はふつう、この四つに分けられる。けれども、これはふつうの状況ではない。

ガブリエルはわたしとここで会ったことがいかに奇妙であるかをすぐに理解し、一瞬、疑心暗鬼の表情を浮かべた。そしてわたしに自分のこと、ふたりの友達のことをすべて知られているのを思い出した。何も言わないように目で訴えてくる。ドラァグクイーンのビンゴ大会で洗いざらい秘密を暴露し、自分の人生を壊さないでほしいと懇願している。わたしがそんなことをするわけがない。倫理に反した残酷な仕打ちであるのはもちろん、免許も剝奪《はくだつ》されかねない。殺人を疑われているかもしれないが、わたしはまだ臨床心理士の資格も、強い職業倫理観も持っている。そのときガブリエルの表情が、疑心暗鬼から恐怖に変わった。わたしはとっさに腕に手をかけてなだめようとした。だが途中で手を止めた。危害を加えようとしていると思われたくない。わたしは不自然な動作で、あわてて手をおろした。

「ガブリエル、五分だけ時間をちょうだい」

何年もカウンセラーをつとめてきたにもかかわらず、わたしはガブリエルがどう反応するか、予測がつかなかった。心理学は精密科学ではない。彼女は叫ぶかもしれないし、逃げるかもしれない。わたしがもう少しでレネーにやりかけたように、顔を殴ってくるかもしれない。ガブリエルはホテルの混雑したロビーに視線を走らせた。最高級のプラスチック家具が置かれた派手でキッチュなロビーに、年かさのドラァグクイーンや、オールインワンを着た若いヒップスターがごった返しているのを見ながら、どうするべきか考えている。

わたしは彼女の目をとらえて言った。「約束する。伝えたいことを伝えたら、二度とあなたのまえにあらわれない」

それこそガブリエルがもっとも望んでいることだった。すぐにでも終わらせたくて、友達ふたりのほうを向いて言った。「五分でもどるから。もしもどらなかったら、警備員を呼んで。それから警察も」

そのことばが胸に刺さったが、ガブリエルの立場で考えたら無理もない。

わたしはゆっくり歩き、人気の少ないロビーの隅へ彼女を連れていった。「まだ小さい子どもだったころ、人の話を盗み聞きして、自分の世界よりもずっと大きな世界を垣間見《かいまみ》るのが好きだった。とてもうまかったのよ。背景に溶けこみ、わたしが聞いちゃいけないような話をたくさん盗み聞きしたけど、見つかることはまずなかった」

「いったい何が言いたいの」

「逮捕されたとき、警察署で何時間も待たされた。たくさんの人が出入りして、いろんな話をしていた。わたしは黙って椅子にすわり、警官に抵抗する犯罪者とか離脱症状に襲われている薬物中毒者とか、人生は不公平だとだれにともなく叫んでいる人たちを見ていたの。そのうち、だれもわたしがそこにいることに気づいていないとわかった」

「で？」

「ふたりの刑事が、数年前にタイ料理店で射殺されたＦＢＩの覆面捜査官の話をしているのが耳にはいってきた。その覆面捜査官が、正体がばれて殺されるまえにつかんだ情報によって、ハバナからモントリオールまでおよぶ麻薬密売組織のトップがついに逮捕されたそうよ」

　ガブリエルはわたしを見つめ、話を呑《の》みこもうとした。

「デリックはＦＢＩの覆面捜査官だった。だからいくら捜しても、家族も友達も見つからなかったの。記録がいっさい残っていなかったのもそのせいよ。本名じゃなかったのだから」

　ガブリエルの青白い肌がさらに白くなった。それから顔に血がのぼり、首や頬がまだらに赤くなった。

「ここからがいちばん重要なところよ」わたしは言った。「銃撃犯の男は、デリックを殺害するためにあのレストランへ行った。無差別発砲じゃなかったの。デリックが標的だった。なんらかのいきさつで、覆面捜査官であることがばれたのね。つまり彼は、あなたのために死んだのでも、あなたのせいで死んだのでもない。どちらにしても殺されていた。場所がイタリア料理店であろうと、タイ料理店であろうと。あの夜、彼があなたを危険にさらしたのよ。その逆じゃなくて。わかる？」

　ガブリエルはぼんやりとわたしを見ていた。ずっと昔に石に刻んだ物語を、必死に頭の中で書きかえようとしている。

「だからあなたがデートに誘ったとき、彼はためらったんだと思う。自分の人生と秘密について、ためらいを感じたのよ。だれかを巻きこんでもいいのか悩んだはず。あなたにはなんの関係もなかったの。ガブリエル、わたしが言いたいのは、あなたは赦されたってこと。ほかの男の人とどんどんデートして、愛を受け入れて。自分の人生を生きて！　重荷をおろすのよ。そもそもあなたが背負わなきゃいけない重荷ではなかったんだから」

ガブリエルの目から涙が流れはじめた。何年も抱えてきた罪悪感と不安から解き放たれているのがわかる。気がつくとわたしは彼女を抱きしめていた。ガブリエルはわたしの肩に顔をもたせかけて泣いた。カンガルーが死んだときに、わたしが彼女の肩で泣いたように。

「ありがとう」ガブリエルは言った。

わたしは心が少し軽くなったのを感じた。わたしはガブリエルを救った。仕事を成し遂げたのだ。ガブリエルはある意味で、自分の延長のような存在だった。彼女のために正しいことをしたのだと思うと、沈んでいた気持ちが浮き立った。ガブリエルが解放されたことで、自分の状況も好転するような錯覚を覚えかけたが、すぐにローラとキャットが駆けよってきた。ローラが叫んだ。「五分経ったよ！」ガブリエルが泣いているのを見て、わたしが何かしたと思ったらしい。ふたりはわたしがだれだか知っている。ローラが怒気を含んだ声で言った。「いますぐ出ていって。じゃないと警察を呼ぶから！」歩き去るわたしに向かって、ガブリエルが疲れた顔で小さくうなずいた。彼女はもう自由だ。残る問題はひとつ。わたしが自由になれるのはいつだろうか。

48
DNA

裁判がはじまるまえに、ローマンは約束どおり、ダンカン・リースとリチャード・ヴェイルとイヴリン・Wの謎めいた死に関する伝聞証拠が、ぜったいに採用されることのないように動きはじめた。すぐ近くにいたからといって、わたしはこの三人が死んだときに疑われたわけではない。

そもそも当時は、どれも殺人事件としてあつかわれなかった。まだ証拠が新鮮で、目撃者の記憶も鮮明で、警察が事件を解決しようといちばん意気込んでいたときのことだ。何よりも、ほかの三件の〝犯行〟には、手口に共通点がなかった。わたしが何年にもわたってあちこちでインスリンを注射しまくり、とうとう夫にも打ったところを見つかったわけではない。つまり三人の死は、わたしの正式起訴とはまったく関係がないということだ。

ローマンによると、判事はローマンの話を聞き、三人の死を持ちだすのは誹謗《ひぼう》中傷にあたるという見解に同意したそうだ。裁判で証拠として取りあげられることはない。とはいえ、ダンカン・リースやリチャード・ヴェイルやイヴリン・Wに関するニュースをまだ知らない公平な陪審員をどうやって選ぶかは、また別の問題だ。ローマンはわたしに、一度にひとつずつ進めようと言いつづけた。計画表を前倒しして進めたい性分のわたしにとっては、とりわけむずかしいことだった。だが司法手続きを急《せ》かすことはできず、わたしはつぎに何が起こるかわからない不安と付き合うしかなかった。ベニータは閉園後の時間帯に、わたしを野鳥保護施設へ招き入れてくれた。そこでは批判的な視線から逃れてひとりになり、鳥たちが翼を動かしたり羽を逆立てたりするのをながめながら、いまこの瞬間に生きることができた。わたしたちが事件について話すことはなかったけれど、ベニータは、動物にこれほどやさしい人間が人を殺すわけがないと思っているようだった。殺されるに値する相手でないかぎりは。

すべての雑音が消えたいま、地区検事補の手元に残ったカードは、ジェイソンが低血糖による合併症で死んだことと、わたしがインスリンを簡単に手にできる環境にあり、使用方法を熟知していること、そしてわたしに夫を殺害する動機が三つあるということだった。一つ目は金銭。二つ目は獣医師との不倫疑惑。三つ目はわたしが不幸な結婚生活を送っていたというジェスラの証言で、これがいちばん厄介だった。ジェスラは定期的にうちに出入りしていたため、その証言には重みがある。わたしがもうすぐはじまる裁判で何よりおそれているのは、彼女がわたしの結婚生活を醜いものにゆがめて、わたしが怒りの問題を抱えていたとか、ジェイソンが死んだあとに不可解な行動をしていたなどと嘘をつくのを見ることだった。

わたしの三十一回目の誕生日がやってきて去っていった。なんの意味も感じなかった。重要な日付はただひとつ、いまから九営業日後だ。その日からわたしの裁判がはじまる。わたしがただ待っているあいだに、ローマンはマイアミとワシントンDCをひっきりなしに往復した。抱えている案件がいくつもあるのだ。もちろんわたしの件もそのうちのひとつにすぎないが、ローマンが最優先してくれているのはわかっていた。少なくともこの絶望的な状況のなか、ローマンが人生にもどってきたことで、わたしはささやかな喜びを感じていた。自分の置かれた状況を一瞬、いや、一時間ぐらい忘れていられることもあった。ふたりでビーチをジョギングしたり、思い出を語り合ったりした。共通の知り合いだった人たちについての噂話もした。

ある夕暮れ、長時間のジョギングのあとに太ももが痛くなって心臓が激しく鼓動を打ち、ありがたいことに、わたしの頭は空っぽになった。そのときローマンがわたしを見て言った。「話したいことがある」

わたしは息を切らして言った。「うん、わかった。話して」

心臓の鼓動がさらに激しくなった。最悪の事態を予想した。この一年でわたしは常に最悪を予期するようになり、そんな自分がいやでしかたなかった。わたしは悲観論者になっていた。ローマンがわたしの顔に浮かんだ表情を見る。

「いや、ちがうって。悪い話じゃない。おもしろい話だ。ある意味でね。くだらないことだよ。

大学のジェイクとメロディの話。あのふたり、数年前に離婚したよ」

あのときは傷ついたけれど、いまとなってはたいしたことではないと思える。いまわたしが負っている深い傷とはくらべものにならない。ものごとのとらえかたも年齢も、一度には変わらない。

わたしは言った。「別に驚きはしないけど」

ローマンは言った。「どこかの脚の長い客室乗務員の女が、ふたりのビクトリア様式の豪邸の玄関にあらわれて、お腹の子の父親がジェイクだと言ったそうだ。ジェイクは頭から、完全に否定した。メロディは夫を信じた。やがて女が男の子を産んでテオと名づけ、裁判所の命令でDNA検査を受けた」

「それで……？」

「DNAがジェイクと一致した」

「やっぱり」わたしは一瞬、口をつぐんだ。「でもどうしてあなたがそんなことを知ってるの」

ローマンはばつが悪そうな顔をした。「そう。それをこれから話そうと思って。メロディは激怒し、ジェイクにあらゆる手段で復讐《ふくしゅう》しようと考えた。そこで正式に離婚するまえに、ぼくを捜して連絡してきた。ジェイクは大学時代に浮気を密告したぼくをいまだに恨んでいたそうで、メロディは怒りを吐きだしたいと思った。ぼくのペニスにね」

「メロディはそんな言いかたをしてないでしょ」

「ああ、まあね。言いかたはちがったかな。でもそういうことだ」

「それで……？」

「それでぼくはラスベガスで彼女と落ち合った。週末ずっと、ホテルのスイートルームから出なかったよ」

「へええ。ついに落としたのね」

「怒った？」

「ううん、怒ってない。ただ、時間が経つと、人生ってなるようになるんだと思って驚いているだけ」

「きみに電話したくてたまらなかったよ。もう少しで、文字どおりホテルのバスルームからかけるところだった。きみならこうなったことをおもしろがってくれると思って。でも怖かったんだ」

「何が？」

ローマンは肩をすくめた。「きみがまだぼくを恨んでいるかどうかわからなかったから、それなら電話せずに答を知らないほうがいいと思った」

「シュレーディンガーの猫ね」

「嫌みな女」

わたしはローマンに向かって微笑んだ。「その後も会ったの？」

「まさか」

わたしは声をあげて笑った。心臓の鼓動がおさまり、ペースをあげてローマンと家まで競走した。でもいったん家に着いたら、わたしはまた最悪を予期しつづけるだろう。

49 ジェスラ

わたしがほんとうに自由でいられるのは、あと三日しかなかった。外は土砂降りの雨だ。マイアミはほとんど毎日、午後になると美しい熱帯性の暴風雨に見舞われ、一時間ほどつづいたあと、何ごともなかったかのように空が晴れる。わたしは窓の外に目をやり、渦巻く雲がわが家の屋根を覆うのを見ていた。そのとき玄関のベルが鳴った。わたしは防犯カメラを設置していた。前庭にしょっちゅう人がはいってきていたずらするし、記者や見知らぬ他人やわたしを敵視する人や、好奇心丸出しの観光客が絶えず外をうろついているからだ。でもこんな嵐の中、わざわざやってくるのはだれだろう。カメラを見るとローマンだった。マイアミへ来るのは、あしただったはずだ。予定を早めるという連絡も受けていない。何かとてつもなく悪いことが起きたにちがいない。直接会って話さなければならないような何かが。たとえば癌《がん》のような。

ローマンは全身ずぶ濡《ぬ》れで、ワイシャツが腹筋に貼りついていた。カールした前髪のひと房が雨水の重さでまっすぐになり、目にかかっている。ローマンは何も言わずにわたしの体を引き寄せると、そのまま抱きかかえてくるくるまわった。雨粒が飛び散り、祖母の形見の小さな置き時計からミスター・キャットの動く尻尾《しっぽ》まで、あらゆるものにあたっている。わたしのくたびれたスエットパンツも、ブラなしで着ていた色あせたTシャツもびしょ濡れになった。ローマンはわたしをおろした。

「服を着替えるんだ。判事室に呼ばれている」

「どうして」

「わからない」

「だったらなんでそんなにうれしそうなの？」

「ぼくはもともと陽気な男だよ。さあ、早く着替えておいで」ローマンはわたしの全身に視線を走らせた。「まともな服装に」

ローマンのクライアントのほとんどが、一時間あたり千ドルの費用を支払っている。呼びだされた理由も気になるので、わたしは急いでしたくした。ちゃんとした服を着て、垢《あか》抜けているが華やかすぎないバッグを持ち、ローマンとふたりで紫色のドアから出た。

判事室はとても男性的だった。一方の壁一面を占める重厚な書棚に、革装の法律書が整然とならんでいる。こぢんまりした部屋の中央に、節のあるオーク材の大きな机が置かれている。机の下の敷物はくすんだオリーブ色だ。机の上に書類やフォルダーが山と積まれ、判事が勤勉で規律を重んじることを饒舌《じょうぜつ》に語っている。机の端に置かれた真鍮《しんちゅう》製のランプの後ろに、写真立てが見える。色はピンクだ。この部屋に似つかわしくない明るい色で、わたしは目を引かれた。首を伸ばしてのぞくと、写真立てにはいっているのは、子どもが描いた絵だった。大事そうに飾ってある。見るかぎり、判事の唯一の私物のようだ。色とりどりのバブルレター（線の端を丸くふくらませた字体）で〝せかい一のおじいちゃん〟と描いてある。

たしかに世界一のおじいちゃんに見える。ここへはいってきてはじめて判事を見たとき、わたしは膝《ひざ》にすわってクリスマスに欲しいものを言いたくなった。わたしが欲しいのは、ジェイソンがもどってくることと、そもそもここへ来なくてもいい状況だ。判事の頭は完全な銀髪で、きらきら輝くグレーの目と色が合っている。わたしとの共通点だ。そのとき、部屋に不釣り合いな椅子が一脚、隅に置かれているのに気づいた。人数分の椅子がないため、どこかから持ってきたのだろう。そしてそこにジェスラがすわっていた。

ジェスラはわたしを見た。わたしは小さな女の子のような気持ちになった。公園で仲間はずれにされて傷ついた女の子。でもいまは、けんけん遊びの順位ではなく、生きるか死ぬかがかかっている。ローマンがついているし、判事には問題なく対応できると思うが、ジェスラをまえにすると心がざわついた。如才なくふるまえる自信がない。そのときジェスラの顔に悲しげな表情が浮かんだ。途方に暮れているのは彼女も同じなのだ。

判事がローマンとわたしに手招きして椅子にすわるようながし、これはまったく異例のことだが、必要だと判断したと言った。ジェスラが判事を訪ねてきて、自分の言動を正式な場でわたしに説明したいと訴えたのだそうだ。ローマンとわたしは部屋に合った椅子に腰をおろした。全員がジェスラを見た。

ジェスラの声は、静かにしゃべるときでさえ、いつもおだやかで自信に満ちていた。だが今回はかすれた声で早口で言った。「ルビー、ごめんなさい。ほんとうにごめんなさい」

つぎに何が飛びだすのかわからず、わたしは黙って聞いていた。ジェスラは説明した。

「ガートルード・ホランダーがうちにやってきたの。ある日、あなたの家から出てきたわたしのあとをつけて、家を突きとめたみたい。三カ月ぐらいまえのことよ。わたしは彼女がだれだかわからなかった。わかるわけがないでしょう。とても感じがよかった。自分はジェイソンの母親で、わたしの力になりたいと言われたの。ジェイソンが母親と連絡をとってないことは知ってたから、何か大切な話があるんだと思った。だから部屋へ入れたのよ」

わたしは胃がねじれ、テロメアが嫌悪で震えるのをたしかに感じた気がした。

「話をはじめてすぐ、感じがいい人なんかじゃないとわかった。悪意に満ちた人だって。ジェイソンが縁を切ったのも無理はないと思った。するとあの人は、あなたについておおげさな証言をしたら、一万ドル払うと言いだしたの。あなたが不幸な結婚生活を送っていて、怒りの問題も抱えていたと言えって。あなたがジェイソンを殺したと、みんなが思うような証言をね」ジェスラは口をつぐんだ。恥ずかしさでことばをつづけられず、ひとつ息を吸った。

ふたたび口を開く。「わたしはそんなことできないと言った。あなたのことで嘘をつくなんて。裁判所で、この国の政府に対して嘘の証言をするなんて、できるわけがないでしょう。わたしはあの人を家から追いだした。あなたに電話しようかと考えたけど、すでに悲しみに打ちひしがれているあなたを思うと忍びなくて、黙っていることにしたの。でもあの人は翌日もやってきた。わたしはドアを開けなかった。するとまたやってきて、どうしても帰ろうとしなかった。そしてわたしを強制送還させて、息子から引き離すと脅したの」ジェスラは悲痛な声で言った。「あの子から！」

わたしはうなずいた。だんだん話が見えてきた。

「ガートルードは、ハイチからの不法移民のわたしにはなんの権利もないと言った。言われたとおりにしなければ、当局に通報して、わたしを収容所へ入れてやると脅したのよ。そうしたニュースはよく見るし、わたしもばかじゃない。そんなことが毎日、移民の身に起きてることぐらい知っている。わたしと息子が同じ目に遭うことだけは、なんとしてでも避けたかった。そこでわたしは、お金を受け取って嘘をついたの」

わたしはこの話の行き着く先が見えず、ローマンの顔を見た。まじめくさった表情の奥に、かすかな笑みが見える。あまりに小さい笑みなので、ローマンをよく知る人しか気づかないだろう。

ジェスラはつづけた。「あの人からお金を受け取った以上、あなたの家に通いつづけることはできなかった。あなたの目を見られないし、陰で裏切っておきながら、何食わぬ顔をするなんてできないもの。そしてあなたが逮捕されてから、わたしは眠れなくなった。食事も受けつけなくなった。自分が許せなかったの。わたしは息子との生活を守るために賄賂《わいろ》を受け取ってしまった。でも、ずっと親切にしてくれたあなたが、自分の嘘のせいで終身刑になると思ったら、母親としてわが子に合わせる顔がなかった」

すべてを吐きだしたジェスラはわたしを見た。「ごめんなさい。お願い、どうか許してちょうだい。お願い」わたしはすでに許していた。ガートルードの名前を聞いた瞬間から。あの女は邪悪で狡猾《こうかつ》で、人をあやつるのがうまくて頭が切れる。善良な人間を人質にとるぐらいのことはやってのけるだろう。

「もういいのよ。それより、わたしのせいであなたがあんな人とかかわることになったのを、申し訳なく思ってる」

わたしが立つとジェスラも立ちあがり、わたしたちは抱き合った。判事とローマンがそれを見ていた。時間が止まった。やがて判事が口を開き、ふたたび時間が流れだした。判事によると、ジェスラはすべてを告白したいと訪ねてきたそうだ。罪悪感で頭がどうにかなりそうで、いても立ってもいられなかったという。ジェスラは息子を取りあげられて強制送還されないことを、ただ祈るしかなかった。判事がジェスラのほうを向き、強制送還されることも、息子を取りあげられることもないと請け合った。わたしは判事のことばを信じた。何しろ世界一のおじいちゃんなのだから。

ジェスラの話が事実であることは、判事の助手によってあっさり確認された。ガートルードの預金口座から一万ドルが引き出され、その日のうちにジェスラが同額の郵便為替を現金化していた。そんな大金をジェスラはいままで手にしたことがなかった。当然ながらガートルードは否定し、ジェスラのほうが自分に近づいてきて金を要求したと主張した。警察にわたしの真実の姿を話すつもりだけど、そうすれば仕事を失うので、そのぶんのお金が欲しいと言ってきたのだ、と。息子の死を嘆く母親のガートルードは、そういう貴重で重要な証言をしてくれるならばと、要求された額を支払うことにしたという。

ジェスラがガートルードに抱きこまれたとわかり、信じていた人に裏切られた悲しみは、真実を打ち明けてくれたことへの深い感謝に変わった。人の本性を見抜くわたしの直感は、やはり正しかったのだ。ジェスラはずっとわたしを大事に思ってくれていて、憎んでなどいなかった。そしていま、わたしだけではなく、今回の件にかかわる全員が本物の悪人はただひとり、ガートルードだと理解している。

わたしたちは判事室を出た。わたしはうれしくてたまらず、ジェスラも誘って、おいしい料理でお祝いしたいと思った。人にじろじろ見られたってかまわない。いまさら何をされたところで、わたしはこれ以上、傷つきようがないほど傷ついた。いっしょにランチをしようと誘ったが、ジェスラはことわった。嘘の証言と真実の告白で、ひどく疲れているからと言った。

ローマンとわたしは裁判所の近くのキューバ料理店へ行き、ビニール張りのボックス席についた。ランチタイムのピークを過ぎていたので、わたしたちのほかには数人の客がいるだけだった。みなこちらを見て何かをささやいているが、聞こえるようには言わない。ひとりだけいる接客係も、早くこの副業を終えて帰りたそうにしている。こちらに何か言ってくる人はいない。わたしはチキンと料理用バナナと豆と米のプレートを平らげた。ひと口ひと口が新鮮でおいしくて、力がみなぎってくる。食事中にローマンに仕事の電話がかかってきた。ローマンは外で電話に出た。わたしはレストランの大きな窓越しに、通りを行ったり来たりしながら話すローマンを見ていた。雨はやみ、空に太陽が輝いている。彼のシャツもやっと完全に乾いたようだ。ローマンが大股《おおまた》で店へもどってきて、向かいの席ではなく、わたしの隣にすわった。

ひどく形式張った口調で言う。「このたび証人の偽証が発覚したため、地区検事補は起訴を取りさげる方向で動いているそうだ。判事がそれを認めたら、きみの嫌疑は晴れる。裁判は開かれない」

わたしは湧きあがるエネルギーをどうすればいいかわからなかった。悪夢は終わり、わたしは完全に目を覚ました。どこまでも走っていきたい気分だ。はじめてコカインを吸ったときのように。体じゅうが力と安堵《あんど》感で満たされている。「走りに行かない？」ローマンはふだん、エクササイズの誘いをことわらない。でもいまは食事をしたばかりだし、仕事が残っているから、と言った。しかたがないので、いまのところは力を内側に向けるしかなさそうだ。

ローマンは地区検事補が判事に、わたしへの訴えをすべて却下する申し立てをおこなったと説明した。わたしが希望すれば、その場に立ち会う権利が法的に認められているそうだ。でも行きたくなければ行かなくていい。ローマンがわたしの代理人として出席する。「ちょっと待って、行きたいに決まってるでしょ！」わたしは〝火のないところに煙は立たない〟とうそぶきまくった地区検事補が、自分のまちがいを認めるところを見たかった。ジャクソン刑事が来るかどうかはわからなかったけど、もしいたら、無給の時間外労働で得た果実が木で腐るときの彼の顔を見たいと思った。ガートルードが来るとは思えない。この不当な騒動を引き起こした張本人で、しかもわたしに負けたのだ。でもあの女を見くびってはいけない。最後にどんな手を使ってくるかわからない。

その夜、わたしはひとりでビーチへ走りに行った。海を見ていると、子どものころのこと、ジェイソンのこと、そしてこれまでの自分の人生がよみがえってきた。海は広大で、常に変化しながらも、ずっとそこにある。

翌朝、わたしは数カ月ぶりに堂々と顔をあげて家を出た。リップグロスを薄く塗ってアイラインを引き、髪もストレートアイロンで整えて。聴聞会はあっという間に終わった。キース・ジャクソン刑事も来ていた。体にちゃんと合った新しいズボンを穿《は》いていることに、わたしは気がついた。いちばん新しい妻が買い物に連れだしたのだろう。苦虫を嚙《か》みつぶしたような表情で、地区検事補が話すのを見ている。はげかかった痩《や》せ型の中年の地区検事補は、薄い金属フレームの眼鏡をかけ、わたしに対する訴えを〝正義の名において却下〟することを求めると言った。そう、これが正義だ。そのときジャクソン刑事と目が合った。わたしがクロであることを確信している顔だ。彼は正しい。少なくとも、部分的には。きっといまも首筋の毛が逆立っているだろう。ジェスラの姿もあった。後方の席に静かにすわり、すべてが正しい結末を迎えるのを見守っている。終わったら話をし、もう一度抱きしめて、何も気にしなくていいと慰めたい。百パーセント許していると言おう。だが判事が正式に訴えを棄却し、わたしが自由の身になったとたんにジェスラは席を立ち、話しかける暇もなかった。

ガートルードは来ていなかった。わたしは部屋を見まわし、テーブルの下かカーテンの後ろに隠れていないか確認した。まだどこかあの女のことが気がかりだった。賄賂の話がなんとなく腑に落ちず、心にひっかかっているのも理由のひとつだ。ジェスラはすでにアメリカの市民権を持っているはずだ。わたしは試験勉強の手伝いをした。それに息子はマイアミで生まれている。だから強制送還が脅しの材料に使われたという説明に、違和感があった。でもきっとわたしの考えすぎだ。ジェスラは市民権取得試験に落ちたことを、恥ずかしくてわたしに言えなかったのだろう。あるいはこの国を包む空気が変わったので、市民権を持っていても安心できなかったのかもしれない。だがもうそんなことはどうでもいい。ジェスラは強制送還されず、息子も安心してこの街で暮らせる。そしてわたしは刑務所に行かなくてすむ。

ジェスラが法廷を出て、ドアが閉まるのを見ていると、ローマンがわたしの腕に触れた。わたしは彼を見たが、その顔に浮かんだ表情を読み取れなかった。ローマンが小声で言う。「映像が流出した」

50 自律

天にものぼる喜びが、あっという間に地に落ちた。ローマンがわたしにスマホを手渡す。流出しないようにローマンが最善を尽くしたにもかかわらず、ガートルードがなんらかの方法で横断歩道の映像を手に入れたにちがいない。あの女は、あの手この手でわたしを破滅させる気だ。ところがスマホの画面に目を落とすと、流れているのは画質の粗い濡《ぬ》れた防犯カメラの映像ではなかった。解像度の高い映像で、芝生に置かれた陶器のカエルが映っている。ガートルードの家の玄関だ。男がひとり、ドアのところに立っている。自分は一型糖尿病への理解を深めて、研究費を調達する一型糖尿病研究財団《JDRF》の代表者だというようなことを説明している。いまやちょっとした有名人になったガートルードに、支援を頼んでいる。ひとり息子が一型糖尿病患者だったからだ。そのときドア枠のところにガートルードの姿が見えた。カメラがややズームする――だれかが庭の端から撮影しているのはまちがいない。ガートルードは気色ばんだ。「どうしてわたしが支援なんかしなくちゃならないの。息子を糖尿病で亡くしたというのに。いったいなんの得があるのよ」それだけ言ってドアを閉めた。

すぐには理解できなかった。でも一瞬ののち、わかった。ガートルードはたったいま、ジェイソンの命を奪ったのがわたしではなく、糖尿病であることを認めたのだ。そしてその決定的シーンがカメラに収まっている。こんなことがあるだろうか。いったいだれが撮影したのだろう。わたしが尋ねると、ローマンは小さく肩をすくめた。〝そんなのどうだっていいじゃないか〟といたずらっぽく言うように。映像は更新日時とともに、世界じゅうに公開されていた。ガートルードの信用は永遠に失われた。それが何よりも重要なことだ。あの女はもう二度とわたしに手を出せない。

わたしはまずエリーに、つぎに両親に電話した。「これで自由の身よ！」みんな心からほっとして大喜びしていた。積み重なった心労が取りのぞかれ、本心が口をついて出た。人間は昔から、心配してもどうにもならないとき、本心とは逆のことを口にする。そして危機が去ったあと、ほんとうはどれだけ心配だったかを打ち明けるのだ。

これまで家族はわたしに対し、パニックになってはいけないと言いつづけていた。「取り越し苦労をしないで」「あなたは無実よ。正義が勝つに決まってる」「ローマンにまかせておけばだいじょうぶだ」「何もかもうまくいく」でも悪夢が終わったいま、みんなは口をそろえて言った。

「ああ、ほんとうによかった。終身刑になるんじゃないかと思ってた！」

聴聞会のあと、ローマンとふたりでシャンパンを二本空け、うちで踊った。わたしは過労と多幸感で躁《そう》状態になり、ずっとげらげら笑っていた。ローマンは定宿の〈ソーホー・ビーチ・ハウス〉に部屋をとっていたが、その日はうちに泊まって、学生のときに両親の豪邸でしていたように、ふたりでひとつのベッドにまるまって横になった。ジェイソンが一年近くまえに死んでから、ベッドの反対側をだれかが使うのはこれがはじめてだ。マットレスと寝具は新しいものに替えていた。ジェイソンの死体が横たわっていたものを使いつづけるのは、気味が悪かったからだ。でもフレームはそのまま使っている。そこにローマンが寝ている光景はシュールだったが、安心感があってしっくりきた。わたしは岩のように硬いむきだしの胸に顔を寄せた。ローマンは魅力的だけれど、わたしが心の奥で感じているのは、プラトニックな友情でしかない。わたしは彼に合わせて呼吸した。ふたりの胸が同時に上下する。わたしはローマンの顔を見あげた。この人はこれまで一度も、わたしがやったのかと訊《き》いたことがない。どの事件についても。この先もけっして訊かないだろう。

わたしは眠りに落ちた。泥のようにぐっすりと。これほど深く眠ったのは、あの警告音を聞きのがしたとき以来だ。やがてゆっくり目を覚まし、伸びをして時計を確認した。十五時間も眠っていたらしい。ベッドの反対側に目をやると、だれもいなかった。枕に小さなメモが載っている。ローマンは朝早い便でワシントンDCにもどったようだ。わたしが危機を脱したので、自分の人生にもどり、ほかのクライアントの案件に集中するのだろう。ここでの仕事は終わった。

わたしはしばらくベッドにとどまり、両親が外出して、はじめてひとりで留守番したときのことを思い出した。ふたりの車が出発し、通りへ出て視界から消えるのを見ながら、怖いようなわくわくするような気持ちを味わった。もう大きいからだいじょうぶだと認められ、テレビも室温も冷蔵庫の中身も好きにしていい、と言われた気がした。いいことも悪いことも、自分ひとりで決められる。興奮と恐怖を同時に覚えた。これが自律というものだ。

胃のあたりがぞくぞくする。わたしは完全に自由で、完全にひとりで、なんでも好きなことができる。ベッドを出て、だれもいない家の中を歩きまわった。自分が何かからうまく逃げおおせたような、おかしな感覚をかすかに覚えた。

コーヒーを淹《い》れ、ミスター・キャットに餌《えさ》をやり、キッチンカウンターのスツールに腰かけた。これからどうしようか。この一年間、わたしはジェイソン殺害の容疑をかけられている恐怖で頭がいっぱいで、すべてのエネルギーを奪われた。容疑が晴れたいま、空中から落下している気分だ。この一年はまさに地獄だったけれど、恐怖がジェイソンの死が残した穴を埋めてもいたからだ。そして恐怖が去り、穴だけが残った。

わたしはコーヒーを飲み終え、だれもいない家をふたたび歩きまわった。ミスター・キャットを相手に、とりとめのない話をした。わたしにはどこにも行くところがない。何もない。クライアントも、オフィスも、予定も、地元の友達も。みんながわたしのことを知っていて、プライバシーも守れない。わたしは愛する街を失ったのだ。訴えが棄却されたニュースが伝われば、すぐにマスコミが押しかけてくるだろう。でもいまはまだ静かだ。

スマホを確認したところ、ガートルードの家にはすでにマスコミが群がっていた。はからずもわたしの無実を認めた発言が、ウイルスのように広がって、マイアミはおろか遠いジョージアまで伝わっている。ジェイソンの高校時代の恋人シンディが、地元ニュース局のインタビューを受け、ジェイソンが幼いころに母親に捨てられたことを話している。ついにガートルードの本性が暴かれ、世間の非難を浴びている。当然だ。最高なのは、わたしが手を汚さずにすんだことだ。

昨夜空けたシャンパンのボトルがふと目につき、じわじわと吐き気がこみあげた。容疑が晴れたことをずっと祝っていたかったのに、ジェイソンは死んだままもどってこない。ジェイソンのクロゼットは空っぽで、キッチンカウンターもきれいに片づいたままだ。がらくたをなくし、もっとすっきりした空間にしたいというわたしの願いは、とんでもなく的外れだったように思える。こうして願いが実現してみると、むなしさしか感じない。

ミスター・キャットが主寝室のクロゼットにいるのを見つけ、わたしはその横に立った。ミスター・キャットがわたしの足首のまわりを二、三周し、脇腹を押しつけてきた。すべてがひっそり静まり返っている。クロゼットの木の横棒に、わたしの服がまばらにかかっている。ハンガーとハンガーのあいだが大きく空いていた。まるで木を間引きすぎた森みたいに。嵐のあとの静けさが訪れた。当たり前の日常生活への思いが、そよ風のようにわたしの中を吹き抜けた。その瞬間、わたしは以前の生活にもどれないことを受け入れた。まずは髪を切らなければ。

51　ロサンゼルス

パープルウィドウが長年のあいだに何十人も殺害したという噂はなくならなかった。声高に言う人もいれば、ひそひそ話す人もいた。ジェイソンと三人の被害者は、氷山の一角にすぎないと人々は思っているようだ。でも実際はたったの三人しかいない。人生の計画表という観点から見たとき、そこに一種の規則性があることにわたしは気づいた。五歳のとき、十六歳のとき、二十五歳のとき。十年にひとりのペースだ。セックス相手の人数のように、その数を大きな文脈に置いて考えたら、十年にひとりを殺すのは、とても理性的なことに思える。だれでも生きていれば、しょっちゅう悪人に出会う。仲間を裏切る同僚。ごみを散らかすろくでなし。暴力をふるう父親。育児放棄する母親。劣悪な環境で子犬を繁殖するペット業者。挙げればきりがない。けれどわたしは、出くわした人間のくずを片っ端から殺したりなどしていない。見境のない女殺人鬼ではないのだ。

三人という数は、偶然ではなく行動パターンだという地区検事補の指摘は正しい。そこでわたしは、これを新しいルールとして自分に課すことに決めた。殺すのはどんなに多くても、十年にひとりまでだ。年齢を超える人数の相手とは寝ないルールと同じように、この新しいルールはわたしに一線を示し、ブレーキの役目をはたすだろう。何ごとも急がず、ゆっくり考えなくてはならない。チャンスを見極めるのだ。考える時間はあと四年ばかりある。慎重に判断し、賢い選択をしよう。

大切なランプを細心の注意を払ってエアクッションで包み、緩衝材がはいった引っ越し用の段ボール箱にそっと入れていると、ジャクソン刑事が玄関をノックした。マイアミにいるかぎり、刑事がわたしを監視しつづけるのはわかっている。別の容疑で逮捕する機会をうかがうにちがいない。そしてそれはジャクソン刑事だけではない。この街にいる人々の多くも、いまだにわたしを危険人物と見なしている。容疑が晴れてもそれは変わらず、わたしはこの街を離れるしかなかった。法律的に改名し、瞳《ひとみ》とちがう色に髪を染め、別の場所で新しい人生をはじめるのだ。新しいオフィスを開き、わたしを見て〝パープルウィドウ〟と心の中でつぶやかない患者のカウンセリングをする。わたしは段ボール箱をテープで閉じ、四つの側面すべてに紫の油性マーカーで〝壊れもの注意〟と書いた。パープルウィドウというあだ名が一生つきまとうのは覚悟していたが、紫のペンを使うのをやめるつもりはなかった。何もわかっていない人々に、ささやかな喜びまで奪われるのはごめんだ。わたしはノックの音を無視した。

わたしが遠い場所へ引っ越すことに決めた理由は、もうひとつあった。ガートルードは自己愛が強い臆病者で、自殺するようなタマではないけれど、わたしを罠《わな》にかけるためならやりかねないと思ったのだ。最後にもう一度、わたしを破滅させようと試みるかもしれない。そうなったら、わたしには完璧《かんぺき》なアリバイが必要だ。国の反対側にいなければならない。

わたしが逮捕されて間もなく、エリーは洗濯をしていて、スペンサーのズボンのポケットにコンドームの袋の切れ端がはいっているのを見つけた。あまりにもわかりやすいミスなので、わたしは浮気していることをエリーに気づかせるために、スペンサーがわざとやったと確信した。彼は娘にすべてのエネルギーと愛を注いでいるエリーに、少しでいいから自分のことを見てほしかったのだ。エリーが証拠を突きつけると、スペンサーは否定しなかった。はじめエリーは茫然《ぼうぜん》としたが、一歩さがって考えたとき、スペンサーの浮気は自分たちの結婚生活の破綻《はたん》が目に見えるかたちであらわれたものにすぎないと気づいた。ふたりの結婚はしばらくまえから不健全でいびつで、その責任は双方にあった。

そこでエリーはわたしと同じように、これまでに築きあげた生活を捨て、まったく新しい土地でやりなおしたいと考えた。そしてスペンサーに、娘を連れてニューヨークを離れたいと告げた。夏休みや長期休暇のときはもちろん、いつでも好きなときに娘に会いにきてくれてかまわないから、と。エリーと娘のモリーのため、離婚をできるだけ円満に進めたかったスペンサーは、エリーが州外へ引っ越すのを応援した。

　さんざん話し合ったすえ、エリーとわたしは新天地をロサンゼルスに決めた。マイアミと似ているので、わたしにとっては暮らしやすそうだ。そしてニューヨークとはぜんぜんちがうので、エリーにとっても暮らしやすそうだ。

　わたしは両親に手伝ってもらい、自宅とジェイソンのコンドミニアムを売りに出した。荷造りのときも手を借りて、服や祖母の形見の時計やお気に入りのマグカップを段ボール箱に詰めた。ふたりはいつでも遊びに行くと言った。わたしの引っ越しは、両親が日常から離れるいい口実になるだろう。父と母にとっても、この一年でマイアミは住みやすい街ではなくなっていた。支えてくれる人も少しはいるけれど、世間はふたりを〝パープルウィドウの両親〟と呼んでいる。

　荷造りをはじめて二週間後、残った荷物はミスター・キャットだけになった。引っ越し業者がわたしの思い出のすべてと段ボール箱を、小型トラックに積みこんでいる。マイアミを愛するのと同じように、新しい街を愛せる日がきっといつか来るだろう。そして別の男性と恋に落ち、やがてわくわくしながら、クロゼットの半分をその人の持ちものでいっぱいにするだろう。居心地のいい関係を築き、そのうちわたしは、彼が死んでクロゼットの半分をきれいに片づけることを空想するようになる。人がそういう空想ができるのは、心の底から満ち足りて安定した生活を送っているときだけなのだ。

52　棒付きキャンディ

郵便受けに差出人不明の荷物がはいっていた。わたしの新しい名前と、西海岸の仮住まいの住所が、はっきりしたブロック体で書かれている。わたしは不安を覚えながら荷物をあけた。わたしの居場所を知っている人はゼロにひとしい。なかにはいっていたのは、ラベンダー色の薄紙に包まれた一本の棒付きキャンディで、サワーアップル味のブローポップだった。ジェスラの好きな味だ。〈クレムリン〉のトイレではじめて会ったとき、わたしはジェスラのバスケットから、サワーアップル味のブローポップを選んで買った。ジェスラはクレオール語と英語をごちゃまぜにして、自分もサワーアップル味が大好きだと言った。

そのときジェスラが予想もしなかったことが起きた。わたしはもう一本、同じキャンディを表示価格で買い、それを彼女に差しだした。わたしたちはワイングラスで乾杯をするように、棒付きキャンディを合わせた。このときのことは一生忘れられないと、ジェスラはわたしによく言っていたものだ。透明人間みたいにあつかわれるのに慣れきっていたから、他人に存在を認められたと感じたのは、このときがはじめてだったそうだ。

送り主はジェスラにちがいない。けれど、いまこれをわたしに送ってきた意味がわからない。秘密のメッセージだろうか。それとも暗号？　判事室で抱き合って以来、ジェスラはわたしを避けてきた。答を探しながら、箱の中も探した。すると大量の薄紙の下に、メモが埋もれていた。

〝ローマンに訊《き》いて〟と書いてある。

わたしはすぐに電話をかけた。ローマンは一瞬、間を置いたのち、もうじゅうぶん時間が経ったし、距離も離れているから、そろそろわたしにすべての真実を話すと言った。「すべての真実って？」ローマンは電話では話したがらなかった。わたしはありきたりなウィークリーマンションで、どういうことだろうと想像しながら、ローマンの乗った飛行機がロサンゼルス国際空港に到着するのを待った。一時間しか時間がないそうだ。わたしに話をしたら、そのままワシントンDCへ引き返すという。そこで手荷物受取所で会うことにした。話をするのにふさわしい場所に思えた。

わたしたちは一列にならんだプラスチックの椅子に腰をおろした。旅行者がいらいらしながら、ムカデのようにくねる金属のベルトに載って手荷物が出てくるのを待っている。ローマンは、ジェスラとガートルードの一件はすべて自分が仕組んだことだと言った。わたしはことばを失ったけれど、驚いてはいなかった。ローマンはどんなこともけっして運まかせにしない。トリビアル・パスートのような他愛ないゲームや、大学の中間試験でさえそうだ。答がすでに存在し、すぐそこにあるのに、なぜわざわざ試験勉強をする必要がある？　成功を確実なものにして何が悪い？　たしかにカンニングかもしれないが、ローマンにとっては、時間を有効活用して成功を確実に手にする方法でもあった。そのローマンが、わたしの運命をなりゆきまかせにするはずがない。

ローマンは会って話をした瞬間に、ジェスラが味方だと確信したそうだ。だれが真の友人で、だれがそうでないかを見分けるため、わたしとかかわりのあるほぼ全員に接触したという。彼の人を見る目は正しかった。相手の本音を見抜き、それを武器として活用した。

ローマンの指示にしたがい、ガートルードに近づいて金銭を求めたのは、ジェスラのほうだった。ローマンはガートルードの邪悪さを利用した。あの女なら、法にも倫理にも反することを承知の上で、わたしを破滅させるために喜んでお金を支払うと考えた。もしガートルードが支払いを拒否し、取引を持ちかけられたことを通報したら、この計画は失敗していた。けれど司法のゲームでは、ある人物の悪の部分を利用するのも、別の人物の善の部分を利用するのも、どちらも同じように大切なことなのだ。

ジェスラはお金を手にし、大陪審でわたしとわたしの結婚生活について悪口を言いまくったが、その証言はあとで取り消すことになっていた。ローマンはわたしの敵としてのジェスラを作りあげ、あとで手のひらを返すように仕組んだ。すべての主導権はローマンが握っていた。ジェスラが判事のまえへ進み出て、嘘の証言をしたと認めれば、地区検事補のもくろみは挫折《ざせつ》する。わたしに何も教えず、闇の中に置きっぱなしにしたのは、万が一にもわたしを巻きこまないためだったのだ。ジェスラは完璧《かんぺき》に役割をはたした。わたしを一時的に絶望させるとわかっていても、長い目で見れば救うことになるからだ。

思ったとおり、ジェスラはやはりアメリカの市民権を持っていた。ローマンは作戦を実行に移すまえに、それを確認したそうだ。作戦に不測の事態が生じても、彼女が強制送還されることのないように。もし問いつめられても、こと市民権に関しては、むずかしくてよくわからなかったという言い訳が通用する。ガートルードから、貧しい黒人の移民が本国へ送り返される話をされ、脅迫されたと主張すればいい。ジェスラはしょっちゅう人から軽く見られていた。ハイチ人のメイドで、強い訛《なま》りがあるからだ。それを逆手にとる機会がついに訪れ、わたしを窮地から救いだせることに、ジェスラは興奮していた。それはわたしが彼女を一度も軽んじたことがないからだった。

　ローマンはジェスラから届いた荷物は暗号だ、と言った。わたしの将来を救うために彼女が立ちあがることにしたのは、すべて一本の棒付きキャンディに行き着くという。あんなささやかな、しかも大昔のできごとで、ジェスラがここまでわたしに尽くしてくれたとは信じられない思いだった。ローマンが手荷物受取所のざわめきにかき消されない程度の小さな声で話すのを聞きながら、わたしは大学時代に彼をかばったことを思い返していた。それまで一度も会ったことのないふたりが、窮地に陥ったわたしを守るために団結した。なぜならわたしが彼らを大切にあつかったからだ。結局のところ、わたしは自分の賢《さか》しさではなくやさしさに救われたことになる。

　わたしはジェスラに小包を送った。差出人の名前も住所も書かず、カンガルーのぬいぐるみだけを送った。わたしたちはこうして何年も、ひそかに交流をつづけている。起訴が取りさげられてから、ジェイソンの死亡保険金が支払われたが、ゆくゆくはそのうち一部をジェスラの息子の大学進学資金にするつもりだ。高校三年生になるころには、私立大学に通えるぐらいの額が貯まっているだろう。もし本人が望むなら、大学院にだって行ける。大学院に進む気がないなら、そのまま預金しておけば利息がつく。そして彼が三十歳の誕生日を迎え、正しい決断をくだせるようになったら、好きなように使いなさいと言ってそのお金を渡そう。ジェスラにはどれだけ感謝してもしきれない。ローマンからは、法的には勧められないと忠告された。でも心からの感謝を示すにはいろんな方法がある。ジェスラはわたしによりよい未来を与えてくれた。わたしがそのお返しとして、彼女の愛する息子によりよい未来を与えるのは正しいことに思えた。

53 叔母

わたしは西海岸の乾燥した暖かな空気のなかで、ミスター・キャットがのんびり歩くのを見ていた。姪《めい》のモリーがアボカドの木陰でごっこ遊びをしている。エリーとわたしはお金を出し合い、寝室が四つあるこの広くて風通しのいい家をサンタモニカに買った。海が近いので、どこか故郷を思わせる。でも海が西側にあることには、きっと一生慣れないだろう。

エリーとわたしは子ども時代のように、またひとつ屋根の下で暮らすことになった。ときどき夜になると、壁越しにエリーの泣く声が聞こえてきたが、いまのわたしはそれがカタルシスをもたらす健全なものであるとわかっていたので、心配はしなかった。

わたしはカリフォルニア州の免許を取得し、少しずつ臨床心理士の仕事を再開した。新しいオフィスはいいところだ。太平洋《たいへいよう》から三ブロック離れたところにあり、窓の外にピンクの大きなブーゲンビリアの木が生えているため、ランの花は必要ない。わたしは西海岸でのはじめてのクライアント、ジェニファー・Bに、花の色と形と動きを描写するように言った。仕事が休みのときには、新しい趣味のハイキングに出かけた。

わたしはトレイルシューズを履き、吸水速乾生地の長袖《ながそで》のトップを着て、峡谷のへりに立っていた。どちらもマイアミにいたら、ぜったい買っていなかっただろう。そしてアリーシャがまえに言ったことを思い出していた。一部の人が高所に恐怖を抱くのは、自分が深淵《しんえん》に飛びこみたくなるのをおそれているからだ、と。わたしにそんな願望はなかったけれど、崖《がけ》がすぐそこだったので、ハイキング仲間のアミーナはひどくそわそわしていた。

わたしが息子のひとりであるかのように、大声で言う。「ちょっと！　近すぎる！　そこから離れて」心配してくれていることがうれしくて、わたしは崖から後ろにさがった。

アミーナは会議でしょっちゅうロサンゼルスに来ている。わたしが逮捕されてたいへんな目に遭ったことはもちろん知っていたし、わたしの関与を疑ったことは一秒もなかったけど、わたしの結婚式で一週間、ジェイソンの葬儀で一週間休んでいたので、またすぐに子どもや妻や仕事を置いて駆けつけることはできなかった。そういうわけで、会うのは久しぶりだった。ローマンをのぞけば、アミーナはわたしの唯一の友達で、騒動のあいだもずっと味方でいてくれた。

八キロ以上歩き、髪型から輪廻《りんね》まで、いろんなことについて話した。アミーナはわたしに、そろそろだれかと付き合う気になったかと訊《き》いた。わたしは言った。「まだならない」

するとアミーナはしみじみ言った。「ずっと思ってたんだけど、あなたは結局、あの人と結ばれるんじゃないかな。わかるでしょう」

わたしはわからなかった。「あの人ってだれよ」

「ローマンよ」

なるほど。わたしもしばらくまえから考えていた。ローマンとわたしはほぼ毎日、電話かメッセージで連絡を取りあっている。ローマンはもう三回、ロサンゼルスにわたしを訪ねてきた。わたしも二回、ワシントンDCへ行った。ローマンの今風のコンドミニアムには、キュビズムの絵画や吹きガラスの工芸品がまばらに飾られ、家具はシャープな印象で統一してある。まるで部屋自体が〝いられる時間は長くないから、あまりくつろぎすぎないように〟と言っているかのようだ。ある夜、昔のようにお互いの当て馬になるつもりでバーへ出かけた。ところがわたしたちは話に夢中になり、好みの相手を物色するのを忘れていた。ローマンは職場の法律事務所へわたしを連れていき、オフィスを案内した。豪華な事務所で、すべてが磨きこまれたマホガニーでできていた。ふと、ある男性に目が留まった。流出した映像の中で、ガートルードにＪＤＲＦへの支援を頼んでいた人だ。ローマンに確認することはしなかった。その必要はない。

わたしはまだ見慣れないスカイラインをながめながら、アミーナに答えた。「変な話なんだけど、ある意味ではもうそうなっちゃってる気がする」

その午後はわたしがモリーを保育園へ迎えに行く番だった。わたしは親やベビーシッターの車の列にならんだ。一台ずつのろのろ進み、帰ってくる子どもをいとおしそうに迎えている。

モリーはその日、黄色い生地にピンクのストライプがはいったワンピースを着ていた。どこにいてもひと目でわかる。子どもたちが出口から飛びだしてくる。泥や油性マーカーの汚れをあちこちにつけ、話したいことがいっぱいあってうずうずしている。そのときモリーが肩を落とし、とぼとぼと出てくるのが見えた。ようすがおかしい。わたしは後部座席に乗せてチャイルドシートをつけた。「どうしたの、モリーお嬢ちゃん」モリーは〝いまは話したくない〟というように、首を大きく左右に振った。でもわたしはこのゲームに慣れている。話したくないことを相手から引きだすのは、わたしの専門分野なのだ。

自宅の車寄せに車を入れるころには、メイソンという男の子にいじめられていることを聞きだしていた。メイソンはモリーの悪口を言い、運動場で突きとばし、髪につばを吐きかけるそうだ。いじめの話題はいまや大きく取りあげられている。全校集会でも公共広告でも、盛んに呼びかけがおこなわれている。その点で世の中は進歩しているが、そんなことをしても問題は解決しない。

わたしはモリーを見て言った。「いじめをぜんぶやめさせることはできないけど、怖がっちゃだめ。やられっぱなしでいることはないのよ」モリーの目が一瞬、力強く光った。エリーのときと同じようなやりかたで、モリーを守る必要はないとわかっている。だがわたしはいい叔母《おば》として、自分を守る武器をモリーに与えることができる。そしてその間ずっと、自分をいじめる者に目を光らせて、いざとなったら手をくだす。

エリーが仕事から帰ってきたとき、モリーとわたしは、バナナをスライスして蜂蜜《はちみつ》を少し垂らした大好きなおやつを食べながら、げらげら笑っていた。

訳者あとがき

ルビー・サイモンは三十歳。生まれ故郷のマイアミを愛し、真剣に患者と向き合うまじめで優秀な臨床心理士だ。

そんな彼女が警察署の取調室で、殺人課の刑事と相対するところから物語ははじまる。ルビーは四人の殺害容疑をかけられていた。四人とも、亡くなったときにルビーがすぐそばにいたという共通点があった。幼い少年、中年男性、三十代女性、そして最愛の夫。刑事のほんとうの狙いは、ルビーを夫殺しで逮捕することだった。ほかの三人は、ルビーを追いつめる作戦の一環で引き合いに出したにすぎない。何しろ死亡当時、事件性が疑われることはなく、三件とも事故として処理されていたのだ。決定的な証拠はどこにも存在しなかった。

だが夫殺しは別だった。彼女の犯行を示唆する証言や状況証拠がある。なぜこんなことになったのかと、ルビーは嘆く。わたしが愛する夫を殺すわけがない。ほかの三人？　彼らは死に値する邪悪な存在で、いなくなれば世界がいまより少しだけいい場所になるから、わたしが手をくだしたまでのことだ——。

だれでも生きていれば、程度の差こそあれ、許せないと思う相手に出会うことがある。ただほとんどの人は、負の感情と折り合いをつけて、一線を踏み越えることはない。そこを軽々と踏み越えてしまう人間はサイコパスに分類され、その大きな特徴は、他者への共感能力が欠如していることだ。

ところが本作の主人公ルビーは、人一倍強い共感能力を持っている。愛情も感受性も豊かで、傷ついた動物をほうっておけず、一度だれかに心を許したら、その相手が自分を裏切っても許してしまう。

一方で、どういうわけか、幼いころからいっさい罪悪感を覚えることがなかった。そんな自分が不思議で、人間の心理に興味を持つようになる。共感能力の高さゆえに、苦しむ人を助けたいという気持ちも強く、大学で心理学を専攻して臨床心理士の資格を取得した。

シリアルキラーでありながら、家族や友達に忠実で、だれかの役に立ちたいと願う主人公。一見矛盾した設定で、これで話が破綻しないのかとやや不安を覚えながらページをめくったが、すぐに杞憂だったとわかった。

物語は過去と現在を行ったり来たりしながら、ルビーのモノローグ形式で進む。その心情の描写があざやかで、読者はきっと知らず知らずのうちに感情移入するだろう。ルビーとともに喜び、悲しみ、憤りを感じるにちがいない。ところがつぎの瞬間、冷酷で異常な一面が顔をのぞかせ、いきなり突き放されるのだ。その落差がクセになってページをめくる手が止まらず、最後まで一気に読ませる力を持った作品だ。

ルビーが殺すのは自分のためではない。存在自体が害悪だと感じる相手しか殺さない。ゆがんだ正義であることはまちがいないだろう。だが訳者は、過剰な愛情を持てあまし、ふつうの人と同じように喜怒哀楽の感情に翻弄される彼女が憎めなかった。もっと言ってしまえば、人好きになった。

はたして主人公ルビーは信頼できる語り手なのか、この作品はイヤミスなのか。読む人によって見方は分かれるかもしれないが、それこそが本作最大の魅力であるように思う。いじめ、ドラッグ、人種差別、毒親……。現代社会の問題も随所に盛りこまれ、物語に厚みを与えている。

作者のサッシャ・ロスチャイルドは数多くのヒット作を手がける人気脚本家で、エミー賞にノミネートされるなど、人気だけではなく高い実力も兼ね備えている。本作が初の小説だが、いったん物語の本流から消えた意外な人物が後半でキーパーソンになったり、さりげなくちりばめられた伏線が最後に無理なく回収されたりと、さすが一流脚本家だと舌を巻いた。登場人物一人ひとりのキャラクターもしっかり作りこまれていて、とてもデビュー作とは思えない完成度の高さである。緩急のついたリズミカルな文章も魅力的だ。ひとりのファンとして、つぎの作品がいまから楽しみでならない。

本国アメリカで話題をさらったこの作品を、日本の読者のみなさんにも楽しんでいただけることを心から願っている。

二〇二三年二月　　久野郁子

本書は訳し下ろしです。

装丁　　　：西村弘美
カバー写真：Ⓒmoodboard/amanaimages

サッシャ・ロスチャイルド（Sascha Rothchild）
1976年生まれ。ボストン・カレッジで劇作を学ぶ。脚本家兼エグゼクティブ・プロデューサーを務めた『ベビー・シッターズ・クラブ』をはじめ、『NYガールズ・ダイアリー 大胆不敵な私たち』など、数多くのヒット作を手がける人気脚本家。エミー賞ノミネートほか、『バラエティ』誌で「いま見るべき10人のドラマ脚本家」のひとりに選出。本書は、ニューヨークタイムズの2022年ベストスリラーに選出された。

久野郁子（くの　いくこ）
1965年生まれ。英米文学翻訳家。

ブラッドシュガー

2023年 4 月26日　初版発行

著者／サッシャ・ロスチャイルド

訳者／久《く》野《の》郁《いく》子《こ》

発行者／山下直久

発行／株式会社KADOKAWA
〒102-8177　東京都千代田区富士見2-13-3
電話　0570-002-301（ナビダイヤル）

印刷・製本／大日本印刷株式会社

●お問い合わせ
https://www.kadokawa.co.jp/（「お問い合わせ」へお進みください）
※内容によっては、お答えできない場合があります。
※サポートは日本国内のみとさせていただきます。
※Japanese text only

定価はカバーに表示してあります。

ISBN 978-4-04-113554-9　C0097